Lu

Das sächsische Herzogthum unter Lothar und Heinrich dem Löwen

SALZWASSER VERLAG

Ludwig Weiland

Das sächsische Herzogthum unter Lothar und Heinrich dem Löwen

1. Auflage | ISBN: 978-3-75254-884-6

Erscheinungsort: Frankfurt am Main, Deutschland

Erscheinungsjahr: 2021

Salzwasser Verlag GmbH, Deutschland.

Unveränderter Nachdruck der Originalausgabe von 1866.

Das

sächsische Herzogthum

unter

Lothar und Heinrich dem Löwen.

Beitrag zur deutschen Verfassungsgeschichte im Mittelalter

von

LUDWIG WEILAND,
Dr. phil.

GREIFSWALD.

1866.

Seinem lieben Freunde

ERNST STEINDORFF

widmet diese Blätter

der Verfasser.

Vorwort.

Vorliegende Abhandlung verdankt ihre Entstehung einer Untersuchung über die staatsrechtliche Bedeutung der Theilung des Herzogthums Sachsen im Jahre 1180, welche mich vor einiger Zeit beschäftigte. Ich überzeugte mich bald, dass ohne die Feststellung der Heinrich dem Löwen zustehenden herzoglichen Befugnisse jene Frage nicht gelöst werden könnte. Dies machte aber, da diese Befugnisse nicht von Anfang an rechtlich normirt waren und erst allmälig an örtlicher und rechtlicher Ausdehnung zunahmen, ein Eingehen auf die früheren Zeiten nothwendig, um unterscheiden zu können, was Heinrich der Löwe von den Vorgängern überkommen und inwieweit er selbst die Entwickelung des Herzogthums gefördert habe. So gelangte die Arbeit zu selbständiger Bedeutung, während die Lösung der Frage, welche ihr zur Anregung gedient hatte, als schliessliches Resultat aus den Untersuchungen hervorgehen musste. Als treffliche Vorarbeit konnte ich zu Grunde legen die Dissertation Steindorffs über den Billungischen Ducat, welche leider nicht zur Vollendung gelangt ist, sodass ich mir besonders die Untersuchung über die Bremischen Verhältnisse nicht ersparen konnte. Eine weitere Lücke in den Vorarbeiten wurde fühlbar in Beziehung auf die Verhältnisse der Comitatsverfassung, wo eine auch nur in kleinerem örtlichen Umfange an das gründliche Werk von Schrader für die frühere Zeit (die älteren Dynastenstämme zwischen Leine, Weser, Diemel) anreichende Arbeit nicht existirte, sodass ich mich in theilweise sehr unerquickliche, wie schwer zu erschöpfende genealogische Forschungen begeben musste. Indem ich nun die Abhandlung der Oeffentlichkeit übergebe, glaube ich, dass besonders in diesem Theile derselben, Vieles erschöpfenderer und präciserer Fassung harren wird. Einige Ungleichheiten in den Citaten wird man wohl mit der in meinem jetzigen Aufenthaltsorte bei weniger reichhaltigen Hülfsquellen vorgenommenen Umarbeitung einzelner Theile nachsichtig entschuldigen.

Möge der Geschichtschreiber der deutschen Verfassungsgeschichte, dessen wohlwollender Beurtheilung die Arbeit schon einmal unterlegen, dieselbe würdig finden, ein wenn auch geringes Hülfsmittel für die staufische Periode zu sein.

Hamburg, den 28. October 1865.

L. Weiland.

Inhalt.

Nachtrag zu S. 174.

Für die herzogliche Amtsthätigkeit Erzbischof Philipps findet sich ein, wenn auch spätes, doch glaubwürdiges Zeugniss bei Heinrich von Herford (ed. Potthast p. 168—69), wonach derselbe, am Palmsonntage, wie Abel vermuthet im Jahre 1187, zu Cöln eine Curie hielt, auf welcher der Bischof von Münster zugegen war. Freilich scheint dieselbe nicht nur für Westfalen, sondern zugleich für das lothringische Herzogthum und Lehnshof gewesen zu sein. Zu unterscheiden von dieser Curie ist jedenfalls eine im Jahre 1187 zu Cöln abgehaltenen Synode, auf der die Bischöfe von Münster, Minden und Osnabrück erschienen waren, s. Erhard II, 2203. — Für die Zeit Adolphs vgl. auch Erhard II, DXXXVII, wonach derselbe, wie es scheint, im Jahre 1194 eine Curie zu Dortmund hielt, an welcher der Bischof von Münster Theil nahm.

Erster Abschnitt.

Einleitung. Wesen des billungischen Ducats.

Im Jahre 1106 am 25. August starb mit Herzog Magnus das Geschlecht der Billunger im Mannsstamme aus. Das erledigte Herzogthum Sachsen wurde noch im selben Jahre von dem neuen Könige Heinrich V. dem Grafen Liuder von Supplinburg verliehen.[1])

Um zur Sicherheit zu gelangen darüber, was an Rechten damals der König an den neuen Herzog übertrug und übertragen konnte, scheint ein kurzes Eingehen auf das Wesen des billungischen Ducats unerlässlich.

Können wir das Reichsamt des Herzogs im Allgemeinen als Befugniss der Stellvertretung des Königs gegenüber den Fürsten eines ganzen Stammes und auf der anderen Seite des Stammes gegenüber dem Könige definiren, so trifft diese Begriffsbestimmung bei dem billungischen Herzogthume durchaus nicht zu.[2])

Die billungischen Herzoge nahmen rechtlich keine

1) Für den 25. August als Todestag Magni sprechen das Fragm. Luneb. bei Wedekind Noten I, p. 360 und die An. Rosenveld. (SS. XVI.) — Das Necrol. S. Mich. bei Wedekind Noten III, pag. 61 hat den 23. August. — Ueber Liuders Erhebung s. die Belegstellen unten.

2) Ich verweise auf die Dissertation von Steindorff: de ducatus, qui Billingorum dicitur, in Saxonia origine et progressu. Berlin 1863.

höhere Stellung ein als die übrigen geistlichen und weltlichen Fürsten Sachsens, von einer Oberleitung des sächsischen Stammes erfahren wir nichts. Das Amt, welches dem Hermann Billung von Otto I. verliehen wurde, und das seine Nachkommen nach ihm inne hatten, war nichts mehr als die Verwaltung der Marken gegen die nördlichen Slawen und gegen die Dänen (— 1027), womit sich eine gewisse militärische Gewalt in den benachbarten Gauen verband. Das alte Stammesherzogthum in Sachsen, das sich über Westfalen, Engern und Ostfalen erstreckte, hatte, seitdem Herzog Heinrich den deutschen Königsthron bestiegen, aufgehört. Den herzoglichen Titel, der den Billungern also eigentlich mit Unrecht zukam, führte Hermann, wie es scheint, von dem überwiegend militärischen Charakter seines Amtes; wie denn auch neben ihm der Markgraf Thiedrich von der Nordmark ebenfalls dux genannt wird.[1]) Von Einfluss auf die Bedeutung der Billunger war, dass sich ihr Reichsamt sammt dem herzoglichen Titel ununterbrochen vom Vater auf den Sohn vererbte, wenigstens von den Königen an keinen Grossen aus anderer Familie verliehen wurde, wodurch sich im Laufe der Zeit, begünstigt durch die Minderjährigkeit Ottos III. und Heinrichs IV., sowie die lange Regierung Herzog Bernhards II. (1011—59) entschiedenes Erbrecht ausbildete.

Die anderen geistlichen und weltlichen Fürsten Sachsens standen gleichberechtigt und unabhängig den Herzogen gegenüber. Von einer Abhängigkeit der slawischen Marken von dem Herzogthume, wie etwa in Baiern, ist in Sachsen

---

1) Widukind III, 70 in dem Schreiben Ottos I. an Herimanno et Thiadrico ducibus, und bei Thietmar SS. III, p. 745 Z. 28 und p. 764 Z. 13.

keine Rede; ebensowenig beruft der billungische Herzog die sächsischen Fürsten zu seiner curia oder entscheidet in seinem Gerichte als Vorsitzender in Streitsachen der Grossen des Landes unter einander. Eine Stelle der Vita Meinwerci, durch welche man das herzogliche placitum hat beweisen wollen,[1]) wo ein Streit der Aebtissin von Geseke mit dem Stifte Paderborn in Gegenwart des Herzogs und vieler Grafen in conventu principum zu Herzfeld im Jahre 1024 zur gerichtlichen Entscheidung kommt, ist vielmehr auf ein fürstliches Austrägalgericht zu beziehen. Hier wird der Herzog Bernhard gewiss nur wegen seines Titels an erster Stelle erwähnt; nichts deutet darauf hin, dass er dem Gerichte präsidirt oder dasselbe berufen habe. Es ist keine curia oder ein placitum ducis, wo die Sache verhandelt wird, sondern ein conventus principum. Und diese Fürstenversammlungen, auf welchen Landes- und Reichsangelegenheiten berathen wurden, sehen wir denn überhaupt in Sachsen die Stelle der herzoglichen Landtage, wie sie in Baiern und Schwaben stattfanden, vertreten.[2]) Die sächsischen Fürsten in ihrer Gesammtheit repräsentiren also die sächsische Nation, nicht der Herzog. Nicht aus eigenem Rechte, nicht in seiner Eigenschaft als Stammesherzog, sondern im Auftrage, mit vor-

1) Walter d. R. G. §. 179 not. 12. Die Stelle (SS. XI, 152) lautet: Facto iterum conventu principum in loco qui Hirtveldun dicitur — abbatissa de Gesike — praedia — quae olim — pro quadam emendatione Patherbrunnensi ecclesiae tradita fuerant, infirmare voluit, set in *praesentia* Bernhardi ducis Saxoniae — comitum quoque etc. iusto iudicio convicta ab omni executione penitus cessavit. — Zwei weitere Beispiele eines solchen Gerichtes sind Vita Meinw. p. 152 u. 154. Bei ersterem ist der Herzog gar nicht zugegen, es heisst nur intervenientibus Sifrido — Herimanno de Westfalon, Bennone, Amelungo comitibus sei der Streit entschieden worden.

2) cf. Steindorff p. 91 ff.

her eingeholter Zustimmung Aller, trägt Bernhard I. dem neugewählten Könige Heinrich II. zu Merseburg 1002 die Wünsche der sächsischen Fürsten vor,[1]) recht eigentlich als ein durch persönliche Tüchtigkeit und Machtstellung dazu geeigneter Vertrauensmann der Uebrigen.

Auch davon finden wir kein Beispiel, dass die billungischen Herzoge in militärischen Dingen eine höhere Gewalt über die anderen sächsischen Fürsten gehabt, etwa den Heerbann des Landes in Reichskriegen oder in ihren Kämpfen gegen die Slawen aufgeboten hätten. Allein der Gau der Dithmarschen scheint ihnen von den Gauen, wo sie nicht einen Comitat besassen, in militärischen Dingen untergeben gewesen zu sein.[2])

Selbst in den Kriegen der Sachsen gegen Heinrich IV., wo, wenn die Billunger wirklich die Häupter des sächsischen Stammes gewesen wären, dies gewiss am deutlichsten hätte hervortreten müssen, sehen wir den Herzog Magnus keinen hervorragenderen Platz unter seinen Landsleuten einnehmen, als irgend einen der anderen Fürsten. Ja er tritt sogar gegen die bedeutende Persönlichkeit Ottos von Northeim entschieden zurück. Dieser erscheint recht eigentlich als die Seele des ganzen Kampfes, als der durch das Vertrauen der anderen berufene Führer.[3]) Ja der Vorwurf, welcher diesem Fürsten aus der Stellung, die ihm der König nach der Unterwerfung im Jahre 1076 angewiesen, von Seiten der Sachsen erwuchs, dass er

1) cf. Steindorff p. 83—84.
2) ibid. p. 64—70.
3) cf. Lambert 1075 (SS. V, 231): Episcopus Halberstadensis et Otto quorum potissimum consilio bellum Saxonicum administrabatur. — Bruno de bello Sax. (SS. V, 339): Ottoni duci, de quo sciebat omnium consilia pendere (rex).

principatum totius Saxoniae als Lohn seines Ueberganges empfangen habe, deutet mit Bestimmtheit darauf hin, dass dem Herzog Magnus ein solcher Principat von seinen Landsleuten nicht vindicirt wurde.[1]) Im Uebrigen treten auch in den Sachsenkriegen die Fürsten in ihrer Gesammtheit als Repräsentanten des Stammes auf.

Rechtlich standen also die sächsischen Bischöfe, Markgrafen und Grafen einzig und allein unter dem Reichsoberhaupte: Sachsen war in ähnlichem Verhältnisse zu diesem, wie das seit Otto I. der Verwaltung eines Herzogs enthobene Franken. Daher findet sich denn auch der Name principes in Sachsen schon früh nur von den Reichsfürsten gebraucht (ausser den geistlichen, Markgrafen und Grafen), da nur diese keinen anderen Herrn über sich erkannten, als den König, während sie bei den anderen Stämmen der Baiern und Schwaben in Beziehung auf den Herzog mit den Edlen auf gleicher Stufe standen, diese also eben so gut wie sie zu den principes, des Herzogthums nämlich, gerechnet werden konnten.[2]) Ein weiteres Resultat dieser Unabhängigkeit der sächsischen Fürsten scheint zu sein, dass die Herzoge sich hier am ersten dazu verstanden, Kirchenlehen anzunehmen und Mannen der Pfaffenfürsten zu werden.[3])

Trotzdem nun die billungischen Herzoge nicht gleich denen von Baiern und Schwaben das Herzogthum über

---

1) Lambert 1076 p. 245.

2) cf. Ficker, vom Reichsfürstenstand I, § 18.

3) Das erste Beispiel ist von 1011, wo Herzog Bernhard II. Mann Bischof Meinwerks von Paderborn wird. Vita Meinw. p. 114. Dann 1055 oder 1056, wo Bernhard II. von B. Egilbert von Minden Lehen nimmt. Würdtwein subsid. dipl. VI, p. 312. cf. dazu das Diplom bei Erhard reg. hist. Westfal. I, CLVI. unter Herzog Magnus, das auf diesen Vorgang Bezug nimmt.

einen ganzen Stamm besassen, vermöge dessen ihnen die anderen geistlichen und weltlichen Fürsten dieses Stammes untergeordnet gewesen wären, nahmen sie doch unter diesen factisch den ersten Rang ein, sie waren, wie es Ficker[1]) treffend ausdrückt, die primi inter pares. Dies gewiss schon vermöge des herzoglichen Titels, der sie nominell wenigstens den anderen deutschen Herzogen gleichstellte.[2]) Dann aber besonders wegen der Machtfülle, welche sie in ihrer Hand vereinigten. Ihre Erbgüter erstreckten sich in grosser Ausdehnung über alle drei Theile des Sachsenlandes, Ostfalen, Engern und Westfalen. Kein anderes sächsisches Geschlecht kann sich in dieser Zeit gleichen Besitzes an Allod rühmen. Dazu kamen die Kirchenlehen. Ein Zweites ist, dass ihnen mit der Verwaltung der Grenzmark gegen die Slawen auch die Hoheit über einen Theil der dem Reiche zinspflichtigen wendischen Völker an des Königs Statt anvertraut war. Die slawischen Fürsten hatten ihnen den Vasalleneid zu leisten, ein grosser Theil des Tributes derselben floss ihnen zu. Dies war, besonders seitdem durch Godschalk von Wagrien aus ein die wendischen Völker bis zur Peene umfassendes Reich gegründet war, kein geringes Moment zur Hebung des Ansehens der billungischen Herzoge.

Als Drittes kommt hinzu der Besitz von mehr als 20 Comitaten in allen Theilen Sachsens.[3])

Wohl kaum zu widerlegen brauchen wir hier die Ansicht, dass den Billungern, in ihrer Eigenschaft als sächsischen Herzogen, die Comitatsgewalt in Sachsen, oder in

---

1) Vom Heerschild p. 118.

2) So versieht 986 zu Quedlinburg bei Otto III. Herzog Bernhard neben den anderen Herzogen ein Hofamt. Thietmar IV, c. 7.

3) Wedekind Noten II, 171—186.

einem Theile desselben (Engern) zugestanden habe.[1]) Scheint überhaupt die Annahme, dass zu Zeiten der sächsischen und fränkischen Dynastie den Herzogen das Recht zukam, an Stelle des Königs, als dessen permanente Stellvertreter, die Grafen einzusetzen (oder mit dem Comitate zu belehnen), unhaltbar, so hatten die sächsischen Herzoge am allerwenigsten diese Befugniss. So lange nicht die Comitate wirklich erblich geworden waren — und dies scheint zu Anfang des 11. Jahrhunderts eingetreten zu sein[2]) — sehen wir die Könige dieselben ohne Rücksichtnahme auf die Herzoge verleihen,[3]) ja selbst die Verschenkung ganzer Grafschaften an die geistlichen Stifter von Seiten der Könige, wobei eines herzoglichen Consenses nie gedacht wird, spricht entschieden gegen eine solche Annahme.[4])

Die Billunger hatten ihre Comitate vielmehr ursprüng-

---

1) So Hodenberg in der Vorrede zum Hoyer Urkundenbuch p. XIII ff., wo die zum Beweise angezogenen Urkunden eben nichts beweisen. Auch Wersebe, Beschreibung der Gaue zwischen Elbe, Saale etc. p. 158, behauptet Aehnliches hinsichtlich der Sprengel von Minden, Verden und Osnabrück, doch ohne Angabe der Gründe.

2) cf. Wipo, Vita Conradi (SS. XI, 262).

3) cf. die drei bei Walter d. R. G. § 184 not. 1 u. 2 allegirten Beispiele aus Sachsen, Franken und Baiern. Ein weiteres ist bei Thietmar V, p. 791, wo Otto III. eine Grafschaft im Hartego dem Inhaber nimmt und sie einem Anderen verleiht.

4) Auch Baiern und Schwaben machen keine Ausnahme, wie Ficker, vom Heerschild p. 96, glaubt. Es ist mir gelungen in beiden Landen bischöfliche Grafschaften aufzufinden. In Baiern s. Monach. Weingart. (Leibnitz scr. I, 788): comitatus ille, quem ecclesia Ratisponensis circa fluvium Enum habet, ab episcopo ei (dem Herzoge Heinrich im Jahre 1133) in beneficium conceditur. — In Schwaben An. August. 1059 (SS. V, 127): Seditio inter Heinricum Augustae episcopum et Dietpaldum comitem pro comitatu ad altare sanctae Mariae per cartae firmitatem tradito.

lich durch besondere königliche Verleihung, wie jeder andere Graf, und nicht kraft ihres Herzogthums. Freilich scheint es, dass auch diese Reichsämter sehr früh schon in der billungischen Familie erblich, oder doch aus Rücksicht auf den Vater von den Königen auch an den Sohn geliehen wurden, und so allmälig mit dem Herzogthume zusammenwuchsen. Zwei Comitate in den Gauen Tiliti und Marstem, von denen den ersten Herzog Bernhard II. noch im Jahre 1039, und den zweiten Magnus noch 1096 besass,[1]) scheint schon der Stammvater Hermann im Jahre 954 inne gehabt zu haben.[2])

Doch wird die Ausdehnung des Gebietes, über welches den Billungern die Grafengewalt zustand, und welches namentlich in Engern sehr bedeutend sein musste, wesentlich dadurch reducirt, dass Gau und Grafschaft durchaus nicht zusammenfallen, dass vielmehr in Sachsen schon in sehr früher Zeit sich oft mehrere gräfliche Verwaltungsbezirke in einen einzigen Gau theilten.[3]) Dass ein Theil der neben den Herzogen in den betreffenden Gauen erscheinenden Grafen, wie man wohl versucht wäre zu glauben, Vicegrafen jener gewesen seien, müssen wir

1) Schaten An. Paderb. I, 359 und Hodenberg Hoyer U. B. Abth. VIII, n. 16.

2) Erhard I, LVII. Denn dieser und nicht ein Graf von Schwalenberg, wie Hodenberg l. c. Vorrede XVII not. 17 will, scheint mir der hier vorkommende Graf Hermann zu sein. Aus dieser Urkunde von 954 nimmt die Conrads II. von 1025 (Erh. CX) wörtlich die betreffende Stelle in sich auf, so dass man also nicht mit Hodenberg für 1025 einen zweiten Grafen Hermann von Schwalenberg im Tiliti und Marstem annehmen darf.

3) Schon 859 werden in den Gauen Grainga und Threcwiti Comitate von vier verschiedenen Grafen namhaft gemacht. Erhard I, XXIV. — 889 im kleinen Hweitago allein drei Comitate ibid. n. 476. — Ueber die Zeit der Billunger s. Steindorff p. 72 ff.

doch Anstand nehmen ohne Weiteres, wenigstens für die frühere Zeit, zu behaupten. Dass die Billunger Vicare zur Versehung der gräflichen Rechte nöthig hatten, leuchtet ein, denn sie konnten diese nicht zugleich in allen 20 Comitaten ausüben, zumal sie durch die beständigen Kämpfe gegen die Slawen und in Reichsangelegenheiten genugsam in Anspruch genommen waren. Ob aber diese Vicare bloss Beamte der Herzoge waren, oder ob ihnen von diesen die Grafenrechte weiter zu Afterlehen gegeben wurden, ist aus den mangelhaften Ueberlieferungen nicht genau ersichtlich. Doch scheint für die frühere Zeit das Erstere das wahrscheinlichere zu sein, wie es sich denn auch als das ursprüngliche und für die Herzoge selbst als das vortheilhaftere darlegt. Für die letzte Zeit der Billunger möchte ich im Hinblick auf das Entstehen der neugräflichen Häuser, sowie auf die geringe Anzahl der Comitate, welche urkundlich im Besitze der letzten Billunger erscheinen, schliessen, dass diese wenigstens einen Theil der ihnen zustehenden Grafenämter weiter an Edle des Landes verliehen, welche dann aller Wahrscheinlichkeit nach auch den gräflichen Titel führten. Es finden sich dann allerdings gerade aus der letzten Zeit auch Beispiele, dass Vicare der Herzoge (resp. Grafen) ohne diesen Titel erscheinen, welche dann wohl bloss als Beamte zu betrachten wären. So in Urkunde zwischen 1055—80,[1]) durch welche Bischof Egilbert von Minden bezeugt, dass ein gewisser Wolfram, miles sancti Petri, der Mindenschen Kirche Güter geschenkt habe und zwar in pago Dreni in villa Nunhusan in comitatu Bernhardi in mallo ipsius Wolframmi. — Ferner 1095—96 heisst es:

---

1) Würdtwein s. d. VI, 313.

in pago Grindiraga in comitatu Magni ducis in placito Windilmanni.[1]) In beiden Fällen kann der das Ding haltende nur der Stellvertreter des Grafen resp. Herzogs sein. — Zwei weitere Beispiele aus der letzten Zeit des Herzogs Magnus zeigen, dass für diese Beamten gerade ein anderer Titel gesucht wurde, als der des Comes. Es heisst in Urkunde von 1102,[2]) dass eine Verhandlung vor sich gegangen in placito Walonis praesidis loco qui dicitur Dure. Als eigentlicher Comitatsinhaber stellt sich unter den Zeugen nicht undeutlich Luipoldus comes, qui ad placitum Walonis praesidis praesens erat, dar. Die zweite Urkunde von 1100[3]) sagt aus, dass zu Zeiten des Königs Heinrich IV. (also vor 1084) der Abt Gumpert von Paderborn ein Gut, in Ossendorf im hessischen Sachsengau gelegen, in advocatia Henrici comitis de Rietbike erkauft habe, welcher Kauf apud Thuneresberg in placito Erphonis praesidis unter Königsbann bestätigt worden sei.

Die hier gebrauchte Bezeichnung praeses für den Stellvertreter des Grafen konnte aber, da sie sich von der Function im Gerichte herleitete, auch sehr wohl von dem Grafen selbst, wenn er in seiner Eigenschaft als Gerichtsvorsitzender, in Beziehung zur Malstätte, aufge-

---

1) Würdtwein s. d. VI, 318.

2) Erhard I, CLXXIII.

3) ibid. CLXX. Auffallend ist hier advocatia für comitatus. Doch glaube ich nicht zu irren, wenn ich im vorliegenden Falle beide für identisch annehme, wie denn später Vogtei zur Bezeichnung eines jeden Gerichtsbezirks gebräuchlich war. Von Einfluss auf den Namen mag hier vielleicht gewesen sein, dass Graf Heinrich von Ritberg seinen Comitat, dessen mallus am Donnersberg bei Warburg war, von Mainz zu Lehen hatte, s. Schrader, Dynastenstämme p. 176, der aber den Erpho praeses für den eigentlichen Grafen Erpho von Padberg hält und, wie es scheint, die Advocatie Heinrichs in der Zeit für später annimmt als die Präsidentschaft Erphos (cf. p. 177 not. 11).

führt werden sollte, gebraucht werden,[1]) und scheint daher nicht als technische Bezeichnung für den Vicar in Aufnahme gekommen zu sein.

Ein ganz bestimmtes Beispiel, dass die letzten Billunger einen Comitat weiter verliehen und dass der Lehnsmann dann den gräflichen Titel führte, könnte man an dem Comitat über den Gau Stormarn darthun, welcher höchst wahrscheinlich auch den Holstengau umfasste. Der comes Heinricus de Hammaburg wird urkundlich 1091 Magni ducis miles genannt;[2]) ihm folgte in der Verwaltung der Grafschaft sein Sohn Godfrid, der comes provinciae, welcher im Jahre 1110 von den Slawen erschlagen wurde, worauf der Herzog Liuder dem Adolph von Schauenburg die Grafschaft über Holstein und Stormarn übertrug.[3]) Doch ist der Besitz der Grafengewalt von Seiten der Billunger hier noch anderer Natur als im eigentlichen Sachsen. Er scheint nämlich mit der Mark gegen die Slawen zugleich verliehen und untrennbar an dieser haf-

---

1) Ein Beispiel, dass praeses auch vom Grafen, aber doch nur mit Beziehung auf die Gerichtsstätte gebraucht wird, gibt Schrader l. c. p. 60: in comitatu Udonis praesidis in Himmerveldun 1016 (Vita Meinw.), wogegen es in Urk. bei Schaten I, 429 heisst: in comitatu Udonis comitis in pago Hemmerveldun. Es ist Graf Udo von Catlenburg gemeint. — Auf einen Vicar möchte ich die Stelle der An. Hildesh. 1018 deuten: dominus Bernhardus episcopus — sinodo habita Godescalcum Eggihardi *praesidis* filium et Gerdrudam Egberhti *comitis* filiam separavit.

2) Lappenberg Hamburgisches U. B. n. CXVIII.

3) Helmold I, 35 u. 36. Lappenberg n. CXXIV. An. Saxo 1110. An. Stad. falsch 1106. — Chron. Holtzat. c. 12. ed. Lappenberg in der Quellensammlung der schlesw. holst. lauenb. Gesellschaft Bd. I, p. 25 (Leibnitz Access. hist. I): Luderus dux Saxonie comeciam Holtzacie ac Stormarie nobili viro Adolpho comiti Schouwenborg concessit in feudum circa annum domini 1110.

tend;[1]) vielleicht war die Intention der Verleihung von Anfang an hier die, dass der Markgraf resp. Herzog an des Königs Statt die Grafen einzusetzen hatte. Man könnte daher Anstand nehmen den vorliegenden Fall als Beweis dafür zu benutzen, dass überhaupt die Comitate in der letzten Zeit der Billunger in Sachsen von ihren Inhabern weiter zu Lehen gegeben worden seien, und dass die Belehnten den Grafentitel geführt. Doch lehren die Verhältnisse der folgenden Zeit, dass diese Entwickelung jedenfalls damals schon begonnen. Den Ausgangspunkt derselben scheinen aber die Zustände der Comitate, welche sich in den Händen geistlicher Stifter befanden, gebildet zu haben. Hier konnte eine Weiterverleihung um so eher stattfinden, weil alle diese Comitate zuletzt in proprium geschenkt waren,[2]) und der geistliche Fürst an Stelle des Königs getreten war, die Grafen nur den Lehnsherrn wechselten und den gräflichen Titel beibehielten. Dies konnte seine Einwirkung auf die in weltlichen Händen befindlichen Comitate nicht verfehlen.

So sehen wir denn auch in der Zeit kurz vor dem Aussterben der Billunger ein Beispiel dieser Fortentwickelung, welches um so merkwürdiger ist, da die

1) Aehnliches findet sich bei der Mark Oesterreich, s. Otto Fris. Frid. II, 32: marchiam orientalem cum comitatibus ad eam ex antiquo pertinentibus.

2) Die meisten an Stifter tradirten Comitate sind laut den Urkunden von vorneherein zum wahren Eigenthum übergeben; doch findet sich auch ein Beispiel, wo dies erst später eintrat. In Urk. bei Lauenstein descriptio dioec. Hildesh. p. 113 von 1069 sagt K. Heinrich IV.: qualiter — comitatum quem ipse (Hezilo episcopus) et eius antecessores scilicet Christianus et Bernhardus comites ex imperiali donatione in *beneficium* habuerunt — eidem ecclesiae ex nostra regali auctoritate — in *proprium* dedimus atque tradidimus.

betreffende Grafschaft ursprünglich schon von einem Bisthume zu Lehen ging. Der Administrator der sogenannten Grafschaft Stade, welche die Grafen von Stade von Bremen zu Lehen trugen, Friedrich, noch dazu ein Ministerial, wird mit dem Grafentitel genannt, nicht erst dann, nachdem er nach heftigen Wirren die Grafschaft von dem Erzbischofe unmittelbar zu Lehen erhalten (1123), sondern in einer gleichzeitigen Quelle schon früher, als Stellvertreter der Grafen von Stade im Jahre 1112, ja urkundlich schon 1091.[1])

Sehen wir dergestalt die Entwickelung der Verhältnisse der Comitate, welche in entschiedene Erblichkeit besonders in der Hand der billungischen Herzoge übergegangen waren, doch erst am Ende der Zeit derselben so weit vorgeschritten, dass Gefahr vorhanden war, dass den Inhabern die Vortheile durch die Stellvertreter aus den Händen gewunden würden, so musste der Besitz der Comitate, welche sich über alle Theile Sachsens ausdehnten, gewiss die Hauptgrundlage des Ansehens der sächsischen Herzoge bilden, durch welches sie sich über die anderen ihnen rechtlich nicht untergeordneten Fürsten factisch erhoben.

Dieser erbliche Besitz der Comitate stand dann auch ganz besonders der Machtvergrösserung der geistlichen Fürsten im Wege, welche bestrebt waren die den Besitzungen des Stiftes benachbarten Comitate zu erwerben.[2])

1) Urk. bei Lappenberg CXVIII. An. Rosenveld. (SS. XVI) 1112. Dann in den späteren An. Saxo und An. Stad. 1112. Den Zeitpunkt der unmittelbaren Belehnung Friedrichs geben An. Stad. 1123.

2) Das erste Beispiel in Sachsen ist vor 1001, in welchem Jahre Otto III. dem Bischofe Rethari von Paderborn den Comitat super pagos Patherga, Aga, Threveresga, Auga, Sorethfeld bestätigt. Vita Meinw. p. 110. Schaten I, 244.

So ist z. B. der mindenschen und der verdenschen Kirche, in deren Sprengeln die Billunger den grössten Theil der Comitate inne hatten, nie gelungen einen Comitat an sich zu bringen, sodass ihnen nur in Folge der Immunität der Grafenbann über ihre eigenen Hintersassen zukam. Ja es scheint sogar, dass bei Minden diese Immunität nicht überall eine vollkommene war, dass vielmehr die peinliche Gerichtsbarkeit den Herzogen zustand. Dies möchte aus einer Urkunde Ottos III. vom Jahre 979 hervorgehen, durch welche er bestimmt, dass kein Richter die Leute des mindenschen Klosters Möllenbeck vor sein Gericht fordern dürfe, vorbehaltlich der Gerichtsbarkeit des bischöflichen Vogtes und der Criminalfälle, welche in Gegenwart des Herzogs und seiner Beisitzer entschieden zu werden pflegten.[1]) Freilich muss man sich hüten diese Gerichtsbarkeit des Herzogs als Ausfluss seines Herzogthums zu betrachten; er hatte dieselbe vielmehr einfach vermöge seines Grafenamtes, das sich, da in der Urkunde keines anderen Grafen Erwähnung geschieht, dem neben dem Herzoge Blutbann über die Leute des Klosters zugestanden hätte, vielleicht noch über mehr Gaue der mindenschen Diöcese erstreckte, als wir urkundlich nachzuweisen im Stande sind.[2]) Dass die Billunger den Ein-

1) Urk. bei Würdtwein s. d. VI, 303: excepta solummodo lege illa quam advocatus episcopi, qui praesidet eidem ecclesiae, solito ab eis debet reposcere, et illa iurisdictione (so ist wohl für iuris Sanctione zu lesen) quod necessario propter capitale crimen in praesentia ducis et iudicum solet finiri. — Die Bestätigungsurkunde Heinrichs II. von 1003 (ibid. p. 307) hat den letzten Satz verständlicher: et illa iurisdictione (s. oben) si quid necessario propter capitale crimen in praesentia ducis opus habet finiri iudicialiter et determinari.

2) cf. Wedekind Noten II, 171—186. Hodenberg Hoyer U. B. macht aus Urk. 16 in Abth. VIII. einen Comitat des Herzogs Magnus im Loinga wahrscheinlich.

fluss, welchen sie in Folge dieser Verhältnisse auf die mindenschen Stiftsangehörigen, ja auf den Bischof selbst hatten, dazu benutzten, um von diesem Vortheile aller Art zu erpressen, leuchtet ein — reden ja doch so viele Urkunden dieser Zeit von den Uebergriffen der Grafen gegenüber der kirchlichen Immunität. So scheinen die Abkommen, welche Bischof Egilbert mit den Herzogen Bernhard II. (zwischen 1055—56) und Magnus schloss,[1]) solche Uebergriffe der Herzoge vorauszusetzen, welche durch einen Staatsvertrag, durch den die Rechte derselben als aus einer Art Schirmvogtei über die mindensche Kirche herfliessend angenommen wurden, sanctionirt wurden. Die Mannschaft, welche Bernhard und Magnus leisteten, gereichte ihnen auch mehr zum Vortheile als den Bischöfen, da mit ihr der Genuss von Beneficien verbunden war.

So mochte es geschehen, dass einzelne geistliche Stifter, wie z. B. Minden in eine gewisse Abhängigkeit von den Herzogen geriethen; es wäre aber verkehrt hier eine diesen rechtlich kraft ihres Herzogthums zustehende Ueberordnung anzunehmen. Es handelte sich vielmehr überall nur um den Besitz gräflicher Gerechtsame, welche die Herzoge allmälig den Bischöfen aus den Händen zu winden wussten. In zusammenhängender Weise lernen wir

---

1) Würdtwein s. d. VI, 312 ohne Jahreszahl, deren Bestimmung sich aus den Zeugen ergibt: Episcopus Egilbertus praefato duci Bernhardo de suo stipendio ista vorwerch etc. benigne concessit, ut sibi et ecclesiae sibi commissae suisque omnibus propriis et liberis pius ac fidelis adiutor existeret in omnibus ius suum obtinere et, ubi ius non esset, periculum honeste evadere. Der zweite Vertrag mit Magnus bei Erhard I, CLVI: ut ipse dux fidelissimus tutor et defensor sit Mindensis ecclesiae in omnibus quidem rebus et bonis, familiis atque libertis et, ubicumque ius et ratio valent, tueatur firmissime, si autem ius et ratio vacillet, consilio iuvet firmissime.

diese Bestrebungen der Billunger gegenüber dem Erzstift Bremen-Hamburg kennen, und es scheint uns nothwendig, sie gerade hier eingehender zu verfolgen, um falschen Folgerungen auf das Wesen des billungischen Ducats, welche aus diesen Kämpfen gemacht wurden oder gemacht werden könnten, entgegenzutreten.

Nirgends ist nachzuweisen, dass die Herzoge über das Erzstift Bremen-Hamburg eine höhere Gewalt vermöge ihres Amtes besessen, als über die anderen geistlichen und weltlichen Fürsten Sachsens. Die Ansicht Donandts,[1]) dass die bremischen Erzbischöfe den herzoglichen placitis folgen mussten, dass die Herzoge in Folge davon, dass sie sicheres Geleit durch die sogenannte herzogliche Provinz zu ertheilen und über dessen Verletzung zu wachen hätten, auch auf den bremischen Märkten ihre Untervögte hatten, beruht auf ganz falschen Voraussetzungen. Allerdings war dadurch, dass das Amtsgebiet der Billunger, die Slawenmark, innerhalb der bremisch-hamburgischen Diöcese lag, ferner dass die eine Metropolis Hamburg selbst, als im Gau der Stormarn gelegen und nicht mit königlicher Exemtion begabt, der gräflichen Gewalt der Herzoge unterworfen war, schon ein grösserer Einfluss dieser auf das Erzbisthum gegeben. Dies ist jedenfalls auch der einzige Grund, weshalb Adam zum öfteren die Herzoge mit duces nostri bezeichnet.[2]) Dass die Herzoge diesen Einfluss benutzten, um einerseits der Vergrösserungssucht der Erzbischöfe ein Ziel zu setzen, andererseits, wenn die Gelegenheit günstig, ihre eigenen Gerechtsame auszudehnen, dies ist, wie an

---

1) Donandt, Versuch einer Geschichte des bremischen Stadtrechts 1. Thl. p. 36.

2) So III, 2. 36. 50.

anderen Orten, so auch hier der Anlass der langen Streitigkeiten. Es handelt sich aber dabei rein nur um ursprünglich gräfliche Rechte, welche von beiden Seiten in Anspruch genommen werden. Dass die Erzbischöfe mit gleicher Energie und Consequenz, wie die Herzoge, die ihrem Sitze benachbarten Gebiete in Abhängigkeit zu bringen suchten, dass beide, da die Herzoge auch hier eigentlich zu Hause waren, in ihren Bestrebungen mit einander collidirten, das ist hier das Charakteristische des Kampfes und das, was ihm seine Dauer und Hartnäckigkeit verleiht.

Die Erzbischöfe von Bremen waren, wie alle geistlichen Gewalten, von Anfang an darauf aus, sowohl die volle Immunität über ihre Hintersassen, als auch die gräfliche Gerichtsbarkeit über die zerstreut zwischen den geistlichen Gebieten sitzenden Vollfreien zu erlangen. Obgleich nun schon Kaiser Arnolf dem Erzbischofe Rimbert ein Bestätigungsprivileg der früher verliehenen Immunität ertheilte,[1]) so scheint dieselbe doch im Laufe der Zeit wieder durch die benachbarten königlichen Beamten, die Grafen, verkümmert worden zu sein: erst Erzbischof Adeldag erlangte im Jahre 937 von Otto I. eine neue umfassende Bestätigung derselben, nicht nur für die Stifter Hamburg und Bremen, sondern auch für Bassum, Bücken und Ramelsloh.[2]) Auch zur Ausbreitung der vogteilichen Gerichtsbarkeit über Freie that Adeldag den ersten Schritt: im Jahre 966 wurde ihm von Otto I. die volle gräfliche Jurisdiction über die Stadt Bremen, mithin auch über die dort ansässigen Freien

1) Lappenberg n. XXII.
2) ibid. n. XXXI.

gewährt.[1]) Ob die Vermuthung Donandts (p. 34) richtig ist, dass die gräflichen Rechte über Bremen (es lag im Wigmodigau) früher von den Ludolfingern erworben gewesen seien, muss dahingestellt bleiben; die Frage danach ist aber auch für unsere Untersuchung ganz überflüssig: in keinem Falle konnte diese Thatsache, wie Donandt (p. 36) anzunehmen scheint, einen Rechtsgrund dafür abgeben, dass die billungischen Herzoge später die Grafschaftsrechte über Bremen zu occupiren suchten. — Jedenfalls war der Comitat über den Theil des Gaues Wigmodi, der Bremen umfasste, von den sächsischen Königen an Grafen verliehen. Diese sind die potestates, welche Adam nennt, die iudiciaria manus, welche die Stadt bedrückte. Die Exemtion von der gräflichen Gewalt wird, wie anderwärts, als Befreiung der Stadt angesehen.[2])

Ist nun auch aus den Quellen nicht direct nachzuweisen, dass die Herzoge vor der Zeit des Erzbischofes Adelbert diese Befreiung der Stadt Bremen anzugreifen und sich dort, oder in anderen Theilen des Bisthums gräfliche Rechte anzumassen bestrebt waren, so scheint dies doch sowohl aus dem späteren Verhalten derselben zu Zeiten Adelberts, als auch aus den Worten Adams über den Zwist Herzog Bernhards II. mit dem Erzbischofe

1) Lappenberg n. XLIII. Ueber die Streitfrage, ob dieses oder das Diplom von 937 sich auf die Stadt Bremen beziehe s. Donandt l. c. p. 23 ff. — Adam von Bremen II, 1 sagt, die doppelte Wirksamkeit Adeldags zusammenfassend: Iste (Adeldag) est, qui nobis rempublicam restituit. Ferner II, 2: itaque primo ut ingressus est episcopatum Bremam longo prius tempore potestatibus et iudiciaria manu oppressam praecepto regis absolvi et instar reliquarum urbium immunitate simulque libertate fecit donari.

2) cf. Adam II, 2. — Thietmar V, 26: Urbs Wormacensis gaudet temporibus istis Libertate sua, cuius manebat in umbra Hactenus atque ducum fuerat sub lege suorum.

Unwan hervorzugehen.[1]) Zwar sagt der Bericht direct nur, dass es Bernhard auf die reichen Besitzungen der Bremer Kirche abgesehen hatte, von denen ihm wirklich ein Theil von Unwan, um Frieden zu erhalten, zu Lehen gereicht worden zu sein scheint;[2]) dass solche Lehenstücke aber meist von den weltlichen Grossen vermittels Missbrauch und unrechtmässiger Ausdehnung ihrer Amtsgewalt erpresst wurden, ist bekannt. Sie waren der Abkauf, um weiteren Uebergriffen vorzubeugen. Solche hatten wohl auch von Seiten Bernhards II. gegenüber den Stiftern Paderborn und Minden stattgefunden, von denen er ebenfalls Lehen annahm; und es erklärt sich auf diese Weise am besten die Angabe Adams (II, 46), dass Bernhard alle Kirchen Sachsens schreckte und störte.

Unter den nächsten Nachfolgern Unwans erfahren wir nichts von weiteren Anmassungen Bernhards: es scheint, dass die Schwäche der Erzbischöfe ihm das eingeräumt, was ihm Unwan noch streitig zu machen suchte. Dies geht aus den Anstrengungen hervor, welche Adelbert machte, der Kirche wieder zu ihrem Rechte zu verhelfen. Zudem sehen wir schon unter dem unmittelbaren Vorgänger Adelberts Bezelin (1035—45) Bestrebungen hervortreten, die Macht der Kirche wieder zu stärken und zwar da, wo es den Herzog am allerempfindlichsten treffen musste. Dies gibt die Stelle Adams,[3]) in der er

1) Adam II, 46: Novissime surgens in Christum, ecclesias huius patriae non dubitavit impugnare, praecipue vero nostram, quae et ditior eo tempore ceteris et longinquior videbatur a manu inperatoris.

2) ibid. Eius (ducis) impetum viri dicitur noster archiepiscopus Unwan sua magnanimitate taliter refregisse, ut prae pudore sapientiae et *liberalitatis* episcopi cogeretur ipse dux ecclesiae, cui ante adversatus erat, deinceps hylaris et benignus esse in omnibus.

3) Adam II, 68.

berichtet, dass, als Bezelin in Hamburg ein festes steinernes Haus gebaut habe, der Herzog zum Wetteifer angereizt, ein ähnliches Gebäude ganz in der Nähe errichtet habe, deutlich zu erkennen.

Es bedurfte nur eines Charakters wie Adelbert, um sofort die niedergehaltene Flamme zum Ausbruch kommen zu machen. Von Anfang an bestrebt sein Bisthum zu neuem Glanze zu erheben, es zum Patriarchat des Nordens und von allen Gewalten, ausser Pabst und Kaiser, unabhängig zu machen, suchte Adelbert die alten Privilegien seiner Kirche hervor: er wollte die Ansprüche auf die Unterwerfung aller nordischen Reiche unter den hamburgischen Hirtenstab wieder zur Geltung bringen und liess sich vom Pabste die dahin zielenden Briefe bestätigen. Kein Wunder, dass er auch, was die weltliche Verwaltung des Bisthums betraf, es zuerst wieder als seine Aufgabe betrachtete, die rechtlich anerkannten Verhältnisse seiner Kirche, die Immunität mit der höchsten Gerichtsbarkeit über die Besitzungen des Stiftes, wie sie Adeldag erworben hatte, auch thatsächlich wieder in Kraft zu bringen. Denn dass die Uebergriffe in die Rechte des Stiftes von Seiten der Herzoge wieder überhand genommen hatten, geht, wenngleich wir früher Nichts davon erfahren, aus Adams Bericht über Adalberts Wirksamkeit hervor. Er erzählt,[1]) dass der Erzbischof, da er sah, wie sein Bisthum, das seines Vorgängers Adeldag Einsicht frei gemacht, wieder durch die unrechtmässige Gewalt der Herzoge belästigt werde, mit allen Kräften dahin gestrebt habe, der Kirche die frühere Freiheit zurückzugeben. — Dass es sich hier jedenfalls nur um gräfliche Gerechtsame

1) Adam III, 5.

gehandelt hat, welche die Herzoge sich widerrechtlich angeeignet hatten, ergiebt die Bezugnahme auf Adeldag, welcher nichts Anderes als diese seinem Stifte erworben hatte. Natürlich musste der Kampf um so hartnäckiger entbrennen, je länger sich der Herzog unter der Regierung der zwei letzten Erzbischöfe in ungestörtem Besitze der streitigen Rechte befunden hatte. Adelbert, der sich gegen den mächtigen Fürsten allein nicht stark genug fühlte, suchte und fand Rückhalt und Unterstützung beim Kaiser Heinrich III., welcher ja, nachdem er bei den anderen deutschen Stämmen durch willkürliche Ab- und Einsetzung der Herzoge seine Autorität befestigt hatte, auch in Sachsen das königliche Ansehen zur Geltung zu bringen bemüht war und in Adelbert einen tüchtigen Helfer gegen die sächsischen Herzoge erkennen musste. Auf diese Weise fliesst der Kampf des Herzogs und des Erzbischofs um den Besitz hoheitlicher Rechte zusammen mit dem durch den Letzteren genährten Kampfe der fränkischen Könige gegen die sächsische Nation. Eine Frucht dieser Bundesgenossenschaft Adelberts mit Heinrich III. ist der Besuch des Letzteren zu Bremen nach der Kaiserkrönung im Jahre 1047, welchen Adam ausdrücklich als gegen den Herzog gerichtet kennzeichnet.[1]) Auch war schon damals von einer Unterredung mit dem Dänenkönige die Rede, welche Adelbert unter König Heinrich IV. im Jahre 1071 gegen Magnus wirklich zu Stande brachte. Der Tod Thietmars des Bruders Bernhards, welcher von diesem dem Erzbischofe zur Last gelegt wurde, gab dem Streite noch grössere Schärfe.[2]) Zwar wurde bald darauf ein Abkommen geschlossen, dessen Bedingungen uns nicht

1) Adam III, 8.
2) ibid.

bekannt sind, welches aber für Adelbert mit Concessionen an den Herzog, wohl mit Darreichung von Lehen ver bunden gewesen zu sein scheint.[1]) Doch war die Ruhe nur von kurzem Bestand. Den nächsten Anlass zu ihrer Störung scheint der Erzbischof selbst dadurch gegeben zu haben, dass er den Herzog in der Gegend, wo diesem zweifellos die obersten Hoheitsrechte zustanden, anzugreifen suchte, indem er sein Augenmerk besonders auf die Erhöhung seines Einflusses in der Hauptstadt von Stormarn, Hamburg, wendete und zu diesem Behufe in der Nähe derselben eine Burg auf dem Süllberge niederwärts an der Elbe errichtete, angeblich um das flache Land vor den Einfällen der Slawen sicher zu stellen.[2]) Der Herzog, der dies wohl für einen Eingriff in seine Rechte ansah, liess die Feste darauf zerstören.

Schon unter der Regierung Heinrichs III. ging Adelberts Streben weiter als auf Wiedererlangung der Freiheiten seiner Kirche: er benutzte seinen Einfluss auf den Kaiser schon dazu, von diesem ganze Comitate für das Bisthum zu erwerben. Bei der Anwesenheit des Kaisers in Bremen im Jahre 1047 soll der Erzbischof von diesem die Anwartschaft auf den Comitat, welchen Herzog Godfrid von Lothringen inne hatte, in den friesischen Gauen Fivelgo und Hunesgo, erlangt haben.[3]) Noch günstigere Aussichten eröffneten sich dem hochstrebenden Sinne des Kirchenfürsten, als er nach dem Tode des Kaisers und

1) Adam III, 9: Metropolitanus autem econtra bonis studiis certans et beneficiis redimens tempus, quoniam dies mali erant, pacem cum ducibus fecit.

2) Adam III, 25. 26.

3) ibid. III, 8. Herzog Godfrid ist der 1050 abgesetzte. (Lappenberg n. LXXIX.)

nach der Beseitigung der Regentschaft der Kaiserin-Wittwe, die Leitung des jungen Königs Heinrich IV. bald fast allein in die Hand bekam. Bis er freilich diese Höhe erstieg (1063), hatte er noch schwere Tage der Vergewaltigung von Seiten des Herzogs und seiner Söhne durchzumachen, welche im Hinblick auf die Minderjährigkeit des neuen Herschers[1]) und die in Folge dessen eingetretene Sistirung der Bestrebungen des Königthums gegenüber dem sächsischen Fürstenthume, das Abkommen mit Adelbert brachen und zu offener Feindseligkeit übergingen. Adam weiss nicht genug über Bernhards und seiner Söhne Verfolgung und Quälerei zu klagen, welche jedenfalls in Usurpation von Rechten und Einkünften des Bisthums bestanden, sowie über die vergeblichen Versuche Adelberts, die Fürsten zu befriedigen.[2]) Doch nur weiteren Schaden hatte er von seinen Diensten. Zum Beweise erzählt Adam eine Unternehmung des alten Herzogs gegen die Friesen, welche zeigt, wie dieser bestrebt war, auch nach anderer Seite hin seine Macht auszudehnen. Der Bericht Adams[3]) lässt allerdings vieles für uns Wissenswerthe vermissen, steht auch ganz vereinzelt, verdient aber, in Anbetracht der späteren Bestrebungen Heinrichs des Löwen gegen Friesland, alle Beachtung. Der Herzog Bernhard, heisst es, zog, weil die Friesen den schuldigen Tribut nicht einzahlten, von Habsucht getrieben, begleitet vom Erzbischofe nach Friesland. Nicht zufrieden mit einer Abschlagzahlung von 700 Mark verlangte er den ganzen Tribut unverkürzt, worauf sich die Friesen erhoben und dem vereinigten Heere des Herzogs und des Erzbischofs

1) Adam III, 42.
2) ibid. III, 40.
3) ibid. III, 41.

eine bedeutende Niederlage beibrachten. Ein doppeltes fällt hier auf: einmal die Unterstützung, welche Adelbert dem Herzoge leistete; dann das Verhältniss dieses zu den Friesen. In Bezug auf Ersteres können wir nur dem Berichte Adams Glauben schenken, dass die Hülfeleistung ein Freundschaftsdienst, eine vorübergehende Bundesgenossenschaft gewesen sei. An eine militärische Unterordnung des Bremer Erzbischofs unter den Herzog darf um so weniger gedacht werden, als dies das einzige Beispiel seiner Art wäre.

Grössere Schwierigkeiten macht das Verhältniss des Herzogs zu Friesland. Hier ist man fast versucht eine rechtlich bestehende oder doch prätendirte Oberhoheit des Herzogs über einen Theil Frieslands anzunehmen. Wir wissen zwar, dass Herzog Bernhard I. in Friesland einen Comitat im Asterga im Besitz hatte, welcher bei der frühen Erblichkeit der Comitate wohl auch auf seine Nachkommen übergegangen sein wird, aber die Grösse der angebotenen Summe, die ganze Expedition überhaupt, zu welcher ein so mächtiger Bundesgenosse wie der Erzbischof von Bremen aufgeboten wurde, machen es sehr wahrscheinlich, dass es sich nicht etwa um die Eintreibung rückständiger Gerichtsgefälle eines Comitats handelte, sondern um einen wirklichen Tribut über ein weites Territorium. Aus welchem Rechtstitel nun aber der Herzog Bernhard denselben zu fordern hatte, ob eine besondere kaiserliche Verleihung vorlag,[1]) lässt sich, da weitere Nach-

1) Dies wäre nicht unmöglich: Heinrich III. unternahm mehrere Züge nach Friesland (Herm. Contr. 1046, 1047, 1049.). Eine Vermuthung wäre, dass Bernhard die sogenannte friesische Mark, bestehend aus den Gauen Ostrachien, Westrachien und Stavern, welche Ekbert von Meissen und später Heinrich von Northeim besass, schon vom König erhalten habe. (cf. Schrader Dynastenstämme p. 106.)

richten, welche den vereinzelten Bericht in irgend einen Zusammenhang stellten, durchaus mangeln, wohl kaum mit Sicherheit ergründen. Fest steht, dass die Billunger, beziehungsweise Herzog Bernhard II., eine nicht unbedeutende Obergewalt in Friesland ausgeübt haben müssen, und dass auch späterhin Herzog Heinrich der Löwe gewisse Ansprüche auf Rechte in diesem Lande machte.

Anderer Art als diese Episode und ein Beweis dafür, dass noch zu Lebzeiten Herzog Bernhards die Feindschaft zwischen seinem Hause und dem Erzbischof wieder offen hervorbrach, ist der Verheerungszug, welchen Herzog Ordolf noch vor dem Tode seines Vaters wider die friesischen Besitzungen des Bremer Bisthums unternahm, um, wie sich Adam ausdrückt, die Angehörigen der Kirche zur Strafe zu ziehen.[1])

Es scheint keinem Zweifel zu unterliegen, dass sich diese der widerrechtlichen Gerichtsbarkeit der Herzoge entzogen und der des Erzbischofes Folge geleistet hatten. Die Klage, welche Adelbert über die Verwüstung der Besitzungen seiner Kirche bei Hofe vorbrachte, war diesmal fruchtlos.

Inmitten des neu entbrannten Kampfes starb der alte Herzog Bernhard (29. Juni 1059), von welchem Adam sagt, dass er seit der Zeit des älteren Libentius 40 Jahre hindurch die Angelegenheiten der Slawen, der Nordalbinger und „die unsrigen" verwaltet habe.[2]) Man hat wohl gemeint diesen Ausspruch Adams als Beweis für die Ausdehnung des herzoglichen Amtssprengels über das ganze bremische Stift anführen zu können,[3]) und hat zur Be-

1) Adam III, 42.
2) ibid.
3) So Donandt l. c.

kräftigung noch eine andere Stelle desselben Autors herbeigezogen,[1]) welche von servi ducis spricht, die in der Stadt Bremen, zur Zeit der Verweisung Adelberts vom Hofe, den Einwohnern das, was die Beamten des Erzbischofs übrig gelassen, abpressten. Die Beweiskraft der ersten Stelle nun ist wohl am leichtesten zu widerlegen: gleichwie Adam die billungischen Herzoge, weil ihr Amtsbezirk in der Nähe des Bisthums lag, ja die eine Metropolis selbst umfasste, weil sie im Sprengel zahlreiche Comitate besassen, die sich, wenn auch nicht rechtlich, so doch factisch oft über die Hintersassen der Kirche ausdehnten, unsere Herzoge nennen konnte, so konnte er aus denselben Gründen von einer Verwaltung unserer Angelegenheiten durch Herzog Bernhard sprechen, ohne dass man dabei an eine das ganze Bisthum umfassende, von der aus den gräflichen Befugnissen fliessenden verschiedene, höhere Verwaltung zu denken braucht, von welcher nirgends ein klares, sicheres Beispiel aufzuweisen sein dürfte. — Die zweite Stelle beweist jedenfalls an und für sich auch nicht, dass die Exactionen, welche die Knechte des Herzogs von den Bremer Einwohnern erhoben, in Folge seines herzoglichen Amtes ihm geschuldet wurden. Zieht man vielmehr den Zeitpunkt in Erwägung, auf welchen die Stelle sich bezieht, so wird man zu der Ansicht gelangen, dass, als Adelbert nach dem Tage zu Tribur (1066) nirgends Rückhalt hatte, als die Fürsten, welche ihn gestürzt, gewiss mit Freuden sahen, wie er noch tiefer gedemüthigt würde, als sich überdies vielleicht die Stiftsangehörigen wegen der unerhörten Lasten, die

---

1) Adam III, 57: praesertim cum si quid nostris intactum superfuit, hoc *servi ducis* radicitus absumpserint.

ihnen schon vorher und jetzt noch mehr aufgebürdet wurden, seinem Regimente zu entziehen suchten — dass in der Zeit von 1066—69 es dem Herzoge gelang, die langgehegten Pläne durchzusetzen und sich die gräfliche Gerichtsbarkeit über einen grossen Theil des Stiftes, besonders auch über die Stadt Bremen anzumassen.[1])

Glauben wir nun sicher, dass es sich hier, wie bei dem ganzen Kampfe der Billunger mit den Bremer Erzbischöfen um keine höheren als gräfliche Rechte handelt, so ist andererseits nicht zu verkennen, dass dieselben gewiss factisch mit den herzoglichen Amtsbefugnissen zusammengeworfen, ja vielleicht gar die Ansprüche der Billunger auf dieselben aus ihrem Herzogthume hergeleitet wurden. Ja es scheint, dass in diesem Theile Sachsens allmälig in Folge der eigenthümlichen von derjenigen der anderen Herzoge qualitativ verschiedenen Stellung, welche die Billunger einnahmen, eine ganz andere Vorstellung von dem Wesen des Herzogthums überhaupt sich ausgebildet habe, welche dasselbe nicht als Oberleitung eines ganzen Stammes, sondern als Träger der höchsten (gräflichen) Gerichtsbarkeit über ein gewisses Gebiet auffasste. Mit ähnlicher Anschauung war Franken vorangegangen, welches gerade ebenso wie Sachsen eines Stammesherzogs entbehrte. — Die bekannte, oft angezogene Stelle Adams gibt hierüber Aufschluss.[2]) „Der Bischof

1) An eine ausgedehnte Vogtei der Herzoge über die Stiftsgüter und besonders über die Stadt Bremen darf nicht gedacht werden, da sie Adam gewiss nicht unerwähnt gelassen haben würde und auch nicht abzusehen ist, warum eine solche Herzog Magnus 1089 nicht mehr besessen, in welchem Jahre Erzbischof Liemar die Vogtei über Bremen dem Grafen Liuder von Supplinburg verlieh. An. Stad. 1089.

2) III, 45. Solus erat Wirciburgensis episcopus, qui dicitur in episcopatu suo neminem habere consortem; ipse cum teneat omnes

von Wirzburg ist der Einzige, der keine concurrirende Macht neben sich in seinem Bisthume hat. Denn da er alle Comitate seines Sprengels in Besitz hat, so verwaltet er auch das Herzogthum dieses Gebietes. Getrieben von dem Verlangen es ihm gleichzuthun, nahm sich unser Erzbischof vor, alle Grafenämter, deren Gerichtsbarkeit in seine Diöcese griff, in die Gewalt seiner Kirche zu bringen." — Augenscheinlich wird hier von Adam das Wesen des Herzogthums durch den Besitz der gräflichen Rechte in dem Umfang der Diöcese erklärt. Hatte diese ein Bischof in Sachsen vollständig erworben, dann stand er in weltlicher Beziehung nur noch unter dem Kaiser und konnte daher Herzog genannt werden wie in Franken, da in Sachsen dem Herzoge selbst in den Gebieten der anderen Fürsten keine höheren als gräfliche Befugnisse zustanden.

Danach nun, nach der Erwerbung aller Grafschaften im Umfange seines Sprengels, nach Ausschliessung jeder weltlichen Obergewalt, strebte Erzbischof Adelbert, und dies ist das zweite Moment in seinem Wirken.

Hier nun musste er noch mehr wie bei der Wiedergewinnung der vollen Immunität auf den Widerstand der Herzoge stossen, welche einen nicht unbedeutenden Theil des Sprengels unter ihrer gräflichen Gewalt hatten und jedenfalls diese ihnen von Rechtswegen zustehende Grafengewalt noch weniger gewillt waren aus den Händen zu geben, als die widerrechtlich angemassten Gerechtsame über die Angehörigen des Stiftes. In diesem seinem Stre-

comitatus suae parochiae, ducatum etiam provintiae gubernat episcopus. Cuius aemulatione permotus noster praesul statuit omnes comitatus, qui in sua dyocesi aliquam iurisdictionem habere videbantur, in potestatem ecclesiae redigere.

ben stützte sich Adelbert besonders wieder auf den König. Schon von Heinrich III. hatte er, und zwar für schweres Geld, den ausserhalb seiner Diöcese in der münsterischen gelegenen Comitat über den Fivelgo und Hunesgo in Friesland erhalten, war aber erst 1057 durch die nochmalige Schenkung Heinrichs IV. in seinen Besitz gelangt, und hatte mit der Grafschaft den Ekibert, der einen Theil der Kaufsumme erlegt hatte, belehnt.[1]) Die zweite weit wichtigere Grafschaft, welche sich durch den ganzen Bremer Sprengel zerstreut verbreitete, die sogenannte Grafschaft Stade, welche Udo damals inne hatte, erlangte Adelbert 1062 vom Könige Heinrich IV. mit allem Zubehör gräflicher Beneficien, nachdem er die Zustimmung des Belehnten zu diesem Schenkungsakte durch eine Precarie aus Gütern des Stiftes, welche einen jährlichen Ertrag von 1000 Pfund Silber abwarfen, erlangt hatte.[2]) In demselben Jahre erhielt Adelbert auch gegen Erlegung einer gleichen Summe vom Könige die Grafschaft, welche Bernhard inne hatte und welche sich über den friesischen Emsgau, sowie über benachbarte Theile von Engern und Westfalen erstreckte.[3])

Glückte es in diesen drei Fällen dem Erzbischofe, wenn auch nicht ohne schwere Opfer seine Pläne durch-

---

1) Adam III, 8 u. 45. Lappenberg n. LXXIX.

2) Adam III, 45. Lappenberg n. LXXXIX.

3) Adam III, 45. Lappenberg n. LXXXVIII. Also wohl in den Gauen Loingo, Leri und Wigmodi. Keinenfalls ist hier an den Gau Westfalen im Cölner Sprengel zu denken. — Eigenthümlich ist die Ansicht von Hodenberg Hoyer U. B. p. XIII, welcher diesen Grafen Bernhard für den 1059 gestorbenen Herzog Bernhard hält und daraus die Comitatsgewalt der Billunger über ganz Engern beweisen will. Pagus bedeutet hier, wie so oft, Landschaft. — Dass es übrigens nicht ohne Streitigkeiten mit dem Grafen Bernhard abging, zeigt die Urkunde bei Lappenberg n. CXXI.

zusetzen, so durfte er sich in dieser Beziehung gegenüber den billungischen Herzogen wohl kaum Erfolge versprechen, da er das, was ihm selbst rechtlich zustand, gegen die Eingriffe derselben kaum zu behaupten vermochte. Um so mehr Grund für ihn, sich enge an die Bestrebungen des jungen Königs auf Unterdrückung des sächsischen Fürstenthumes anzuschliessen. So erreichte er die Bestrafung des Grafen Hermann, eines Bruders von Herzog Ordulf, welcher mit den erhaltenen Lehen nicht zufrieden, raubend und plündernd in das Stift einfiel.[1]) Nun war einige Tage Ruhe im Lande und Adelbert konnte an die Realisirung seiner hohen Pläne in Bezug auf die Erwerbung sämmtlicher Grafschaften mit königlicher Hülfe denken. Da vereitelte der Tag zu Tribur (im Januar 1066) plötzlich alle seine Bemühungen. Er war zu hoch gestiegen: die Reaction der anderen Fürsten brach gegen ihn los; er wurde gezwungen sich vom Hofe zurückziehen. Jetzt war die Zeit für die Herzoge gekommen, das Verlorene wiederzugewinnen und mit der grössten Rücksichtslosigkeit ihre Absichten zu Ende zu führen. Der junge Herzog Magnus besonders wüthete, um den Erzbischof zur Nachgiebigkeit zu zwingen, in den Besitzungen der Kirche: Adelbert selber floh aus seinem Bisthume. In seiner Noth, da die Bedrängung der Stiftsleute durch die Herzoge nicht aufhörte, erlangte er endlich Friede mit Magnus, indem er ihm von den Gütern der Bremer Kirche über 1000 Höfe zu Lehen gab: ein Drittel des ganzen Kirchengutes, sodass ihm selbst nur ein Drittel übrig blieb, da das dritte Drittel schon dem Grafen Udo von Stade verliehen war. Magnus versprach zwar dagegen die Grafenämter in Fries-

---

1) Adam III, 42. 43. 44.

land, welche Bernhard und Ekibert, wohl auch im Vertrauen auf die durch die Demüthigung zu Tribur eingetretene Machtlosigkeit des Erzbischofs, behaupteten, für die Kirche wiederzuerkämpfen: doch hatte der Erzbischof durch seine grossen Opfer nichts Weiteres erreicht, als dass er nicht aus seinem Bisthume vertrieben wurde.[1]) Es waren schwere Tage für die Bremer Kirche: die Herzoge rissen die Hoheitsrechte wieder an sich, herzogliche Beamte drückten die Einwohner der Hauptstadt,[2]) welche nach dem Privileg Ottos I. von aller gräflichen Gewalt befreit und nur dem bischöflichen Vogt unterworfen sein sollte. Doch mögen auch manche der Stiftsangehörigen das Joch des Herzogs weniger drückend gefunden haben, als das des Erzbischofs, welcher, nach Verschleuderung des grössten Theiles der Kirchengüter, die Insassen des übrigen Theiles schwer belastete. Klagte doch Adelbert selbst, dass seine Familie dem Herzoge mehr anhinge als ihm und seiner Kirche.[3])

So war das früher so mächtige und reiche Bisthum, wie Adam sagt,[4]) auf ein Nichts heruntergebracht.

Dazu kam von Norden her ein anderes Unglück: die Empörung der Slawen, welche nach der Ermordung des christlichen Fürsten Godschalk, dessen Söhne verjagten und dem heidnischen Cruto die Herrschaft übertrugen. Hamburg wurde von den Slawen zerstört, nach langen Kämpfen wurde 1071 das ganze Land der Nordalbinger dem Cruto zinspflichtig[5]) und blieb es bis zu dem Tode

---

1) Adam III, 47. 48.
2) siehe oben p. 26.
3) Adam III, 55.
4) Adam III, 54.
5) Adam III, 49 ff. Helmold I, 24—26.

dieses Tyrannen (1093).[1]) War dieser Abfall der Slawen gleichmässig eine Schwächung der Macht des Erzbischofs, wie der des Herzogs, so ging doch für jenen noch einmal der Tag des Ruhmes auf. Nach langen, dreijährigen Bemühungen hatte er es erreicht, dass bei Hofe alle seine Rivalen vor ihm weichen mussten, dass er höher als jemals in der Gunst des Königs dastand. Unausgesetzt, mit erneuter Kraft förderte jetzt Adelbert die Pläne des Königs auf Unterjochung Sachsens, auf Vernichtung des verhassten billungischen Herzogshauses. Die Interessen seiner Kirche und die des Königs waren dieselben. Aber von vorne musste Adelbert seine Wirksamkeit wieder anfangen: wie beim Antritte seiner Regierung brachte er die drei letzten Jahre seines Lebens damit zu, seine Kirche frei zu machen.[2]) Und er erreichte für jetzt sein Ziel. Der frühe Tod, der seinem vielbewegten Leben ein Ende machte, hat es ihm erspart, nochmals den Verlust des Wiedergewonnenen mit anzusehen. Die grossen Kämpfe seines königlichen Herrn mit seinen Feinden hat er nicht mehr erlebt.

Das Vorspiel derselben war der heldenmüthige Kampf Ottos von Northeim, der seines Herzogthums Baiern entsetzt und geächtet (1070), um die Erhaltung seiner Erbgüter in Sachsen stritt und dabei an Magnus, dem Sohne des Herzogs Ordulf, einen treuen Genossen fand. Das Ende des Kampfes war, dass sich Otto und Magnus mit ihren Anhängern, wie Adam berichtet,[3]) auf Rath des Erzbischofs Adelbert, am 12. Juni 1071 zu Halberstadt dem Könige unterwarfen, welcher sie in verschiedene

1) cf. Giesebrecht, Wendische Geschichten II, p. 187.
2) Adam III, 54.
3) Adam III, 59.

Theile des Reiches in Gewahrsam sandte.[1]) Jetzt schien, da Herzog Ordulf schon am 28. März desselben Jahres gestorben war, für den Erzbischof sowohl als den König die Zeit zur endlichen Durchsetzung ihrer Pläne gekommen. Der Erzbischaf zog sofort die ausgedehnten Güter, die er Magnus hatte zu Lehen geben müssen, wieder ein;[2]) von herzoglicher Gerichtsbarkeit im Stifte war ohnedies keine Rede mehr, da Magnus in des Königs Haft sich befand, ja eigentlich bei den Anhängern des Königs gar nicht als Herzog galt, da dieser keine Anstalten traf, ihn auf freien Fuss zu setzen und mit der Würde seines Vaters, die nach Erbrecht auf ihn gekommen war, zu belehnen.[3]) Denn Magnus mochte sich nicht des Königs Willen fügen, der ihm nicht anders Verzeihung angedeihen lassen wollte, als wenn er des Herzogthums und alles Anderen, was nach Erbrecht von seinen Vorfahren auf ihn gekommen war, sich entäussere.[4]) Der König zögerte auch nicht mit der That: er nahm Lüneburg, die Veste des Herzogs Magnus ein und belegte sie mit Besatzung. Jetzt wurde auch vollendet, was schon unter Kaiser Heinrich Erzbischof Adelbert erstrebt hatte: zu Lüneburg fand 1071 zur Schädigung des Herzogs, wie Adam sagt, eine Zusammenkunft König Heinrichs mit dem Könige Sven

1) Lambert 1071 (p. 183 u. 195).

2) Adam III, 59.

3) Lambert 1073 (p. 196): Dux Saxoniae necdum aliquis constitutus fuerat, quia Otto paulo ante humanis rebus excesserat et filius eius Magnus, cui ducatus legitima successione debebatur, adhuc in castello Hartesburg deditus servabatur.

4) Lambert 1073 (p. 195): Huic (Magno) veniam admissi non alias impetrare poterant (die sächsischen Fürsten), nisi ducatu et aliis, quae sibi ex defunctis parentibus hereditario iure competebant, in perpetuum se abdicaret.

von Dänemark statt, wo dieser gegen die Abtretung der drei nordalbingischen Gaue Hülfe gegen die Sachsen versprach.[1])

Den Zweck aller dieser Massregeln gegen den Herzog Magnus gibt Lambert an.[2]) Der König versprach sich von der Verzichtleistung oder dem Untergange des Herzogs Magnus die Herrschaft über ganz Sachsen. Ist nun auch diese Hoffnung des Königs nicht als auf einer Täuschung desselben über das Wesen des sächsischen Herzogthums beruhend zu betrachten — als ob der König dieses für ein wahres Herzogthum über einen ganzen Stamm angesehen habe und mit seiner Erwerbung rechtlich die Herrschaft über diesen und seine Fürsten in die Hand bekommen zu haben glaubte — so zeigt sie doch,

---

1) Adam III, 59. Bruno bell. Sax. c. 29. Lambert 1073 (p. 194). Bruno nennt als Ort Bardewik. Doch scheint hier Adam mehr Glauben zu verdienen. Das Jahr 1071 ist durch Bruno gesichert; auch Adam sagt, dass die Unterredung in demselben Jahre stattfand, wie die Unterwerfung von Otto und Magnus. Ueber den Preis, durch den Heinrich die Hülfe des Dänenkönigs erkaufte, wird viel gestritten. Lambert sagt: cum eo (Svenone) magna quadam parte Saxoniae, quae Utoni marchioni pertinebat, paciscitur. — Bruno: ut ei (Svenoni) cunctas regiones suo regno contiguas in proprium daret. — Fasst man die Intention des Paktes ins Auge, welche von Seite Heinrichs vorzüglich auch gegen die Billunger gerichtet war, so wird man dazu kommen, in den cunctas regiones suo regno contiguas das ganze nordalbingische Land, die dem Markgrafen Udo untergebene Grafschaft Ditmarschen und die den Herzogen unterworfenen Gaue der Holsten und Stormarn zu finden, welche letztere Lambert übergangen hätte, der ja überhaupt über die Zusammenkunft minder gut unterrichtet scheint. — An die Grafschaft Stade scheint deshalb nicht gedacht werden zu dürfen, weil sie Erzbischof Adelbert, der hauptsächlichste Urheber des Abkommens, schon 1062 erworben hatte, eine Abtretung derselben also nicht in seinem Interesse gelegen hätte.

2) Lambert 1073 (p. 201): De cuius interitu sibi tocius Saxoniae dominatum pollicitus fuerat (rex).

wie der Macht der Billunger von Seiten des Reichsoberhauptes die bedeutendste und erste Stelle in Sachsen eingeräumt wurde. Die Ansicht Heinrichs war wohl die, dass er durch den Erwerb des sächsischen Ducats, wie er war, und der billungischen Grafschaften und Besitzungen eine solche Macht in Sachsen zu erlangen glaubte, welche es ihm ermöglichte, auch das übrige Land zur Unterwerfung zu bringen. Doch war diese Hoffnung auch jedenfalls zu weitgehend angesichts der mächtigen und unabhängigen Stellung der anderen sächsischen Fürsten.

König Heinrich erreichte nicht, was er erstrebte: der gelungene Handstreich des Grafen Hermann gegen Lüneburg zerstörte sein Vorhaben. Herzog Magnus wurde in Folge dessen von ihm am 15. August 1073 nach zweijähriger Haft entlassen.[1]) Erzbischof Adelbert erlebte die Rückkehr seines Erbfeindes nicht mehr: er war am 16. März des vorigen Jahres zu Goslar verschieden, nachdem er am Ende seines Lebens wohl hatte sagen können: er habe nur zwei Herren, den Pabst und den König.[2]) Der an seiner Statt vom Könige investirte Erzbischof Liemar hielt aus angestammter Politik zeitlebens dessen Partei, in des Königs Unglück sein treuester Genosse.

Von jetzt an gehet der Streit zwischen dem Herzoge und dem Erzbischofe von Bremen ganz unter in dem grossen Kampfe des sächsischen Volkes gegen den König Heinrich: die Rechtsfrage tritt mehr und mehr in den Hintergrund. Darum bietet dieser Kampf für unsere Frage weiter keine aufklärenden Momente dar.

Wir glauben dieselbe nach der vorliegenden Darstellung auch als beantwortet betrachten zu dürfen. Das,

1) Lambert 1073 (p. 201). Bruno p. 336.

2) Adam Anhang zum 3. Buch.

was die Herzoge im Bremer Erzbisthume in Anspruch nehmen, ist nichts Höheres als gräfliche Befugniss, welche rechtlich den Erzbischöfen durch kaiserliche Verleihung zustand. Von eigentlichen herzoglichen Rechten der Billunger ist bei Bremen ebensowenig eine Spur aufzufinden, wie anderwärts. Möglich ist, dass die Berechtigung zu dem, was in Anspruch genommen wurde, von den Billungern aus ihrem herzoglichen Amte hergeleitet wurde, wie ja denn überhaupt kein Unterschied zwischen den auf verschiedenen Titeln beruhenden Rechten gemacht wurde, sodass die höhere Amtsqualität des Inhabers meist als Grund aller angesehen wurde.

Die Sachsenkriege, welche während der ganzen Regierungszeit des letzten Billungers Deutschland in Bewegung setzten und bei seinem und seines Feindes Heinrich IV. Tode noch nicht ihr Ende erreichten, übten auf die staatsrechtlichen Verhältnisse des billungischen Ducats keinen nachweisbaren Einfluss aus. Herzog Magnus war nicht der Mann dazu sich an die Spitze der grossen Bewegung seines Volkes zu stellen und so die faktische Oberleitung des Stammes, eine Hegemonie über die sächsichen Fürsten zu erlangen. So trugen die Kriege nur dazu bei die Selbstständigkeit der sächsischen Fürsten noch mehr zu befestigen: sie alle in ihrer Gesammtheit waren die Häupter der Bewegung; sie betrachteten von Anfang an die Absichten der Könige Heinrichs III. und IV. nicht gegen das Herzogthum allein, sondern auch, als gegen einen ihres Gleichen, gegen ihre eigene Selbständigkeit gerichtet. Wäre in Sachsen ein wahres Herzogthum gewesen, so hätten sie jede Schwächung desselben durch den König als ihren Bestrebungen und Interessen nur günstig mit Freuden aufnehmen und fördern müssen.

Zweiter Abschnitt.

Das Herzogthum Liuders von Supplinburg.

Während nach der vorhergegangenen Darstellung das sächsische Herzogthum ursprünglich bloss auf der Markgrafschaft gegen die nördlichen Slawen beruhte, so fragt es sich, ob auch andere Rechte, welche die Billunger besassen und welche wohl mit der Zeit mit den herzoglichen zusammengeflossen waren, bei der neuen Besetzung des Amtes auf Herzog Liuder mitübergingen, ferner ob dessen Amtsbefugniss über die, welche seinen Vorgängern zustand, hinaus erweitert wurde.[1])

1) Die Stellen über Liuders Erhebung sind: An. Hildesh. 1105 (SS. III): Dux Magnus Saxonum moritur, ducatus comiti Liutgero de Supelingeburg commendatur (nach diesen die An. Colon. max. SS. XVII). — An. Rosenveld. 1106 (SS. XVI): Magnus dux obiit 8. Kal. Sept. Cuius ducatum obtinuit Luderus filius Gevehardi comitis (nach diesen die An. Magdeb. ibid.). — Ekkehard 1106 (SS. VI, p. 241): Hoc anno dux Saxoniae Magnus obiit pro quo Lotharius surrexit (nach diesem das Chron. Halberst. ed. Schatz, p. 46). — An. Disibodenb. 1106 (SS. XVII): Magnus dux Saxoniae obiit, cuius ducatum obtinuit Lutgerus comes, filius Gevehardi, cum non haberet heredem. — An. Saxo 1106 (SS. VI, p. 744): Magnus quoque dux Saxoniae obiit, qui duxerat Sophiam etc., p. 745: Ducatum Saxoniae post Magnum suscepit Lotharius sive Luderus comes de Suplingeburch. — Helmold I, 35: Mortuus est post haec dux Saxoniae Magnus et dedit Caesar ducatum Ludero comiti. — Repgav. Chron. (ed. Massmann 383). — Chron. Luneburg. 1106 (SS. XVI, p. 75). — Chron. duc. Brunsv. (Leibnitz scr. II, 16).

Zwei wichtige Fragen sind in dieser Beziehung besonders zu erledigen: die Frage nach dem Verhältniss der anderen sächsischen Marken zu dem Herzogthume und die nach dem Schicksale der billungischen Comitate.

Die erste der beiden Fragen wäre von uns vielleicht gar nicht aufgeworfen worden, da wir der Ansicht sind, dass die Nord- und die Ostmark und die Mark Meissen nach wie vor unabhängig vom Herzogthume blieben, wenn nicht ein Zusatz, welchen die Cölner Annalen dem aus den Hildesheimern entlehnten Berichte von der Erhebung Liuders beifügen, neuerdings die Meinung hätte hervortreten lassen, dass diesem zugleich mit dem Herzogthume die durch den Tod des Markgrafen Udo III. (1106) erledigte Nordmark untergeben worden sei, welche erst 1142 bei der Auseinandersetzung Heinrichs des Löwen und Albrechts von Ballenstädt wieder von ihrem Verhältnisse zum Herzogthume gelöst worden.[1]) Dieses Verhältniss soll nun nach den Vertretern jener Behauptung, wie es scheint, darin bestanden haben, dass der neue Markgraf dem Herzoge untergeordnet gewesen sei und wohl nach Art der bairischen Markgrafen seine Mark von des Herzogs Hand zu Lehen nehmen musste.

Nach Prüfung aller dahin einschlagenden Nachrichten glaube ich dieser Annahme meine Zustimmung nicht ertheilen zu können, muss vielmehr die Angabe der Cölner Annalen für auf einem Irrthume beruhend halten. Vor

1) Nach Raumer reg. hist. Brandenb. n. 691 und 1008, Walter d. R. G. § 206 not. 4. — Der Zusatz der Cölner Annalen lautet: ducatus comiti Liutgero etc. *simul cum marchia* commendatur (SS. XXII, p. 746). Vorher (p. 745) erzählen diese Annalen den Tod des Markgrafen Udo selbständig: Marchio Udo provinciae strenuus defensor, Sclavorum terror obiit.

Allem ist es schon auffallend, dass alle gleichzeitigen, selbst die sächsischen Quellen, welche die Einsetzung Herzog Liuders erwähnen, von einer so wichtigen staatsrechtlichen Veränderung in den sächsischen Verhältnissen nichts wissen. Es übergehen dieselbe ferner auch mit Stillschweigen diejenigen Quellen, welche des Todes Udos, sowie der darauf folgenden Ordnung der Verwaltung der Nordmark gedenken,[1]) wobei doch die beste Gelegenheit gewesen wäre, der veränderten Stellung der Mark Erwähnung zu thun; ja es heisst ausdrücklich, dass nach dem Tode Udos der König selbst die Mark auf acht Jahre dem Bruder desselben, Rudolph, zur Verwaltung für seinen unmündigen Neffen Heinrich übertragen habe. Endlich schweigen alle Quellen vollständig über eine Wiederbefreiung der Mark von der Oberhoheit des Herzogthums im Jahre 1142, ein Beweis dafür, dass eine solche niemals bestanden, da nach 1142 nachweisbar die Nordmark in keinem Abhängigkeitsverhältniss zum Herzogthume Sachsen stand. Auch die Kriegshülfe, welche Markgraf Heinrich im Jahre 1114 dem Herzoge Liuder gegen die Slawen leistete,[2]) kann die Richtigkeit der Angabe der Cölner Annalen nicht erhärten: denn auch den Markgrafen Dietrich von der Lausitz sehen wir mit Heinrich dem Löwen

1) Den Tod Udos allein erwähnen Ekkehard unmittelbar nach dem des Herzogs Magnus, die An. Rosenveld. und aus ihnen wörtlich An. Saxo und An. Magdeb. Die beiden letzteren haben den Zusatz: Rodolfo fratri illius commissa et marchia per octo annos *ab Heinrico rege* ut nutriret filium eius Heinricum. — Vergleiche hierzu An. Saxo 1114 (p. 751): Rodolfo marchione de marchia eiecto Heinricus filius fratris eius Udonis marchionis eam recepit. Und An Magdeb. 1114: Rodolfus comes remisit Heinrico filio fratris sui marchiam, expletis 8 annis.

2) An. Corbei. 1114 (SS. III).

gegen die Slawen ziehen[1]) und ein Gleiches geschieht von Seiten Albrechts und Ottos von Brandenburg, wobei nur an eine freiwillige, momentane Bundesgenossenschaft gedacht werden darf. — So können wir nicht umhin, die Angabe der Cölner Annalen als auf einem Irrthume beruhend anzunehmen, sowie die Lieblingsfiction älterer Autoren, dass Albrecht der Bär zur Entschädigung für das 1142 an Heinrich den Löwen abgetretene Herzogthum die Unabhängigkeit der Nordmark erworben habe, zu verwerfen.[2])

Die Nordmark sowie die anderen sächsischen Marken blieben in voller Selbständigkeit neben dem Herzogthume bestehen.

Wir kommen zu der zweiten, gleichwichtigen Vorfrage: wurden die zahlreichen billungischen Comitate von dem Könige zugleich mit dem Herzogthume oder vielleicht gar als Pertinenzen desselben auf Liuder übertragen?

Von einem dieser Comitate wissen wir es allerdings genau, dass ihn Liuder besass: nach dem Tode des Grafen Godfrid im Jahre 1110 verlieh der Herzog die Grafschaft über Holstein und Stormarn dem edlen Herrn Adolph von Schauenburg. Doch wagen wir es nicht, von diesem Falle einen Schluss auf alle die erledigten billun-

1) Chron. Mont. Seren. 1160.

2) Den ganz vereinzelten Bericht der An. Colon. 1111: Seditio inter ducem Lotharium et marchionem Rudolfum oritur, set ante natale domini coram imperatore Goslariae pacificantur — wird man doch wohl nicht dahin deuten wollen, dass Rudolph sich gegen die neue Oberhoheit des Herzogs aufgelehnt habe. (Zu diesem Zwist cf. übrigens An. Stad. 1112.) — Jedenfalls gewagt wäre die Deutung, dass die An. Colon. unter der Mark, welche Liuder anvertraut wurde, diejenige auf der das Herzogthum eigentlich beruhte, gemeint hätten. — cf. auch Heinemann, Albrecht der Bär p. 359, der übrigens die Stelle der An. Colon. nicht beachtet hat.

gischen Comitate zu machen: glaubten wir ja doch mit Recht annehmen zu können, dass die Grafschaft über jene beiden nordalbingischen Gaue in unmittelbarer näherer Beziehung zu der Markgrafschaft, auf der das sächsische Herzogthum ursprünglich gegründet war, stand.

Obgleich sich die aufgeworfene Frage aus den Quellen direct nicht befriedigend beantworten lässt, so glauben wir doch bei näherer Betrachtung der späteren Verhältnisse und Prüfung einzelner Quellenangaben, uns zu der Annahme berechtigt, dass Herzog Liuder die billungischen Comitate wirklich inne hatte, sei es nun, dass er dieselben zugleich mit dem Herzogthum erhalten, sei es, dass er auf diese Würde gestützt dieselben in Anspruch nahm und behauptete.

Zur Zeit, als Herzog Magnus starb, war in Sachsen die ehemalige Comitatsverfassung schon in voller Auflösung. Die zahlreichen Immunitätsverleihungen an die geistlichen Stifter, die nicht minder zahlreichen Exemtionen der weltlichen Herren vom Gerichte der Grafen hatten diesen einen bedeutenden Theil ihres früheren Amtsgebietes entzogen, dieses selbst bildete lange kein zusammenhängendes Ganze mehr, wurde vielmehr von den eximirten Bezirken in verschiedene kleinere oder grössere Parcellen zerlegt, welche räumlich weit von einander gelegen sein konnten.[1]) Die zahlreichen Verleihungen von Comitaten an geistliche Stifter hatten eine Anzahl derselben schon lange der Einwirkung des Reichsoberhauptes entzogen, die seit Anfang des elften Jahrhunderts etwa entschieden eingetretene Erblichkeit der Reichsämter be-

---

1) So der Comitat Udos von Stade, von welchem Adam (III, 45) sagt: qui per omnem parrochiam Bremensem sparsim diffunditur, maxime circa Albiam.

wirkte dasselbe bei den übrigen Comitaten. So hatten dieselben durchaus ihren Character als politische Verwaltungsbezirke eingebüsst. Eine Folge davon war denn auch die Weiterverleihung der Comitate an Untergrafen von Seiten der weltlichen Inhaber, welche von den in geistlichen Händen befindlichen ihren Ausgang nahm und deren Spuren wir schon in der Zeit der letzten Billunger vorfinden.

Die staatsrechtliche Stellung dieser nicht vom Reiche belehnten Comitatsinhaber ist dann noch eine verschiedene. Diejenigen Grafen, welche — was natürlich nicht ohne ihren Consens geschehen konnte — den Oberlehnsherrn wechselten, sodass statt des Königs ein Bischof eintrat, erlitten selbstverständlich dadurch keine Minderung ihrer Stellung, sie zählten nach wie vor zu den Reichsfürsten: so die Grafen von Stade, Padberg, Northeim.[1]) Solche Fälle kommen freilich nur in der vorhergehenden Periode vor, wo die Könige noch Comitate an Stifter zum wahren Eigenthume tradirten, die Inhaber derselben also nicht Aftervasallen des Reiches wurden. In der letzten Zeit des salischen Hauses kamen aber solche Schenkungen überhaupt ab, und die ganze Theorie von dem Charakter des Kirchengutes erlitt während des Investiturstreites eine Umbildung. Während nämlich früher das Kirchengut als wahres Eigenthum des Stiftes betrachtet wurde, kam allmälig die Ansicht auf, dass die Bischöfe den schon früher dem Könige geleisteten Vasalleneid jetzt für den gesammten Complex der Güter und Regalien ihres Stiftes zu leisten hätten,

---

1) Die Grafen von Northeim — und zwar schon Benno im Anfange des 11. Jahrhunderts — trugen ausser vom Reiche auch Comitate von Mainz und Paderborn zu Lehen, s. Schrader Dynastenstämme zwischen Leine, Weser, und Diemel § 7.

diese also vom Reiche zu Lehen gingen. Die Lehngrafen der Bischöfe wurden somit Aftervasallen des Reiches. Den Rang derjenigen freilich, welche vor dem Aufkommen der neuen Theorie ihre Comitate von geistlichen Fürsten zu Lehen genommen, konnte dies nicht mindern: so zählen die Grafen von Stade nach wie vor unter die Reichsfürsten. Bei den Neubelehnten aber wurde es praktisch: sie erhoben sich staatsrechtlich nicht über die Stellung der nobiles. Das Gleiche gilt von den Untergrafen der weltlichen Fürsten von Anfang an.

Ein Anderes, was diese beiden letzteren Classen, wenn auch nicht rechtlich, von den alten fürstlichen Grafen schied, ist der durchaus nicht ständige Gebrauch des gräflichen Titels. Er scheint vielleicht ursprünglich nur da geführt worden zu sein, wo der Betreffende die gräflichen Functionen wirklich ausübte, so als Vorsitzender im mallus. Selbst in derselben Urkunde finden wir öfters einen solchen Untergrafen zugleich mit dem gräflichen Titel aufgeführt und ohne denselben.[1]) Dieser schwankende Gebrauch macht sich noch bis an das Ende des 12. Jahrhunderts und darüber hinaus geltend.

Schon in der letzten Zeit der Billunger glaubten wir oben die Weiterverleihung der in weltlichen Händen befindlichen Comitate annehmen zu können, eine Annahme, welche durch den Umstand an Wahrscheinlichkeit gewinnt, dass Herzog Magnus nur von sehr wenigen Comitaten als Inhaber erscheint,[2]) während es doch ein seltenes Vor-

1) So in Urk. bei Erhard II, CXCVIII von 1126: in placito Popponis ad vicem Sigefridi comitis (von Bomeneburg). Unter den Zeugen erscheint Poppo comes. Mehr Beispiele s. unten.

2) Comitate des H. Magnus finden sich urkundlich nur drei: einer im Grindiraga (Würdtwein s. d. VI, 318), ein zweiter in pago

kommniss zu dieser Zeit ist, dass Familien ihre ererbten Lehen leicht fahren liessen. Es ist also anzunehmen, dass Magnus, um aus den Lehnseiden bei den sächsischen Kriegen Nutzen zu ziehen, einen Theil der väterlichen Grafschaften an Edle des Landes weiter verliehen habe, welche dann auch wohl mit dem gräflichen Titel erscheinen, ohne dass wir aber im Stande wären sie von den eigentlichen, vom Könige belehnten Grafen auseinanderzuhalten.

Ein sicheres Criterium der Unterscheidung bekommen wir erst durch die etwa im Anfange des 12. Jahrhunderts auch bei den nobiles aufkommenden Geschlechtsnamen. Mit Hülfe der Genealogie können wir dann auch Grafen, welche ohne Geschlechtsnamen erscheinen, als Untergrafen erkennen. Ficker hat diese Geschlechter, in deren Besitz das Afterlehen eines Comitats meist wohl von Anfang an erblich war, nicht unpassend die neugräflichen Häuser genannt. Die Glieder derselben führen bis zum Ende des Jahrhunderts und darüber hinaus nicht durchgehends den gräflichen Titel und kommen in den Zeugenreihen der Urkunden mit den nobiles vermischt war.[1])

Da die Existenz dieser neugräflichen Geschlechter schon unter der herzoglichen Regierung Liuders zugleich den einzigen positiven Anhaltspunkt zur Lösung der im Beginne uns gestellten Frage nach dem Schicksale der

---

Hallo (nach Wedekind Noten II, 184 im Wessaga gelegen, bei Erhard I, CLXXIV), und ein dritter, der sich muthmasslich in den Gauen Enteriga, Marstem, Tiliti und Loingo erstreckte (Hodenberg Hoyer U. B. VIII, n. 16).

1) Vgl. Ficker, vom Reichsfürstenstand § 37. 58. 61. Ein bezeichnendes Beispiel der staatsrechtlichen Trennung der alten und neuen Grafengeschlechter ist in An. Corb. 1145: Fridericus *princeps* Arnsbergensis — Wolcwinus vir praepotens de Sualenberg. — Vgl. auch Schrader p. 151 ff.

billungischen Comitate bietet, so müssen wir die am frühesten erscheinenden etwas näher betrachten. Unter der herzoglichen und kaiserlichen Regierung Liuders treffen wir die Geschlechter der von Schwalenberg, Dassel, Everstein, Rode, Stumpenhausen, Werder.

Die Schwalenberger vertritt zuerst mit dem gräflichen Titel: Heinricus comes viceadvocatus (von Corvey) als Zeuge einer Urkunde des Abtes Erkenbert von Corvey von 1113,[1]) welche sein Sohn Widekind mitunterschreibt, durch welchen letzteren er als Schwalenberger zu erkennen ist. Dieser erscheint dann in zwei Urkunden als Inhaber eines Comitats im Gaue Merstem. In der ersten,[2]) von Bischof Witelo von Minden (1097—1120) ausgestellten, heisst es: in mallo Eberhardi comitis (unbekannten Geschlechts) super ripam Wisere in pago Scapevelden et denuo in mallo Widekindi comitis in loco Lindem in pago Merstemen *coram duce Liudero.* Die zweite Urkunde von Bischof Siwart von Minden (1121—40) bezeugt, dass eine Gütertradition erfolgt sei in mallo Widekindi de Swalenberg in pago Merstemen in loco Lindard. Unter den Zeugen erscheint Widekindus comes.[3]) Aber auch ein-

1) Falke, Trad. Corb. p. 212 und 406.

2) Würdtwein s. d. VI, 319. Vgl. den Aufsatz über die Schwalenberger von Alten in der Ztschrft. des hist. Ver. für Niedersachsen 1859 p. 1—64, welcher p. 21 ff. über die beiden Urkunden handelt und die erste näher auf die Zeit zwischen 1115—20 setzt; Lindem ist Linden bei Hannover.

3) Würdtwein s. d. VI, 324. Alten a. a. O. bestimmt die Urk. näher auf 1121—27; Lindard ist Linderte an der Ihme. Ueber das weitere Vorkommen Widekinds vgl. die gründliche Abhandlung. Noch 1128 erscheint er (der Stifter des Klosters Marienmünster) als W. comes, vir nobilis bei Erhard II, CCV (Falke 216), soll nach Alten p. 20 1137 Juli 11. gestorben sein und wird 1140 von B. Bern-

fach als W. de Swalenberg kommt er häufig vor, ebenso wie Glieder seines Geschlechtes noch im Anfange des 13. Jahrhunderts ohne den Grafentitel und anderen Edlen nachgestellt erscheinen.[1])

Von denen von Dassel erscheint zuerst mit dem Grafentitel Reinold im Jahre 1113 als Inhaber eines Comitats im Sulbirgowe.[2]) Dass dieser Reinold, der öfters auch ohne jenen Titel vorkommt, ein Dasseler war, unterliegt keinem Zweifel, wenn auch in einer Urkunde des Jahres 1120 nicht mehr Reinoldo Dassalo, sondern uassallo gelesen werden muss.[3]) Noch bis in den Anfang des folgenden Jahrhunderts nennen sich die Dasseler noch nicht ständig Grafen.[4])

Die Eversteinische Grafenreihe scheint Graf Conrad im Jahre 1113 zu eröffnen, der mit seiner Gemahlin

---

hard von Paderborn W. avunculus meus comes Swalenbergensis genannt, Erhard II, CCXXXIV.

1) 1154 Orig. Guelf. III, 451. 1181 ibid. 547. 1185 und 1186 ibid. praef. 39. 1196 Schrader n. XI, wo aber Widekindus senior de Sualenberge den Grafen von Everstein und Emme vorgestellt ist. 1203 Hodenberg, Calenberg. U. B. I, n. 4. Dazwischen 1167 Volcwinus comes de Sualenberg, Spilcker, Beitr. z. ält. dt. Gesch. I, 172. Die Urk. Heinrichs des Löwen von 1175 (Or. G. III, 532) hat nach dem neuen Abdrucke bei Leverkus, U. B. des Bisth. Lübek I, n. 11. nicht Heinricus comes de Svalenberg, sondern Suuaceburg (Schwarzburg).

2) Erhard I, CLXXXII: in concilio Gerhardi comitis (unbekannten Geschlechtes) secundum legem et iustitiam Angariorum et in concilio Reinholdi comitis secundum ritum Ostersahson herescaph in pago Sulbirgowe. Ferner Urk. von demselben Jahre und 1116, Falke 212. 582.

3) Falke 214, jetzt Erhard I, CLXXXVIII. Vgl. Schrader 174 und 273 ff., sowie im Vaterländ. Archiv 1830, 3, p. 1—32.

4) Reinolds älteren Sohn Ludolf finde ich in den Urkunden Heinrichs des Löwen nur einmal als comes im Jahre 1162, Stumpf, Acta Magunt. n. 75. Noch 1203 ein Glied des Geschlechtes ohne den Titel, Calenberg. U. B. I, n. 4.

Mathild und seinen Söhnen Conrad, Otto und Adelbert dem Kloster Corvey Güter in der villa Stahlo (bei der Burg Everstein) schenkt.[1]) Als comes de Eberstein bezeugt Conrad zwei Urkunden, zwischen 1111—13 und 1126,[2]) wird dagegen 1120, 1122 und 1127 nur de Everstein genannt,[3]) wie seine Nachkommen noch in der zweiten Hälfte des Jahrhunderts.

Die von Rode vertritt zuerst Hildebold zwischen den Jahren 1120—40 als Comitatsinhaber im Gaue Merstem. Als Zeugen dieser Urkunde werden unter der Rubrik nobiles aufgeführt die Grafen Hildebold und Gerbert, ein sicheres Kennzeichen, dass sie dem Range nach unter den fürstlichen Grafen standen.[4]) Uebrigens erscheinen auch die von Rode noch viel später oft ohne den gräflichen Titel.

Die Stumpenhausener Geschlechtsreihe weist zuerst 1137 einen Grafen auf, Widekind, wie allgemein an-

1) Falke 212.

2) Die erste ist die Confirmation des Klosters Reinhausen durch Erzbischof Adelbert (Leibnitz, scr. rer. Brunsv. I, 705. Harenberg 1520) mit der falschen Jahreszahl 1100. Die von 1126 bei Erhard II, CXCVIII.

3) Falke 214. Stumpf, Act. Magunt. n. 10. Wigand, Gesch. von Corvey n. VII.

4) Würdtwein s. d. VI, 327. Or. G. III, 485: in pago Merstemen in occidentali ripa Himene fluminis in placito comitis Hildeboldi de Rothen et in villa Diddelinchusen in placito comitis Theoderici de Holthusen (unbekannten Geschlechts, der unter den Zeugen das Prädicat comes nicht erhält und noch Würdtwein VI, 330 vorkommt). — Gerbert soll nach Scheidt ein Graf von Stotel sein, was Hodenberg, Hoyer U. B. V, p. 9 not. 1 mit Recht bestreitet, der ihn für identisch mit dem von 1153—89 vorkommenden Grafen Gerbert von Varsvlete (Warfleth im Oldenburgischen) hält, was aber in Anbetracht der langen Zeit seines Vorkommens, sowie der Lage des Comitats (auch im Marstem, Würdtwein VI, 321) ebenso unwahrscheinlich ist.

genommen wird, der noch 1180 mit diesem Titel, in Urkunde Bischof Wernhers von Minden (1153—70) aber unter den nobiles einfach als Widekindus de Stumpenhausen erscheint.[1])

Von denen von Werder (Gieselwerder im sächsischen Hessengau, wohl zu unterscheiden von den hildesheimischen Lehngrafen von Werder, welche erst später erscheinen) kommt zuerst Burcardus comes de Insula zwischen 1109—37 vor,[2]) welcher 1129 in einer Urkunde König Lothars einfach Burcardus de Werdera heisst.[3]) Auch sein muthmasslicher Nachfolger Rether kommt um die Mitte des Jahrhunderts in dieser doppelten Weise vor.[4])

Der Graf Sifrid von Erteneburg, der in Urkunde Kaiser Lothars von 1136 erscheint und dessen Vater ein sächsischer Edler genannt wird, gehört auch hierher, obwohl seine Familie, von der sein Sohn Florenz im Jahre 1149 erwähnt wird, entweder bald erloschen oder der Belehnung mit dem Comitate verlustig gegangen sein muss, da wir später keine Grafen von Erteneburg mehr finden.[5])

Eine rein persönliche nicht erbliche Belehnung fand auch wohl bei den Untergrafen statt, sodass wir Glieder einer Familie mit dem gräflichen Titel vorfinden, welche

1) Urkunden bei Lappenberg n. CLV und CCXLVII, Würdtwein s. d. VI, 340. Vgl. die Stammtafel zum Hoyer U. B. I. und Ficker, Reichsfürstenstand § 61.

2) Urk. Adelberts I. von Mainz bei Schrader p. 238 not. 7 mit der falschen Jahreszahl 1101, ohne die Zeugen auch Erhard I, CLXXII.

3) Or. G. II, 494.

4) Gudenus c. d. I, n. 51. 52. 59. 76. Erhard II, CCXLIX.

5) Urk. von 1136 bei Lappenberg n. CLII. Der Vater im An. Saxo (SS. VI, p. 677). Florenz, als filius comitis Sifridi de Ertenebureh bei Jaffé, Mon Corbei. p. 274 (Martene Coll. ampl. II, p. 331). Sifrid wird noch genannt im Chron. Gozec. (SS. X, p. 155) und An. Stad. (SS. XVI, p. 326.)

denselben in der Folge nie mehr führte, so die von Eberschütz und Homburg.[1])

Dies sind unseres Wissens die frühesten, noch in die Zeit Liuders fallenden Zeugnisse von dem Emporkommen der neugräflichen Häuser in Sachsen.

Fragen wir nun, um auf den Weg unserer Untersuchung zurückzugehen, nach den Lehnsherren dieser Untergrafen, so scheiden sich die von Werder, Everstein und Dassel als für unsere Untersuchung unwichtig heraus. Die von Werder trugen vom Erzstifte Mainz, die von Everstein wohl vom Stifte Corvey, daneben aber wohl auch von den Grafen von Northeim Comitate zu Lehen. Die von Dassel waren Untergrafen der Northeimer im Sulbirgau.[2]) Die Frage nach den Lehnsherren der übrigen Grafengeschlechter aber hängt enge mit der nach der Nachfolge Herzog Liuders in die billungischen Comitate zusammen.

Die Comitate der Grafen Widekind von Schwalenberg und Hildebold von Rode lagen, wie wir sahen, im Gaue Merstem, in welchem die Billunger seit alten Zeiten Grafschaftsrechte besessen hatten. Dass diese Grafen nach dem Aussterben des alten Herzogshauses hier in dessen Rechte eingetreten, darf deshalb nicht angenommen werden, weil dann nicht abzusehen wäre, weshalb sie nicht in die staatsrechtliche Stellung der unmittelbar vom Reiche

---

1) 1130 in placito Conradi comitis de Everscutte (im Hessi-Saxonicus), Erhard I, CCXI. — 1150 in mallo comitis Bertholdi in cuius comitatu hoc castrum (Homburg) situm est. In derselben Urk. Bertholdus de Homborch. Or. G. III, 446.

2) Schrader, Buch II, c. 2. § 19 not. 38. Später dürfte es wohl keinem Zweifel unterliegen, dass die von Everstein und Dassel auch zu den Lehngrafen Heinrichs des Löwen gehörten; letztere hatten am Ende des Jahrhunderts von Mainz auch einen Comitat im Hessi-Saxonicus zu Lehen, Schrader p. 177.

belehnten Grafen eintraten, nicht zu den Reichsfürsten gerechnet wurden. Erwägt man ferner, dass ihre Comitate in einer Gegend lagen, welche Heinrich der Löwe, der Nachfolger Liuders, zu seinen eigentlichen Erb- und Stammlanden rechnen konnte, so wird kein Zweifel mehr sein können, dass die Grafen von Schwalenberg und Rode vom Herzoge Liuder ihre Comitate zu Lehen trugen, dieser also hier in die Rechte der Billunger eingetreten war. Seiner Anwesenheit im Gerichte Widekinds von Schwalenberg wurde zweifellos deshalb ausdrücklich in der Urkunde Witelos von Minden gedacht, weil er oberster Inhaber des Comitates war.[1])

Auch in Beziehung auf die Grafen von Stumpenhausen können wir, obschon die Lage ihres Comitats nicht bekannt ist, in Anbetracht der Verhältnisse ihrer Nachfolger, der Grafen von Hoya, nur auf Herzog Liuder als Lehnsherren schliessen.

Dass der Graf Sifrid von Erteneburg seine Grafschaft von diesem zu Lehen trug, unterliegt wohl kaum einem Zweifel, wenn man diese Feste (Artlenburg an der Elbe) sowie die ganze umliegende Gegend später unter der Gewalt Heinrichs des Löwen sieht: ebenso unzweifelhaft scheint es aber auch, dass diese Comitatsrechte hier im Bardengau auf Liuder nur von den Billungern übergegangen sein können.[2])

Zu beachten für unsere Ansicht wären ferner die Verhältnisse der späteren Grafen von Lüchow. Sie waren ohne Zweifel von Heinrich dem Löwen belehnt,

1) Vgl. oben p. 10 die Analogie vom Jahre 1102. Auch Alten a. a. O. p. 22 nimmt die Lehnherrschaft Liuders, freilich ohne Angabe von Gründen, für ausgemacht an.

2) Vgl. Steindorff p. 67—70 und Wedekind Noten II, XLVI.

und dieser Nexus lässt sich noch weiter hinauf nach Herzog Liuder verfolgen, wenn man die Identität der Grafen von Lüchow und **Warpke** für bewiesen annimmt, woran kaum noch ein Zweifel sein kann.[1]) Den neuen gräflichen Häusern, welche schon unter Herzog Liuder erscheinen, sind die von Warpke-Lüchow also anzureihen. Ulrich mit seiner Mutter, der Gräfin Beatrix von Wartbike, erscheint zuerst zwischen 1111—13 in einer Urkunde Erzbischofs Adelbert I. von Mainz mit dem Grafentitel,[2]) dann aber auch wieder in einer anderen Urkunde desselben Fürsten nur als liber homo Udalricus de Warthbeche bezeichnet.[3]) Er ist identisch mit dem Grafen Othelricus, der zwischen 1120—25 in Begleitung Herzog Liuders auftritt und mit dem 1158 erscheinenden Ulricus dictus comes de Luchawe,[4]) welchen letzteren Namen das

---

1) S. darüber Hodenberg, Verdener Geschichtsquellen II, p. 212 ff.

2) Confirmationsurk. des Klosters Reinhausen (s. oben p. 47 not. 2). Dass sein Vater Olger schon den Grafentitel geführt, also vielleicht schon von den Billungern belehnt war, wird nicht erwiesen durch die erst später geschriebene Narratio des Abtes Reinhard von Reinhausen bei Leibnitz scr. I, 703, wahrscheinlich allerdings dadurch, dass seine Gemahlin in der Urk. diesen Titel führt, wenn er ihr nicht vielleicht in Folge ihrer Abstammung von dem alten Reinhausener Grafengeschlechte zukam.

3) Gudenus c. d. I, p. 63. Die Urk. wird von dem Herausgeber ins Jahr 1124 gesetzt, und darin bezeugt, dass Ulrich sein Erbtheil an den Burgen Malsburg und Scharpenburg der Mainzer Kirche geschenkt.

4) Hodenberg, a. a. O. II, n. 15. Harenberg 1709. Meine Zweifel an der Aechtheit, resp. Angehörigkeit der letzteren Urkunde (1158. Ind. 6. a. regni Frid. 7. imp. 1) in dieses Jahrhundert, will ich nicht verhehlen. Ausser dem auffallenden Umstande, dass sie ein Edler ausstellt, was in dieser Zeit wenigstens sehr selten sein dürfte, erregen die Zeugen: der mir ganz unbekannte Graf Wernher von Lindowe und Godschalk von Plesse und sein Sohn Ludolf Be-

Geschlecht später ausschliesslich führte. Im wendischen Gaue Drewan, wo der Comitat der Grafen von Lüchow zu suchen ist, hatten aber die Billunger die Grafschaft und man möchte somit auch hier einen Beleg für unsere Ansicht von der Nachfolge Liuders in den billungischen Comitaten sehen, wenn es nicht wahrscheinlicher wäre, dass in diesen eroberten slawischen Gebieten gleiche Verhältnisse wie in den beiden nordalbingischen Gauen der Holsten und Stormarn bestanden, dass die Grafschaftsrechte auch hier rechtlich Pertinenz des Herzogthums waren.[1]) Wir sehen nämlich die Grafen von Lüchow und die von Dannenberg, welche auch diesem Gebiete angehörten, allein von den südalbingischen Vasallengrafen Heinrichs des Löwen im Jahre 1182 dem neuen Herzoge Bernhard die Huldigung leisten.[2])

Einige allgemeine Betrachtungen kommen unserem Beweise von dem Schicksale der billungischen Comitate zu Hülfe. Ein Doppeltes wäre nach dem Aussterben der Billunger bezüglich ihrer Comitate, abgesehen von der Nachfolge des neuen Herzogs, möglich gewesen: einmal dass die bisherigen Untergrafen, welche vielleicht schon durch einige Generationen ihr Amt erblich gemacht hatten, selbständig geworden, d. h. unmittelbar unter den König

---

denken. Sie möchte vielleicht in die Zeit Friedrichs II. gehören. Harenbergs Abdrücke sind bekanntlich nichts weniger als zuverlässig.

1) Diese Ansicht über die Entstehung der Grafschaften Lüchow und Dannenberg aus eroberten slawischen Gebieten durch die Billunger spricht schon Scheidt aus, angeführt von Wedekind Noten I, XXXIV. Gleichwie in Holstein Heinrich und Godfrid könnte auch wohl Olger von Warpke schon von den Billungern belehnt sein und den Grafentitel geführt haben, s. oben p. 51 not. 2.

2) Arn. Lub. II, 1.

getreten wären; dann, dass dieser die Comitate anderweit verliehen. Ersteres ist aber deshalb undenkbar, weil, wie schon oben angedeutet, dann nicht abzusehen wäre, warum die Untergrafen, welche ja jetzt vermöge ihrer Reichsunmittelbarkeit den noch blühenden alten Grafengeschlechtern (wie Stade, Bomeneburg, Arnsberg, Teklenburg, Ravensberg) zur Seite getreten wären, nicht auch zu den Reichsfürsten gezählt wurden. Und neue fürstliche Grafenhäuser, welche aus den früheren Untergrafen hervorgegangen sein könnten, finden wir nach der Zeit der Billunger nicht in Sachsen. Dies schlägt dann auch zugleich die zweite der obigen Möglichkeiten nieder.

Fasst man ferner die damaligen Machtverhältnisse in Sachsen ins Auge, so ist es zum Ersten undenkbar, wie Herzog Liuder einen so bedeutenden Einfluss auf den Gang der Ereignisse hätte ausüben können, wenn seine Machtfülle nicht einmal der der Billunger gleichgekommen wäre, wenn er nur wenige Grafenämter begleitet hätte.[1]) Sodann war Luider von Anfang seiner Regierung an nicht der Mann, der sich vermeintliche Ansprüche leicht entreissen liess: er würde eben eine Verleihung billungischer Besitzstücke an Andere oder das Emporsteigen der Untergrafen nicht geduldet haben, dafür bürgt die ganze Auf-

---

1) Urkundlich erscheint Herzog Liuder meines Wissens nur als Inhaber eines Comitats, wie es scheint im Paderbornischen Sprengel. Wigand, Archiv für Gesch. Westfalens III, 1. p. 100. Urk. Bischof Heinrichs von Paderborn von 1118, in der er bekundet, dass dem Kloster Abdinghof fünf Hufen zu Belethe und eine Mühle in comitatu Ludgeri ducis geschenkt worden seien. — Wersebe, Beschreibung der Gaue zwischen Elbe, Saale etc. p. 136 zeigt, dass Liuder, ehe er Herzog war, einen Comitat im Hartego und Northuringo, also seinem Heimathlande, besessen, was bei der hier erörterten Frage nicht von Belang sein kann.

fassung, welche er später von seinem Herzogthume entwickelte. Schliesslich weist die Entwickelung der Comitatsverhältnisse unter Heinrich dem Löwen, der eine Menge gräflicher Vasallen um sich versammelte, deren Territorien und Amtsgebiet sich über altbillungische Comitate erstreckte, mit Nothwendigkeit auf Herzog Liuder als Mittelsmann hin.

So scheint uns eine andere Annahme als die, dass Liuder die billungischen Comitate zugleich mit dem Herzogthume überkommen habe, völlig unmöglich.

Auch in den Comitaten der alten Geschlechter, deren Besitzungen Liuder durch seine Gemahlin Richenza zufielen (die der Grafen von Braunschweig, Northeim und Catelenburg), scheint derselbe nachgefolgt zu sein, wenn wir auch hier keine bestimmten Anhaltspunkte finden können, ja der nachweisbare Besitz des früher catelenburgischen Comitats durch den ganzen Lisgau, welchen Heinrich der Löwe und demnach auch Liuder inne hatte, rechtlich auf eine besondere, von Kaiser Conrad II. gegebene Erbvergünstigung zurückgeführt wird.[1]) Doch kann keine andere Ansicht Platz greifen, wenn man erwägt, wie Liuder von Anfang an mit aller Energie die Nachfolge der Seitenverwandten in den Reichslehen in Sachsen verfocht und durchsetzte. Die vielfachen Beziehungen der Dasseler, der früheren Untergrafen der Northeimer im Sulbergau, zu Heinrich dem Löwen möchten auch hierfür sprechen und die Bestätigung des Lisgaucomitates durch Kaiser Friedrich ist am Ende auch nicht mehr, als eine rechtliche Anerkennung eines factisch längst bestehenden Zustandes.

---

1) Urk. Friedrichs I. von 1158 Or. G. III, 468 (Böhmer n. 2385).

Nachdem wir so die beiden Vorfragen einigermassen erledigt, ist es nöthig noch einen Blick auf die weiteren realen Grundlagen der Macht Liuders zu werfen, auf die väterlichen und anderen ererbten Besitzungen desselben.[1]) Liuder war der Sohn des ostfälischen Grafen Gebhard von Suplingeburg, dessen Vorfahren vielleicht einen Comitat im Derlingau besessen, und welcher durch seine Gemahlin Hedwig, die Tochter Friedrichs von Formbach und der Gertrud von Haldensleben, die haldenslebischen Besitzungen, besonders Haldensleben und Lutter auf seinen Sohn vererbte.[2]) Die bedeutendste Erwerbung machte Liuder selbst durch seine Gemahlin Richenza, die Erbtochter Heinrichs des Fetten von Northeim und der Gertrud von Braunschweig. Durch diese Heirath erhielt Liuder nicht nur die northeimischen Besitzungen (der Bruder Richenzas, Otto, starb früh, und den Antheil der Schwester, der Pfalzgräfin Gertrud, scheint Luider durch Kauf an sich gebracht zu haben), sondern auch den grössten Theil der braunschweigischen Lande und das Erbgut des Grafen Dietrich von Catelenburg, des Sohnes der Markgräfin Gertrud aus erster Ehe, den seine Mutter überlebt und beerbt hatte. So war Liuder durch seinen Güterbesitz, der sich besonders über Engern und Ostfalen erstreckte, schon der mächtigste Herr in Sachsen.

Herzog Liuder verstand es während seiner neunzehnjährigen herzoglichen Regierung, dadurch dass er sich in dem neuentbrannten Kampfe des sächsischen Volkes gegen den fränkischen König, anders als der Billunger Magnus, an die Spitze der Bewegung stellte, einer veränderten

1) cf. Jaffé, Lothar, Einleitung.
2) cf. Wedekind Noten II, XXXIX.

Auffassung von dem Wesen des sächsischen Ducats Geltung zu verschaffen und dadurch den Bestrebungen seines Nachfolgers, Heinrichs des Löwen, die Bahn zu ebnen. In dieser Beziehung ist die Regierung Herzog Liuders von grosser Bedeutung für die Entwickelung des sächsischen Herzogthums, und obgleich das, was sich während derselben bildete, der rechtlichen Anerkennung von Seiten des Reichsoberhauptes entbehrte, so kam doch das grössere Ansehen Liuders factisch zur Geltung; die höhere Bedeutung des sächsischen Herzogthums erhält, wie so manches Verfassungsmoment in der deutschen Geschichte, erst durch die Dauer der Zeit, zumal da nach der Wahl Liuders zum deutschen König herzogliche und königliche Befugniss zusammenfloss, rechtlichen Boden.

Dem gemeinsamen Oberhaupte, dem Könige, gegenüber betrachtete sich Herzog Liuder von Anfang an als der eigentliche Repräsentant und Vorkämpfer der sächsischen Nation in ihrem ganzen Umfange. Die Interessen ihrer Fürsten, mochten nun seine eigenen näher dabei betheiligt sein oder nicht, besonders die Erbfolge der Seitenverwandten in den grossen Reichslehen, macht er zu den seinigen, unaufgefordert ergreift er zu ihrem Schutze gegen die königlichen Eingriffe die Waffen.[1])

Die erste Gelegenheit bot sich ihm dar in Folge des Confliktes Rudolphs von Stade, des Markgrafen der Nordmark mit dem Könige über den Verwalter der Grafschaft Stade, den Ministerialen Friedrich. Hier verfocht er mit Eifer das Recht des Markgrafen. Eine zeitweilige Entsetzung vom Herzogthume und die Erhebung Ottos von

1) In Beziehung auf die Geschichte und ihre Belege verweise ich auf Jaffé, Lothar, Einleitung.

Ballenstädt zu dieser Würde fällt in diese Zeit, 1111—1112. — Die weibliche Erbfolge sächsischer Fürsten in den Reichslehen vertheidigte Liuder zweimal: zuerst beim Tode Ulrichs von Weimar-Orlamünd, auf dessen Lehen der Pfalzgraf Sifrid vom Rhein Ansprüche erhob, das andere Mal nach dem Ableben des Markgrafen Heinrich von Meissen und der Lausitz, wo er die Nachfolge Conrads von Wettin durchsetzte.

Wenn nun hier auch überall die sächsischen Fürsten insgesammt den Eingriffen Kaiser Heinrichs V. in ihre angestammten oder beanspruchten Rechte entgegentraten, so sehen wir doch in diesem Streite die Person Liuders einen hervorragenden, ja den ersten Platz einnehmen: er erscheint als der Leiter der ganzen Bewegung, immer von Neuem bereit, dieselbe wach zu halten; sein Eingreifen wirkt vor Allem entscheidend, so besonders in dem Kampfe des Jahres 1115, in der Schlacht an dem Welfesholz. Obschon nun zwar Liuder diese seine massgebende Stellung unter den sächsischen Fürsten gegenüber dem Kaiser mehr seiner eigenen energischen Persönlichkeit als dem Gewichte seiner Herzogswürde verdankt, so ist doch augenscheinlich, dass die solchergestalt erlangte Machtfülle auch auf die rechtliche Stellung seines Amtes einen bedeutenden Einfluss ausüben musste, zumal da es unverkennbar scheint, dass Liuder selbst jene von Anfang an erstrebt habe, um diesem eine höhere Bedeutung und Anerkennung zu verschaffen. Und es gelang ihm wirklich seine herzogliche Gewalt über solche Theile des Sachsenlandes auszudehnen, welchen dieselbe bei dem Mangel an territorialer Grundlage fremder war: in den Marken und in Westfalen.

Die östlichen Slawenmarken waren rechtlich, wie wir

sahen, völlig unabhängig von dem Herzogthume; Herzog Liuder hatte es im Jahre 1123 so weit gebracht, dass er einen bedeutenden Einfluss auf die Besetzung von zwei erledigten Marken ausüben konnte. Nach dem Tode des Markgrafen Heinrich von Meissen und der Lausitz hatte der Kaiser die erste Mark an den Grafen Hermann von Winzenburg, die Lausitz an Wiprecht von Groizsch verliehen.[1]) Wenn nun Liuder nach Vertreibung der beiden kaiserlichen Markgrafen die Mark Meissen dem Conrad von Wettin gab, so kann dies nichts Auffälliges haben, da Conrad, der Vetter des Markgrafen Heinrich, nach Erbrecht auf Meissen Ansprüche erhob und die Mark schon dem Verstorbenen zu dessen Lebzeiten streitig gemacht hatte. Es liegt also hier nur eine Restitution des von einem Anderen widerrechtlich in Besitz Genommenen an den wahren Eigenthümer vor. Dagegen ist die

1) An. Saxo 1123: Inperator marchiam in Misne Wicberto tradit. Dux Liuderus cum aliis principibus super hoc indignantibus suscipit bellum et in eandem marchiam Conradum de Witin ducit et collocat. Quo facto cum Adelberto, filio Ottonis de Ballenstide, usque Ilburch procedit, eorumque consensu, qui in utrisque marchiis primates erant, ambo marchias singulas regendas suscipiunt. — An. Pegav. 1123: Heinricus marchio iunior obiit, pro quo imperator Heinricus binos marchiones constituit, Wicpertum quendam praedivitem et comitem Hermannum de Winciburch. Sed Adelbertus et Cuonradus comites de Saxonia, ducis Lotharii ceterorumque Saxonum freti auxilio, depulsis illis, loca eorum simul atque dignitates invadunt. — Wenn der An. Saxo die Mark Meissen an Wiprecht geben lässt, so muss dies eine Verwechselung sein, welche Jaffé p. 20 nicht bemerkte. Dass das Verhältniss wie im Texte angedeutet gewesen, ergibt sich daraus, dass Liuder als König dem Hermann die Mark Meissen, deren Besitz dieser inzwischen wieder erlangt haben musste, und später dem Albrecht die Lausitz wieder nahm, jene an Conrad von Wettin und diese an Heinrich den Sohn Wiprechts, gab (Jaffé p. 84 u. 100).

Vergabung der Mark Lausitz an Albrecht von Ballenstädt, welcher gar keine auf verwandtschaftliche Beziehungen gegründete Ansprüche auf dieselbe geltend machen konnte, im höchsten Grade verwundernd und kann nicht anders erklärt werden, als dass Liuder sich als Herzog von Sachsen das Recht vindicirte bei Erledigung der Marken in Betreff ihrer Wiederbesetzung ein Wort mitzusprechen. Denn obgleich es heisst, dass die beiden neuen Markgrafen mit der Zustimmung der Vornehmsten der Länder diese zu regieren übernommen, so scheint doch Liuder seinen Candidaten Albrecht schon früher aufgestellt zu haben. Wie sich weiter das Verhältniss der Marken Meissen und Lausitz gestaltete, und besonders ob Conrad und Albrecht dem Herzoge gehuldigt,[1]) ist bei dem Mangel an Zeugnissen, zumal da bald darauf Liuder den deutschen Königsthron bestieg, nicht zu sagen. Wenn nun auch an ein damals statuirtes Lehnsverhältniss der beiden Marken vom Herzogthume kaum zu denken ist, so war jedenfalls das Verfahren Liuders der erste Schritt zu einer Abhängigkeit derselben, welche nur vielleicht durch seine kaiserliche Regierung abgewendet wurde. Selbst unter der Regierung Heinrichs des Löwen finden wir Aehnliches nicht wieder.

Dass die Kriegshülfe, welche Heinrich von der Nordmark im Jahre 1114 gegen die Slawen leistete, ein untergeordnetes Verhältniss dieser Mark zum Herzogthume nicht begründen kann, ist schon oben bemerkt.

Ebensowenig scheint an eine militärische Unterordnung des Stiftes Corvey unter Liuder gedacht werden zu

---

1) Das „ducit et *collocat*" des An. Saxo ist für diese Annahme doch ein zu schwacher Beweis.

dürfen, wenn es heisst, dass corveyische Ministerialen denselben Feldzug des Jahres 1114 mitgemacht.[1]) Das Verhältniss ist hier vielleicht ein ähnliches wie das der Abtei Quedlinburg zum Herzoge Magnus, welcher von derselben die Vogtei gewisser Güter übernahm, unter der Bedingung, dass ihm einmal in jedem Jahre, wenn er gegen die Slawen ausziehe, drei Pferde zum Fortschaffen des Gepäckes gestellt würden.[2])

Nach dem Siege am Welfesholz (11. Februar 1115), dessen Ruhm dem Herzoge zum grössten Theile verdankt wurde, ward diesem auch Gelegenheit in die westfälischen Verhältnisse zum ersten Male einzugreifen. Er zwang die Bürger von Münster ihm und seinen Verbündeten sich eidlich zu verpflichten, dass sie ihnen treu anhängen würden, für den Fall, dass ihr Bischof Burchard, der des Kaisers Partei hielt, sich nicht mit ihnen aussöhnen würde.[3]) Wenn man auch diesen Eid nicht geradezu für einen Huldigungseid der münsterischen Bürger Herzog Liudern gegenüber ansehen darf,[4]) zumal da derselbe nicht dem Herzoge allein, sondern der Partei überhaupt geleistet wurde, so scheint dies doch der Anfang zum Geltendmachen seines Ansehens in Westfalen, die Brücke zu weiterer Ausdehnung seiner Gewalt in diesem Lande gewesen zu sein. Die Vernachlässigung des Eides durch

---

1) An. Corbei. 1114: Haec Conrado urbico Frakenlevensis ministeriali nostro et alio Conrado de Gronige referentibus, *ipsi expeditioni consertis*, ad nos delatum hic inseruimus.

2) cf. Steindorff p. 62.

3) An. Saxo 1115: Liuderus dux adiunctique principes Monasteriensem civitatem obsident. Monasterienses vero iuramento facto se eis fidos permansuros spondent, si episcopus Burchardus consiliis eorum adquiescere nollet pro pace apud inperatorem impetranda.

4) So scheint Erhard I, 1411 und 1415 anzunehmen.

die Münsterer, welche den Nachfolger Bischof Burchards, Dietrich, einen Anhänger der sächsischen Partei, vertrieben hatten, veranlasste wohl auch den Herzog auf die Klage, welche der Bischof bei den sächsischen Fürsten führte, vereint mit dem Grafen Hermann von Winzenburg denselben mit bewaffneter Hand in seinen Sitz zurückzuführen (1121). Bei dieser Gelegenheit warf er im ganzen Bisthume diejenigen, welche sich widersetzten, nieder und führte die münsterischen Dienstleute und edlen Vasallen mit sich fort. Der Bischof Dietrich blieb von da an, wenn auch nicht in Abhängigkeit vom Herzoge, so doch sein treuer Bundesgenosse, als welcher er demselben im Jahre 1123 bei dem Zuge, welchen Liuder zum Schutze seiner vom Kaiser bedrohten Schwester Gertrud von Holland unternahm, Hülfe leistete.

Andere Anlässe zur Ausbreitung seiner Macht erwuchsen Liuder ohne Zweifel aus der Vogtei über das Stift Verden, welche er urkundlich inne hatte,[1]) und aus der Vogtei über die Stadt Bremen, welche ihm Erzbischof Liemar, den er 1089 in der Schlacht bei Gleichen gefangen genommen hatte, als Lösegeld abtreten musste.[2]) Sie wurde vor Allem die Grundlage, auf welcher der Nachfolger Liuders, Heinrich der Löwe, das Bisthum seiner herzoglichen Gewalt unterwarf; aber auch schon Liuder selbst scheint durch sie festen Fuss und eine reale Basis seines herzoglichen Ansehens in den Besitzungen der Bremer Kirche gewonnen zu haben. Dies zeigt sich deutlich im Jahre 1122, wo er zur Wiedereinsetzung des Untergrafen Friedrich von Stade, der von seinen Herren, den

1) Zwei Urkunden bei Hodenberg, Verdener Geschichtsquellen II, n. 15 und 17.

2) An. Stad. 1089.

Grafen von Stade, vertrieben worden, wie es heisst, die Kräfte des ganzen sächsischen Herzogthums aufbot. Damals nun legte Liuder mitten in der Grafschaft Stade, welche von Bremen zu Lehen ging, die Burg Bremervörde an,[1]) gewiss nicht ohne die Absicht, sich hier dauernden Einfluss zu sichern.

Was die slawischen Verhältnisse betrifft, so war von Wichtigkeit, dass kurz vor dem Regierungsantritt Liuders die Herrschaft des heidnischen Cruto in Wagrien durch den Sohn Godschalks, Heinrich, gestürzt war (1093), welcher dem Herzoge Magnus die Lehnshuldigung geleistet hatte und seine Völker zum Christenthum und zur Zinszahlung an den Herzog zu bringen suchte.[2]) Dieses Verhältniss blieb auch unter Liuder, und je weiter sich die Macht Heinrichs ausdehnte, desto grösser wurde auch indirect die seines Lehnsherren, des sächsischen Herzogs, welcher deshalb auch bereitwillig dem wendischen Fürsten seine Hand und die Kräfte seines Grafen Adolph von Holstein und Stormarn darbot zur Unterwerfung der slawischen Völker. Die Stämme der Wagrier, Polaber, Obodriten, Kyciner, Circipanen und Ranen wurden so allmälig dem Reiche Heinrichs, nominell wenigstens, einverleibt. Heinrich wurde König genannt im ganzen Lande der nordelbischen Slawen.[3]) So war Herzog Liuder Lehnsherr

---

1) An. Stad. 1112: Principibus ergo Stadensibus quaecunque in Friderici possessione fuerant sibi vendicantibus, Luderus castrum Vorde aedificavit et totius ducatus Saxoniae vires ad Fridericum restituendum informavit. — cf. Jaffé p. 18. — Die Burg Bremervörde erscheint 1155 im Besitze Hartwigs von Bremen. Helmold I, 79.

2) Helmold I, 34.

3) Helmold I, 36: Vocatusque est rex in omni Slavorum Nordalbingorum provincia. — Das „et", welches seither in den Ausgaben nach „Slavorum" gelesen wurde, fehlt in den besten Handschriften.

eines weitausgedehnten slawischen Königreiches. Freilich war seine Hoheit über den wendischen Fürsten nur eine vermittelnde, dieser war ursprünglich und eigentlich dem deutschen Könige lehnpflichtig, wie dies auch zur Zeit der Billunger noch hervortritt, und nur als Inhaber der slawischen Mark, als permanenter Stellvertreter des Königs konnte Liuder von Heinrich den Lehnseid fordern. An eine immediate Herrschaft über die wendischen Gebiete, wie sie Heinrich der Löwe nachher erstrebte, dachte wohl Liuder noch nicht, obwohl factisch bei dem beständigen Kampfe des Herzogs mit dem Könige und der Geringfügigkeit des königlichen Ansehens in Sachsen überhaupt, das Verhältniss der slawischen Lande zum Könige nicht zur Geltung kam.

Dass Liuder die Ausbreitung der Herrschaft seines Vasallen, des Fürsten Heinrich, auch dazu ausbeutete, sich slawische Gebiete, welche ursprünglich einem anderen Markgrafen untergeben waren, abhängig zu machen, zeigt deutlich die schon angeführte Stelle der Corveyer Annalen.[1]) Hier heisst es, dass der Markgraf Heinrich von

---

Abgesehen davon, dass dadurch die Stelle einen ganz anderen Sinn erhält, ist die Uebersetzung bei Jaffé p. 9 selbst nach der seitherigen Lesart nicht dem Sachverhalte entsprechend: „Er nannte sich König der Slawen und Nordelbinger." Von einer Abhängigkeit der nordalbingischen Lande vom Wendenreiche ist keine Rede mehr. Zur Zeit Crutos bestand eine solche allerdings, die drei sächsischen Stämme bezahlten sogar Tribut. (Helm. I, 26.) Jetzt aber stehen Holsten und Stormarn und ihr Graf nur unter dem Herzoge; was sie für Heinrichs Gebietserweiterung thun, geschieht aus dem freien Willen von Bundesgenossen.

1) An. Corb. 1114. Eine ganz eigene, irrige Auffassung dieser Stelle hat Giesebrecht, Wendische Geschichten II, p. 200 not. 2, indem er die Annalen beschuldigt fälschlich den Markgrafen Heinrich für den Obodritenfürsten genannt zu haben. Zu bemerken ist, dass sie nach dem Berichte von zwei Augenzeugen erzählen.

der Nordmark dem Herzoge mit 300 Reitern vom Stamme der Circipanen zu Hülfe gekommen sei. Diese habe nach Beendigung des Feldzuges der Herzog gefragt, welcher Markgrafschaft sie zugewandt seien, und als sie geantwortet, dem Markgrafen, in dessen Gefolge sie dienten, seien sie nach Recht verpflichtet, so sei der Herzog von solchem Zorn ergriffen worden, dass er sie alle tödten lassen wollte, wenn nicht die Einsprache seiner Freunde ihn von diesem grausamen Vorhaben abgebracht hätte. Der Grund des Verfahrens Liuders kann nur der sein, dass er selbst die Hoheit über den Stamm der Circipanen zu erlangen strebte. Später freilich, als König, erkannte Liuder die Unterordnung der Circipanen unter die Gewalt der Markgrafen der Nordmark wieder als zu Recht bestehend an, als er 1136 dem Bisthume Bamberg den dem Fiscus zustehenden Tribut von vier slawischen Districten, welche am linken Ufer der Peene im Stamme der Circipanen lagen, verlieh und zwar, wie es heisst, nachdem Markgraf Adelbert (der Bär), dessen Markgebiet die vier Districte umfasste, auf sein Recht verzichtet hatte. [1])

---

1) Urk. Lothars (Böhmer, Regesten n. 2156, jetzt auch in Förstemann, Neue Mittheilungen des thür.-sächs. Vereins II, 288 und Cod. Pomeran. dipl. n. 14). Lothar sagt: annuente et concedente de iure suo fideli nostro marchioni Adelberto, cuius marchie terminus predictas includit provincias: Ueber die Lage der vier slawischen Districte s. Förstemann p. 290 und Cod. Pom. d. p. 33. — Heinemann p. 344 not. 46 ist übrigens auf falschem Wege, wenn er zu erklären sucht, warum diese Gebiete 1136 Albrechts Mark unterworfen und vorher und nachher zu Pommern gehörten. Die Hoheit der Markgrafen über die slawischen Gebiete ist durchaus anderer, höherer Natur als die Herrschaft der eingeborenen slawischen Fürsten. Sie vertraten hier die Stelle des Reichsoberhauptes und waren von diesem mit den Einkünften dieser Gebiete belehnt, die einheimischen Fürsten ihnen zum Theile lehnpflichtig.

Doch sollte auch hier das Beispiel, das Herzog Liuder im Jahre 1114 gab, nicht ohne Folge bleiben: Heinrich dem Löwen gelang es diese nördlich der Peene gelegenen Gebiete der Nordmark zu entziehen und seiner Botmässigkeit einzuverleiben.

Ueberall sehen wir so den Herzog Liuder in die Angelegenheiten aller Theile Sachsens eingreifen und seine hervorragende Stellung zur Geltung bringen, und es fehlt nicht an Beispielen, dass er wirkliche Functionen des Herzogs, deren Besorgung auch anderwärts den Herzogen oblag, ausübte. Wenngleich wir nichts davon hören, dass die Herzogsgewalt Liuders schon so erstarkt gewesen, dass er sächsische Fürsten zu seiner Curia berief oder den damals nicht selten stattfindenden Specialversammlungen der sächsischen Fürsten [1]) präsidirte, wenngleich auch von einem herzoglichen Gerichte über Fürsten oder als höhere Instanz des Grafendinges nichts bekannt wird, so sehen wir doch den Herzog Liuder sich eine Sorge angelegen sein, welche in den wahren Stammesherzogthümern immer als eine Hauptaufgabe des Herzogs betrachtet wurde: die Aufrechthaltung des Landfriedens. Zweimal tritt uns Liuder in dieser Function entgegen. Im Jahre 1115 zerstörte er die Burgen des mächtigen Grafen Hermann von Winzenburg Valkenstein und Walhausen, weil von ihnen aus die Besatzungen die Umgegend mit Raubzügen heimsuchten. [2]) In gleicher Weise war

1) So 1115 zu Goslar und Fritzlar, An. Hildesh. — 1121 Ekkehard: Saxones crebros conventus — facere.

2) An. Saxo 1115: Liuderus dux ad iniuriam Hermanni comitis Valkenstein et Walhusen propter latrocinia et praedas quae inde fiebant destruxit. — Walhausen wird von Erhard I, n. 1415 für das thüringische gehalten. Valkenstein im Suevego?

Liuder auch in Westfalen bemüht sein herzogliches Ansehen durch Unterdrückung der Räubereien geltend zu machen. Er befahl nach dem Tode des Grafen Friedrich von Arnsberg, welcher durch seine Gewaltthaten ganz Westfalen in Schrecken erhalten hatte, dessen Burg Rietberg, um Aehnlichem für die Zukunft vorzubeugen, niederzureissen.[1])

Wie gewaltig und furchterweckend die immer wachsende Macht Liuders den sächsischen Fürsten erschien, welche bisher den Herzog als einen ihres Gleichen anzusehen gewohnt waren und von seinem nun überall hervortretenden Eingreifen für ihre Unabhängigkeit fürchteten, zeigt die Opposition, welche sie in der letzten Zeit gegen ihn erhoben, ein Vorspiel jener gewaltigen Reaction des unabhängigen sächsischen Fürstenthums, welche Heinrich den Löwen zu Falle brachte. Leider sind wir zu wenig unterrichtet, um den Anlass ihres Entstehens und dieses selbst recht verfolgen zu können; das innere Motiv derselben war aber wohl kein anderes, als das angedeutete. Der äussere Anlass war vielleicht das willkürliche Eingreifen Liuders in die Verhältnisse der Grafschaft Stade im Jahre 1121. Zwei Jahre später sehen wir fast alle seine früheren, theils sehr eifrigen Parteigänger, wie den Bischof Reinhard von Halberstadt, die Grafen von Stade, seinen Schwager den Markgrafen Heinrich von Eilenburg, Ludwig von Thüringen, gegen den Herzog in Waffen.[2]) Eröffnet wurden die Feindseligkeiten durch

1) An. Saxo 1124: Hoc anno obiit Fridericus comes de Arnesberg, cuius oppressione omnis fere provincia Westfaliae in servitutem redacta. Sein Schloss Wifelsburg zerstören die Bauern. Similiter et Rietbike *duce Liudero iubente,* ubi eius satellites praedis inhiantes tamquam in sentinam confluxerant, destructum est.

2) An. Saxo 1123.

die Befestigung der Heimenburg am Fusse des Harzes von Seiten des Bischofs von Halberstadt, welche Liuder, der hierin eine Bedrohung seiner Besitzungen (er sass damals auf der aus dem northeimischen Verlass herrührenden Blankenburg) sehen musste, sofort angriff. Durch die Vermittelung des Erzbischofs Adelbert von Mainz, des alten Anhängers von Liuder, wurde damals der Sturm noch beschwichtigt, die Heimenburg an den Herzog ausgeliefert und von ihm zerstört: auch ein Zeichen von der Uebermacht desselben, gegen die selbst der Bund so vieler mächtiger Fürsten nicht aufkommen konnte.

Fassen wir kurz die Resultate von Liuders herzoglicher Regierung in Beziehung auf die Entwickelung des sächsischen Ducats zusammen, so tritt ein bedeutender Unterschied zwischen ihr und der billungischen Periode hervor. Die energische Persönlichkeit Liuders, welche die Bedürfnisse des sächsischen Stammes erfasst hatte, und sich an die Spitze der Bewegung gegen die Eingriffe des Königs stellte, hatte es, gestützt auf einen bedeutenden Territorialbesitz, dahin zu bringen vermocht, dass der sächsische Herzog nicht nur factisch als der wahre Repräsentant seines Stammes nach aussen hin erschien, sondern dass das Herzogthum selbst auch eine breitere Basis erhielt, auf welcher wir schon Liuder Befugnisse den seither ganz unabhängigen Fürsten gegenüber mit Glück und unbestritten ausüben sehen, wie sie den Billungern durchaus nicht zustanden, und auf welcher weiter bauend, Heinrich der Löwe das sächsische Herzogthum soweit es die veränderte Natur des deutschen Ducats überhaupt noch zuliess, nahezu zu einer wahren Stammeshauptmannschaft zu erheben wusste.

So ist die Zeit Herzog Liuders eine wichtige Zeit

des Ueberganges, in welcher freilich von staatsrechtlicher Sanction des Neugewordenen oder neu sich Bildenden um so weniger die Rede sein kann, je mehr noch das Andenken an die alten Zustände im Bewusstsein der Fürsten fortlebte, und je weniger das Reichsoberhaupt Einfluss auf die sächsischen Verhältnisse zur Anerkennung oder Verwerfung der neuen Bildungen zu haben vermochte.

Nach dem Tode Kaiser Heinrichs V. wurde Herzog Liuder am 27. August 1125 zu Mainz zum deutschen Könige gewählt und nahm als solcher den Namen Lothar an.[1])

Er behielt bis an sein Lebensende die Verwaltung des Herzogthums Sachsen in seiner Hand. — Den Beweis hierfür hat Jaffé[2]) genügend erbracht und die Gründe widerlegt, welche für die frühere Belehnung des königlichen Schwiegersohnes, des Herzogs Heinrich des Stolzen von Baiern, zu sprechen schienen. Weniges bleibt noch in dieser Beziehung anzuführen. — Nur eine Urkunde ist uns aufgestossen, welche, ausser dem bei Jaffé Erwähnten, für die Ansicht derer angeführt werden möchte, welche Heinrich den Stolzen schon bei Lebzeiten Lothars zum Herzog von Sachsen machen.[3]) Der Kaiser bestätigt

1) Chron. Gozec. c. 17 (SS. X, p. 154): Liudegerus dux Saxonum regni gubernacula suscepit, Lothariusque nomen mutavit.

2) Lothar, Beilage II.

3) Or. G. II, 521. Eccard hist. gen. pr. Sax. sup. p. 23 und neuerdings in der Zeitschrift für westfäl. Gesch. u. Alterthumsk. Bd. VI, p. 229. Sie ist hier datirt 1135 Id. Jul. actum Buchstadihude (wodurch das von Jaffé 164 not. 38 angezweifelte Buxtehude wieder an Wahrscheinlichkeit gewinnt). Lothar macht darin bekannt: qualiter nos instinctu — Richencae imperatricis ministerialibus ecclesiae nostrae in Wildeshusen idem ius confirmamus quod antiquitus tempore beatae memoriae Magni ducis probantur habuisse, volentes eos cum filiis et posteris suis parem habere conditionem et legem cum nostris et *ducis Heinrici* ministerialibus.

darin im Jahre 1135 den Ministerialen seiner Kirche zu Wildeshausen das Recht, welches sie vor Alters zu Zeiten des Herzogs Magnus genossen, und verleiht ihnen und ihren Nachkommen dieselbe Stellung und dasselbe Gesetz, wie sie die königlichen und die Ministerialen Herzog Heinrichs haben. Die völlige Gleichstellung der Ministerialen des Herzogs mit den königlichen muss allerdings auf den ersten Blick befremden und zu der Ansicht leiten, dass Heinrich das Herzogthum Sachsen schon damals besessen und in Folge dessen seine Ministerialen in Sachsen eine solch bevorzugte Stellung eingenommen. Denn an eine Bezugnahme auf die Ministerialen des Herzogthums Baiern kann nicht gedacht werden, und dass die aus dem billungischen Verlass geerbten Ministerialen des bairischen Herzogs in Sachsen an und für sich den königlichen gleichgeachtet wurden, ist nicht anzunehmen. Einfach klärt sich aber das Verhältniss auf, wenn man der an und für sich sehr wahrscheinlichen Vermuthung Jaffés [1]) beistimmt, dass nämlich Herzog Heinrich bei seiner Vermählung mit der Kaisertochter Gertrud schon einen Theil der Erbgüter Richenzas, die braunschweigischen Besitzungen, empfangen habe, deren Ministerialen dann, als bis dahin königliche, ihre bevorzugte Stellung beim Wechsel des Herren natürlich nicht eingebüsst, sondern beibehalten hätten. — So bietet diese Urkunde nicht Anhalt genug, die Belehnung Heinrichs mit dem Herzogthume Sachsen vor 1137 anzunehmen, gegen welche andere schwerwiegende Gründe mit Recht geltend gemacht sind. Beizufügen wäre diesen höchstens noch das gänzliche Schweigen der mit den sächsischen Verhältnissen der

1) Lothar p. 60 und Beilage II.

damaligen Zeit näher vertrauten Quellen [1]) und der Umstand, dass Herzog Heinrich in der ursprünglichen und hauptsächlichsten Wirkungssphäre des sächsischen Herzogs, in den slawischen Angelegenheiten, zu Lebzeiten des Kaisers gar nicht auftritt, dieser vielmehr selbst Hand an ihre Ordnung legt.

Die Vereinigung der königlichen und der herzoglichen Gewalt in der Hand Lothars konnte für die Entwickelung der letzteren von doppelten Folgen sein. Einmal war es möglich, dass bei dem schwankenden Staatsrechte dieser Zeit, da der König herzogliche Befugnisse ausübte, dessen Nachfolger dieselben als königliche in Anspruch nähme; andererseits konnten dadurch, dass Lothar die ihm als König zustehenden Hoheitsrechte gegenüber den sächsischen Fürsten unangefochten verwaltete, manche derselben, und zwar gerade diejenigen, deren Besitz Lothar schon als Herzog angestrebt hatte, als Ausfluss der herzoglichen Würde erscheinen, die unter Lothars herzoglicher Verwaltung begonnene Entwickelung also nur gefördert werden. Alles kommt hier natürlich auf die Nachfolger Lothars sowohl in der königlichen als in der Herzogswürde an, erst unter ihnen konnte es sich zeigen, welches Moment überwog. Die Zeitgenossen Lothars, insbesondere die sächsischen Fürsten machten jedenfalls keinen Unterschied zwischen königlichen und herzoglichen Befugnissen, sondern schoben, da der deutsche König ja ohnehin mit den Herzogen in Ausübung ihrer

1) So heisst Heinrich beim An. Saxo immer nur dux Bawariae; erst 1138 dux Bawariae qui et dux Saxonum. Ebenso die An. Palid. In den An. Magdeb. 1134 dux Bawariae, 1139 bei seinem Tode dux Bawariae et Saxoniae.

Rechte concurrirte, alle Handlungen Lothars auf Rechnung der Königsgewalt, als der höheren von beiden. X

Einige Handlungen Lothars, zu welchen derselbe schon als sächsischer Herzog berechtigt war, von welchen man also zweifelhaft sein kann, ob sie aus der königlichen oder herzoglichen Gewalt hervorgegangen, betrafen die slawischen Verhältnisse. So belehnte er nach dem Tode des Wendenfürsten Heinrich (1127) und seiner Söhne Zwentepolch und Canut, welche Anfangs des Vaters Reich unter sich getheilt hatten, aber bald darauf Mörderhänden erlegen waren, den dänischen Königssohn Canut, der schon das Herzogthum Schleswig unter dänischer Lehnsherrlichkeit besass, mit dem Slawenreiche. Zu dieser Belehnung war Lothar schon als sächsischer Herzog berechtigt, sie musste aber jetzt um so mehr als von dem König ausgehend betrachtet werden, als dieser ebenfalls den Lehnseid von den slawischen Fürsten fordern konnte und hierin der Herzog nur sein Stellvertreter war. Der Verlauf der Geschichte unter Heinrich dem Löwen zeigt aber, dass das Recht der sächsischen Herzoge hierdurch nicht in Vergessenheit gerieth. Zweifellos aus königlicher Machtvollkommenheit entsprang die Verleihung der Königskrone und des Königstitels an Canut. — Bald traten wieder Veränderungen in den slawischen Verhältnissen ein: Canut wurde 1131, in demselben Jahre, in dem auch Graf Adolph von Holstein starb, dessen gleichnamiger Sohn ihm in der Grafschaft folgte, von seinem Vetter Magnus ermordet, worauf sich zwei slawische Fürsten, Pribislaus, ein Vetter des Fürsten Heinrich, und Niclot, der Herrschaft bemächtigten und sich, gegen die deutsche Oberhoheit auflehnend, das Reich theilten, so dass Pribislaus über die Wagiren und Polaben, Niclot über die Obodriten die

Gewalt erhielt. Lothar begnügte sich damit, die beiden Fürsten wieder zur Unterwerfung zu bringen, im übrigen erkannte er die vollendete Thatsache an. — Ein Anderes, wodurch Lothar seine Gewalt als sächsischer Herzog im Slawenlande geltend machte und zugleich den Grund legte zu Wizelins segensreichem Wirken, zur Bekehrung und Civilisation der Slawen, ist die Erbauung der Burg Segeberg in Wagrien und die Anlage eines Klosters am Fusse des Schlossberges, welches dem eifrigen Glaubensboten Wizelin anvertraut wurde (1133).[1]) Wir werden sehen, wie später König Conrad diese Gründungen Lothars dem Königthume vindicirte, Heinrich der Löwe sie aber als Nachfolger und Erbe Lothars wiederzuerlangen wusste.

Das Verhältniss Kaiser Lothars, welcher aus der Mitte der Opposition gegen das Königthum selbst zum König erhoben worden, zu den sächsischen Fürsten war ein sehr befriedigendes, und dies trug gewiss nicht wenig dazu bei, sein Haus und das Herzogthum seines Nachfolgers bei den Sachsen zu Ehre und Ansehen zu bringen und an vielen Orten eine wahrhaft nationale Reaction gegen den von dem schwäbischen Könige Conrad aufgedrungenen Herzog hervorzurufen. Denn hell hatte unter einem solchem Kaiser der Ruhm der Sachsen gestrahlt, sagt Helmold.[2]) Vielfach finden wir sächsische Fürsten in der Umgebung des Kaisers,[3]) ja an dem böhmischen und dem ersten italienischen Zuge Lothars in den Jahren

---

1) Jaffé p. 149 ff. — cf. die Urk. bei Lappenberg n. CLII, welche dieser 1136 statt 1137 ansetzt, Jaffé aber als unächt verwirft.

2) I, 54: virtus quoque Saxonum tanto principe illustrata —.

3) So auf dem Reichstage zu Strassburg 1126 (Jaffé p. 55). cf. die Urkunden.

1126 und 1132 nahmen, soviel verlautet, fast nur sächsische Fürsten Theil.[1])

In den Personalverhältnissen der sächsischen Marken traten während Lothars Regierung mannigfache Veränderungen ein, welche wir hier kurz berühren wollen.[2])

Im Jahre 1123 nach dem Tode des Markgrafen Heinrich von Eilenburg hatten, wie oben erwähnt, Conrad von Wettin die Mark Meissen und Albrecht der Bär die Lausitz mit Hülfe Herzog Liuders wider die vom Kaiser Heinrich eingesetzten Markgrafen Hermann von Winzenburg und Wiprecht von Groizsch in Besitz genommen. Conrad, der sich auf die Dauer gegen Hermann nicht hatte behaupten können, wurde erst 1130, als dieser wegen der Ermordung Burchards von Loccum geächtet wurde, von Lothar wieder mit Meissen belehnt; dem Ballenstädter wurde dagegen von demselben Kaiser im folgenden Jahre die Mark Lausitz wieder entzogen und dieselbe dem Sohne Wiprechts, Heinrich, restituirt. Der Grund dieser Verwerfung Albrechts waren die Kämpfe desselben gegen den nach dem Tode Heinrichs von Stade (1128) von Lothar eingesetzten Markgrafen Udo von der Nordmark, auf welche sich Albrecht, wie es scheint, selbst Rechnung gemacht hatte. Diesen Kämpfen war Udo 1130 zum Opfer gefallen, worauf der Kaiser die Nordmark dem Grafen Conrad von Plötzke, dem Sohne jenes Helprich, der schon 1114 für dieselbe von Heinrich V. in Aussicht genommen war, verlieh; als auch dieser 1132 in Italien gefallen war, gelangte endlich Albrecht der Bär (1134) durch kaiserliche Verleihung zur Verwaltung der Nordmark. Conrad von Meissen endlich erhielt nach dem

1) Jaffé p. 49 und 122.

2) Die Belege s. bei Jaffé.

1136 erfolgten Tode Heinrichs von Groizsch vom Kaiser auch die Belehnung mit der Lausitz.[1])

So standen die Dinge in Sachsen als Kaiser Lothar am 3. December 1137 auf dem Rückzuge aus Italien bei Breitenwang sein thatenreiches Leben beschloss, nachdem es eine seiner letzten Regierungshandlungen gewesen war, seinen Schwiegersohn Heinrich den Stolzen, Herzog von Baiern, mit dem Herzogthume Sachsen zu belehnen.[2])

1) Chron. Mont. Sereni 1136.
2) Jaffé, Lothar, Beilage II.

Dritter Abschnitt.

Der Kampf Heinrichs des Stolzen und Albrechts von Ballenstädt um das Herzogthum Sachsen.

Dem mächtigen Inhaber zweier Herzogthümer, Baierns und Sachsens, Heinrich dem Stolzen, dessen Herrschaft, wie er sich rühmte, vom Mittelmeer bis zur Ostsee reichte, und der schon in Siegesgewissheit sein Verlangen auf das Höchste, die deutsche Königskrone, richtete, erstand gleich nach Lothars Tode ein Gegner in dem Markgrafen Albrecht von der Nordmark, welcher, wie Heinrich selbst, ein Enkel des Billungers Magnus das Herzogthum Sachsen für sich in Anspruch nahm.[1]) Uneingedenk der Wohlthaten, welche ihm Kaiser Lothar hatte angedeihen lassen, machte er dessen Schwiegersohne das Herzogthum streitig unter einem Rechtstitel, der um so unbegründeter war, als Heinrich ihn selbst für sich geltend machen konnte, und je länger Albrecht zu Lothars Lebzeiten mit seinen Ansprüchen nicht hervorgetreten war.

1) In Betreff des Folgenden verweise ich auf die Darstellungen bei Jaffé, Gesch. des d. R. unter Conrad III., Abschnitt 1—3, und Heinemann, Albrecht der Bär p. 114—141. Der Aufsatz von Voigt über Albrecht in den Märk. Forschungen Bd. VIII, p. 115—170 möchte durch Heinemanns gründliche Forschung überflüssig geworden sein.

Albrecht glaubte die günstige Gelegenheit benutzen zu müssen, so lange Heinrich noch nicht in Sachsen anwesend war und das Herzogthum angetreten hatte, und begann den Kampf gegen die Kaiserin Richenza, welche in Sachsen als die Hauptvertreterin der Interessen ihres Schwiegersohnes gelten musste. Sie hatte auf den 2. Februar 1138 eine Versammlung der sächsischen Fürsten nach Quedlinburg angesetzt, wahrscheinlich um über die bevorstehende Königswahl zu berathen und die Erhebung Heinrichs zum Könige zu betreiben.[1]) Albrecht hatte nichts Eiligeres zu thun, als der Kaiserin den Weg nach Quedlinburg zu verlegen und so die Besprechung zu vereiteln. Die Wahl des Staufers Conrad zum deutschen Könige am 7. März musste Albrecht zu den freudigsten Erwartungen berechtigen, da durch dieselbe die Pläne seines Gegners selbst durchkreuzt waren. Er sah sich nicht getäuscht. Nachdem sich der grösste Theil der sächsischen Fürsten, voran die Kaiserin Richenza, zu Pfingsten beim Hoftage zu Bamberg zur Anerkennung des neuen Königs eingefunden, Herzog Heinrich, der bis dahin zurückgehalten, zu Regensburg die Reichsinsignien ausgeliefert hatte, schritt Conrad zur Vernichtung seines Nebenbuhlers, der ihm immer noch die neuerworbene Krone streitig zu machen im Stande schien. Auf dem zu Augsburg angesetzten Reichstage, zu welchem der Herzog beschieden

---

1) Dieser Zweck der Versammlung scheint mir wahrscheinlicher, als der bei Jaffé p. 2 not. 4 angenommene, dass Richenza zu Quedlinburg die Anerkennung Heinrichs als Herzog von Sachsen habe durchsetzen wollen. Letzteres war bei der Stellung des sächsischen Ducats zu den Fürsten gewiss nicht nöthig. Derselben Meinung ist Heinemann, Albrecht der Bär p. 115—116. Die Versammlung gleicht dem nach dem Tode Kaiser Heinrichs II. zu Werla gehaltenen sächsischen Provinzialconvent. Vita Meinw. c. 195.

und auch erschienen war, forderte der König, dass er auf eines der beiden Herzogthümer Verzicht leiste. Auf Heinrichs Weigerung entwich Conrad, der von der bedeutenden Streitmacht des Herzogs das Aeusserste fürchten musste, nach Wirzburg, wo er wider alles rechtliche Herkommen nach dem Urtheile der gerade anwesenden Fürsten den Herzog ächten liess. Hiermit waren zugleich dessen beide grosse Reichslehen verfallen, deren eines, das Herzogthum Sachsen, der König sofort dem Markgrafen Albrecht verlieh.

Nun erhob sich aber in Sachsen, angefacht durch die Kaiserin, der nationale Unmuth. Conrad Markgraf von Meissen, der Pfalzgraf Friedrich, die Grafen Sifrid von Bomeneburg und Rudolph von Stade und andere Fürsten mehr verbanden sich, den ohne ihren Rath abgesetzten sächsischen Herzog in seinem Rechte zu vertheidigen und den Aufgedrungenen mit aller Kraft abzuwehren.[1]) Albrecht aber kam seinen Feinden zuvor: durch das glückliche Gefecht bei Mimirberg wurde er Herr des ganzen östlichen Sachsens; er nahm Lüneburg und Bardewik, welche dem Herzoge Heinrich aus dem billun-

1) An. Palid. 1138 (ähnlich wie An. Saxo): Cui (Conrado) a nonnullis contradicitur praecipue Saxoniae principibus, quia ducatum regionis ipsius *absque consilio eorum* Adelberto marchioni concesserat, volens eo privare ducem Heinricum sibi contrarium. Es war bei solchen Absetzungsverfahren, welche iudicio principum erfolgten, Sitte, dass namentlich die Fürsten des Stammes, dem der Angeklagte angehörte, ihr Urtheil abgaben. Darauf bezieht sich wohl die Klage der sächsischen Fürsten, dass ihnen Albrecht ohne ihren Rath aufgedrungen sei, denn bei der Ernennung eines neuen Herzogs hatten sie kein Recht gehört zu werden. Dass aber in Wirzburg die sächsischen Fürsten nicht anwesend waren, ergibt sich aus Otto Fris. Chron. VII, 23: tandem *iudicio quorundam principum* apud Herbipolim proscribitur.

gischen Verlass zugefallen waren, ein und bemächtigte sich sogar der Stadt Bremen. Auch Nordalbingien fiel ihm zu, wo er sogleich statt des dem Herzoge treugebliebenen Grafen Adolph den Heinrich von Badwide zum Grafen einsetzte. Auch über die Anhänger Heinrichs scheint Conrad, der am Ende des Jahres 1138 einen Hoftag zu Goslar hielt, wo er Albrecht den Bären zum zweiten Male mit Sachsen belehnte, die Acht verhängt zu haben; wenigstens wird berichtet, dass er noch in diesem Jahre dem Grafen Hermann von Winzenburg die Reichslehen, welche bis dahin der Graf Sifrid von Bomeneburg gehabt, geliehen habe.[1])

Ein Umschwung in dem Kampfe trat jetzt ein durch die Ankunft Herzog Heinrichs in Sachsen. Der König, welcher in Quedlinburg nochmals versucht hatte, die sächsischen Fürsten, darunter den Erzbischof Conrad von Magdeburg, mit seinen Massregeln auszusöhnen, verliess auf die Nachricht von Heinrichs Erscheinen so schnell als möglich Sachsen. Dieser entriss seinem Gegner mit Hülfe seiner Anhänger bald wieder seine Eroberungen, vertrieb ihn aus seinen eigenen Erbgütern und zwang ihn aus Sachsen zu weichen. Die Anhänger Albrechts suchten jetzt um Frieden nach: Bernhard von Plötzke, dessen Burg Heinrich und Erzbischof Conrad zerstört hatten, erlangte ihn durch Vermittelung der Kaiserin, seiner Anverwandten.[2]) Auch Hermann von Winzenburg musste,

1) An. Colon. max. 1138: Hermannus etiam de Wincenburg a rege suscipiens bona minus sibi profutura, beneficia scilicet ad regia vexilla pertinentia, quae hactenus comes Sifridus de Homburg possederat, ab ipso comite plurimis praeliis lascescitur, devastatur, unde et viribus diffidens, datis sacramentis tam *duci* quam comiti reconciliatur.

2) An. Col. max. falsch zu 1138: Tunc Bernardus de Pluzeke cognatus imperatricis licet sero penitentia ductus tandem post sub-

gedrängt von Graf Sifrid, seine Errungenschaften wieder aufgeben und sich eidlich verpflichten, mit diesem und dem Herzoge Frieden zu halten. Ebensowenig konnte sich Heinrich von Badwide in der Grafschaft Holstein gegen Adolph behaupten und floh, nachdem er die Burg zu Segeberg und das gräfliche Schloss zu Hamburg in Asche gelegt.

Der König liess jetzt die Fürsten auf den Sommer einen Zug nach Sachsen schwören. Dem drohenden Angriffe zu begegnen rüstete Herzog Heinrich nach allen Kräften.[1]) Schon lagerte das königliche, sehr zahlreiche Heer bei Hersfeld, während Heinrich mit den Seinigen sich ihm bei Kreuzburg gegenüber stellte, entschlossen sein Recht auf das Aeusserste zu vertheidigen. Da wehrte die Vermittelung der Bischöfe beider Parteien dem Entscheid durch die Waffen: es wurde vereinbart bis Pfingsten nächsten Jahres Waffenruhe zu halten und auf den 2. Februar 1140 nach Worms ein Tag zur Auseinandersetzung bestimmt.

---

versionem urbis et distractionem facultatum suarum dominam imperatricem adiit, *pro admissa infidelitate* veniam petiit et impetravit.

1) Drei Briefe bei Sudendorf Registrum II, 125—126, welche dieser in dieses Jahr setzt und auf Heinrich den Stolzen und Ludwig I. von Thüringen bezieht, gehören, wie Heinemann p. 382 not. 15 richtig bemerkt, nicht hierher, sondern sind 1152 zu setzen und Heinrich dem Löwen und Ludwig II. zuzuschreiben. Ich möchte aber auch zwei weitere Schreiben p. 126—127 (Hülfegesuch Albrechts an den Böhmenherzog und Antwort) in die spätere Zeit setzen, da sich Albrecht 1139 wohl keinenfalls Markgraf und seinen Gegner Herzog von Sachsen genannt haben wird. cf. Heinemann p. 129. Wenn nicht vielmehr alle diese Schreiben, sowie einige der folgenden bloss für Stilübungen zu halten sind, wofür der Mangel der Namen, sowie der ganz unsinnige Inhalt des Briefes von Heinrich dem Löwen an Heinrich von Baiern zu sprechen scheinen.

Heinrich, der somit factisch über seine Gegner in Sachsen obgesiegt hatte, konnte nun schon sein Auge auf das andere ihm entrissene Herzogthum Baiern richten, das der König schon im Frühjahre an den Markgrafen Liutpold von Oesterreich vergeben hatte. Auf einer Versammlung seiner Anhänger zu Quedlinburg traf Heinrich seine letzten Anordnungen, empfahl den sächsischen Fürsten seinen minderjährigen Sohn und schickte sich zum Aufbruche nach Baiern an. Da machte ein unerwarteter Tod am 20. October 1139 seinen Entwürfen ein Ende.

Bei den Anhängern der Welfen galt jetzt der junge zehnjährige Heinrich unbestritten als der Nachfolger seines Vaters im Herzogthume. Der Tod des alten Herzogs hatte den nationalen Widerstand nicht gelähmt, sondern nur zu grösserer Heftigkeit entflammt.

Anders glaubte jetzt Albrecht endlich an das Ziel seiner Wünsche gekommen zu sein. Eiligst durchzog er Sachsen und kam mit Gepränge nach Bremen, gerade am Markttage, um dort die Huldigung des Volkes als Landesherzog entgegenzunehmen und herzogliches Gericht zu halten. Doch die Freunde des jungen Herzogs erhoben sich sofort wider ihn, und nur mit genauer Noth konnte er sich ihrem Andrange durch die Flucht entziehen.

Auch das folgende Jahr brachte den Frieden nicht. Die sächsische Nationalpartei gewann immer mehr Boden, Albrecht musste zum zweiten Male aus Sachsen weichen. Zwei den sächsischen Fürsten zum Erscheinen angesetzte Hoftage, zu Worms (2. Febr.) und zu Frankfurt (21. April), wurden von denselben nicht besucht, da ihnen sicheres Geleit verweigert wurde. Doch das entschiedene Uebergewicht, welche im Laufe des Jahres die königlichen Waffen über die welfische Sache in Schwaben und Baiern davontrugen, vermochte im Anfang des folgenden Jahres 1141 schon einige sächsische Fürsten zu Pfingsten auf dem Reichstage zu Wirzburg zu erscheinen. Da beide Theile auf ihren Forderungen beharrten, hatten die hier gepflogenen Verhandlungen keinen Erfolg. Doch die Zeit besänftigte allmälig die Gemüther: der Tod der Kaiserin Richenza, der am 10. Juni 1141 erfolgte, beraubte die Opposition ihres factischen Mittelpunktes; der Tod des Erzbischofs Adelbert von Mainz, der sich noch jüngst mit den Sachsen gegen den König eingelassen hatte, brachte in Markolf einen Mann auf den erzbischöflichen Stuhl, der den Frieden vermittelte und besonders Albrecht zum Aufgeben seiner Ansprüche vermochte. So kam endlich am 3. Mai 1142 auf dem Reichstage zu Frankfurt die Ausgleichung zu Stande, als deren Unterpfand die Heirath der jungen Wittwe Heinrichs des Stolzen mit dem neu ernannten bairischen Herzoge Heinrich, dem Halbbruder König Conrads, zu betrachten ist. Auf der Mutter Zureden gab der minderjährige Heinrich der Löwe das Herzogthum Baiern auf und erhielt, nach Albrechts Verzichtsleistung, aus der Hand des Königs die Belehnung mit dem Herzogthume Sachsen. Albrecht selbst wurde in seine früheren Besitzungen und Würden wiedereingesetzt. — Auch die nordalbingischen Angelegenheiten erhielten jetzt ihre definitive Ordnung. Die Herzogin Gertrud, dem Grafen Adolph persönlich abhold, hatte nach dem Tode ihres Gemahls dem Heinrich von Badewide für eine Geldsumme die Belehnung mit dem Lande Wagrien zugestanden; nach ihrer zweiten Vermählung setzte, da ihr Einfluss auf das Herzogthum Sachsen jetzt aufhörte, Graf Adolph bei dem jungen Heinrich seine Ansprüche auf Wagrien durch, während Heinrich von Badewide mit der Veste Ratzeburg und dem Lande der Polaben abgefunden wurde.

Ein Blick auf die staatsrechtlichen Verhältnisse des Herzogthums Sachsen in dem eben betrachteten Zeitraume des Kampfes gibt einige sehr merkwürdige Aufschlüsse über die Auffassung der Betheiligten, sowie über die Schwankungen, welchen das Staatsrecht unterworfen war.

Es zeigt sich zunächst, dass Albrecht der Bär, sobald er das Herzogthum vom Könige erhalten hatte, mit grosser Energie die schon früher demselben zustehenden Gerechtsame ausübte, dann aber auch auf der vom Herzog Liuder betretenen Bahn rücksichtslos weiter schritt. In erster Beziehung brauchen wir nur an die Absetzung Adolphs von Holstein und an die Belehnung Heinrichs mit dieser Grafschaft zu erinnern. Was das Andere betrifft, so tritt die Auffassung, welche Albrecht von dem Wesen seiner Herzogsgewalt hatte, in seinem Verhältnisse zu Bremen klar zu Tage. Schon die sofortige Besetzung der Stadt Bremen,[1]) wenngleich sie auch aus der Anhängerschaft des Erzbischofs Adalbero an Heinrich den Stolzen[2]) erklärlich wäre, scheint darauf hinzudeuten, dass Albrecht vermeinte, diese Stadt sei in ähnlicher Weise seiner herzoglichen Hoheit unterworfen, wie etwa Regensburg derjenigen des bairischen Herzogs. Das spätere Verfahren Albrechts in dieser Stadt lässt über

1) Helmold I, 54.

2) Diese ist aber durchaus nicht constatirt. Man möchte eher das Gegentheil annehmen. Die An. Stad. erzählen 1139 (zur Zeit der Expedition Conrads nach Sachsen): Interea Rodulfus comes et Fridericus palatinus (beide Anhänger von Heinrich) adunata manu Bremam profecti, totam depopulati civitatem sunt, archiepiscopo Alberone Romam profecto.

diese Anschauung keinen Zweifel: es zeigt deutlich, dass Albrecht sich als eigentlichen Landesherzog betrachtete und Befugnisse zur Ausübung bringen wollte, welche vorher in diesem Theile des Sachsenlandes von keinem früheren Herzoge in Anspruch genommen wurden.[1]) Nach

1) An. Saxo 1139: Tunc Adalbertus estimans se ammodo ducatu libere potiturum, cum forum aput Bremam festo omnium sanctorum adiit, loco competenti placitum habiturus, hic angustiatus, matura sibi quorundam familiarium ope fretus, ab amicis mirabiliter ereptus, amicis est restitutus. — Chron. Repgav. (ed. Massmann p. 410. Schöne p. 66): Do wolde de marcgraeve Albrecht varen to den Bolen (sic!) unde wolde dar botting sitten, dat wart eme geweret manlike van der koninginnen Rikezen helpe unde des wenigen (kleinen) hertogen Hinrikes. (Der Anonym. Saxo übersetzt: ad Bolas.) — Chron. Luneburg. (Schöne p. 66) 1138: Marcgreve Albrecht wande do, dat he dat hertochdom vrilike behalden solde unde wolde varen etc. Das Uebrige wie die Repgawische Chronik. — An. Palid. 1139: Duce autem paulo post veneno extincto, Adelbertus existimans amodo se ducatu libere potiturum cum episcopatum Bremensem tempore (autumnali conjicirt Pertz) gloriabundus adiret, quasi dux patriae a turbis suscipiendus, adversariorum insidiis circumventus, fuga usus vix cum paucis suorum evasit. — An. Colon. max. 1139: Albertus marchio morte ducis exhilaratus, cum forum apud Bremam circa festum omnium sanctorum gloriabundus adiret, ut a turbis ibi confluentibus magnifice quasi dux patriae susciperetur, ab amicis imperatricis circumventus, fuga usus vix cum paucis suorum evasit. — Die Versio German. chron. regiae (Eccard I, 989, aus dem 14. Jahrh. s. Wattenbach, Geschichtsquellen p. 415) übersetzt: Do wart markgreve Albrecht vro unde wolde zo Bremen zo eyme hove varen, oph das her da von deme volche vur eynen Hertzoghen untfangen würde: unde do her dar kumen was, do wolden yn erslagen hebben keyer Lotharius vrynd unde maghe; unde do her dat sach, her vlo von danne myth cleynen volckge. — Da alle diese Quellen auf eine ursprüngliche zurückgehen, welche doch wohl in lateinischer Sprache abgefasst war, so wäre interessant, wie diese den Ausdruck to den Boten (den unsere Texte der Repgav. Chronik to den Bolen verketzern) ausgedrückt, und was also die deutsche Uebersetzung darunter verstanden habe. Das forum des An. Saxo und der An. Col. scheint zu entsprechen, der Verfasser

dem Tode Heinrichs des Stolzen glaubte Albrecht sich ohne Widerstand des Herzogthums bemächtigen zu können, kam deshalb am 1. November 1139 nach Bremen, wo gerade Messe gehalten wurde, um daselbst, wie ein Theil der Quellen berichtet, an einem passenden Orte Gericht zu halten; nach anderen Berichten, um von den allda zusammenströmenden Volkshaufen sich als Landesherzog (dux patriae) huldigen zu lassen. Wir stehen nicht an beide Angaben zu combiniren und anzunehmen, dass Albrecht bei seinem Einzuge in Bremen den erwähnten, doppelten Zweck im Auge hatte, da die Verwandtschaft aller der bezüglichen Berichte, bei kleinen Verschiedenheiten, auf eine gemeinschaftliche Urquelle hindeuten, welche beides erwähnte. Bei dieser Betrachtung sind die Poehlder Annalen entscheidend, welche den Eingang der Stelle mit den Worten des Annalista Saxo, den Verlauf der Sache aber wie die Cölner Annalen erzählen, nachdem sie vorher eine ganze Reihe von Begebenheiten mit den Worten des Annalisten vorgeführt haben.

Zu Bremen, der Hauptstadt des Erzbisthums, wo der Erzbischof die höchste gerichtliche Gewalt besass, hatte kein sächsischer Herzog vorher sich vom Volke huldigen lassen, noch weniger dort als Landesherzog herzogliches

der Repg. Chron. scheint es wohl für Gerichtsstätte genommen zu haben. Jaffé übersetzt (p. 31 not. 6) „Messe", und dies scheint richtiger, da aus Helmold I, 82 hervorgeht, dass am 1. November wirklich zu Bremen Markttag war. Botding scheint mir nur eine Uebersetzung des lateinischen placitum zu sein, und es ist daher auch daraus nicht zu entnehmen, welcher Art das Ding gewesen. Botding kommt gerade um die Zeit der Abfassung der Repg. Chron. zur Bezeichnung des herzoglichen placitum der Cölner Erzbischöfe in Westfalen vor, so 1231 (Westfäl. U. B. III, 1. 287) und 1247 (Schaten, An. Paderb. II, 56). Vgl. auch Heinemann, p. 355.

Obergericht gehalten. Albrecht brachte somit einen ganz neuen Begriff von der Competenz seiner herzoglichen Gewalt mit, welcher, wenn er realisirt worden wäre, sein Herzogthum den wahren Stammesherzogthümern zur Seite gestellt hätte. Gegen dasjenige Beweismoment für diese seine Auffassung, das sich aus dem Halten eines Dinges zu Bremen uns zu ergeben scheint, möchte der Einwand nicht stichhaltig sein, dass ja schon Herzog Liuder vom Erzbischofe Liemar die Vogtei über Bremen erhalten und daher die höchsten gerichtlichen Befugnisse in dieser Stadt ausgeübt habe, nicht als Herzog, sondern als Beamter des Erzbischofs, Albrecht demnach auch nur in letzterer Eigenschaft zu Bremen Gericht habe halten wollen. Wenn es nun allerdings möglich, sogar wahrscheinlich ist, dass Albrecht durch das Vogteirecht seines Vorgängers zu seiner Auffassung einer Gerichtsgewalt in Bremen gekommen sei, so beweist dies eben gerade, dass er dieselbe als ein Pertinenz seines Herzogthums ansah, wie denn auch die Quellen, welche über diesen Vorgang berichten, dies anzunehmen scheinen. So mag immerhin die Vogtei Liuders die Grundlage der angemassten Befugniss Albrechts gewesen sein, welcher aber gerade dadurch, dass und durch die Art und Weise, wie er sie auszuüben suchte, ein ganz anderer Charakter aufgedrückt wurde. Wir werden sehen, dass Heinrich der Löwe von derselben realen Basis ausgehend, Albrechts Bestrebungen mit Erfolg fortsetzte und das Erzstift Bremen in völlige Abhängigkeit von seiner herzoglichen Gewalt brachte.

Die slawischen Verhältnisse anlangend, so sehen wir zwar Albrecht dem Heinrich von Badewide neben der Grafschaft über Holstein und Stormarn auch die Gewalt über das Land Wagrien und die Burg Segeberg, nachdem der von Kaiser Lothar dort eingesetzte Befehlshaber Hermann gestorben war, verleihen,[1]) doch stand König Conrad nicht an von der ihm ohne Zweifel zustehenden Oberhoheit über die slawischen Lande factisch Gebrauch zu machen, indem er ohne seinen Stellvertreter, den Herzog und dessen Grafen zu berücksichtigen, hier Schenkungen vornahm.[2]) Am 5. Januar verleiht er dem Wizelin die Kirchen zu Segeberg und Altlübeck und bestimmt, dass dieser und seine Nachfolger für diese Schenkung nur ihm und seinen Nachfolgern im Königthume verpflichtet sein sollen. Vorher unter Herzog Liuder und nachher in der Zeit Heinrichs des Löwen zeigte sich in diesem Lande die königliche Oberhoheit nicht in dieser Weise; Conrad war mit seinem Verfahren über das herkömmliche Mass des dem Könige hier zustehenden Einflusses hinausgegangen. Wir sehen auch in der Folge nicht, dass das Kloster Segeberg unmittelbar unter der Gewalt des Königs gestanden habe, Heinrich der Löwe ist vielmehr hier von Anfang an der eigentliche Herr, wie in Wagrien überhaupt. Heinrich von Badewide hatte, nachdem der Wendenfürst Pribislaus 1138 die deutsche Oberherrlichkeit abzuschütteln versucht hatte, das Land der Wagiren und Polaben nach Kriegsrecht in Besitz genommen und somit in diesen Strichen der slawischen Vasallenherrschaft ein Ende

---

1) Helmold I, 54.

2) Urk. bei Lappenberg n. CLVII: Item — Vicelino suisque successoribus ecclesiam in castro Lubece in Slavonia concessimus, ut quemadmodum Heinricus Slavorum rex eandem ecclesiam suo sacerdoti donaverat, aut sicut Kanutus Hinrici successor eandem ecclesiam iam saepedicto Vicelino presbytero concesserat, ita ex dono nostrae largitionis cum omni integritate possideant, nec ad aliquem nisi ad nos vel ad successores nostros Romanorum reges vel imperatores huius donationis respectum habeant.

gemacht. Heinrich der Löwe belehnte nun 1142 mit Wagrien den Grafen Adolph und mit dem Lande der Polaben den Heinrich von Badewide, der mit der Burg Ratzeburg den gräflichen Titel empfing.[1])

Ueber die gänzliche Grundlosigkeit der Annahme vieler früheren Autoren, dass Albrecht nach der Resignation des Herzogthums Sachsen zur Entschädigung die völlige Unabhängigkeit der Nordmark von diesem erhalten habe, und darüber, dass ein solches Abhängigkeitsverhältniss nie bestand, ist schon früher gehandelt. Die sächsischen Marken waren und blieben in der Folgezeit unabhängig vom Herzogthume.

Lediglich eine Verkennung des wahren Sachverhältnisses ist es endlich, wenn Erzbischof Markolf von Mainz nach dem Frieden von Frankfurt die Herzogin Gertrud totius Saxoniae ducissa nennt,[2]) obgleich immerhin beachtenswerth für die veränderte Anschauung der nichtsächsischen Zeitgenossen. Aus diesem der Herzogin beigelegten Titel aber auf eine vormundschaftliche Regentschaft derselben für ihren Sohn zu schliessen,[3]) entbehrt alles Grundes.

---

1) Helm. I, 55 u. 56. Lappenberg n. CCVI.

2) Urkunde vom 26. Mai 1142 (cf. Jaffé p. 44 not. 48) in Or. G. II, 550 und Gudenus Cod. dipl. I, 131.

3) So Böttiger, Heinrich der Löwe p. 65.

Vierter Abschnitt.

Das Herzogthum Heinrichs des Löwen.

1142—80.

Was Herzog Liuder, ausgehend von einer bisher unbekannten Auffassung der ihm zustehenden Amtsgewalt, zuerst geltend zu machen gesucht, was nach ihm in entschiedener Weise Albrecht der Bär, gleichwie ein von seinem Vorgänger herrührendes rechtmässiges Erbstück für sich in Anspruch genommen hatte, das erfasste jetzt des grossen Herzogs Heinrich des Löwen hochstrebender Sinn und führte es weiter mit der ihm eigenen Energie und Umsicht, welche immer, das nächst Erreichbare im Auge behaltend, geringen realen Vortheilen hochfliegende Plane zum Opfer zu bringen bereit war. Nicht gehindert in seinen Bestrebungen von der Reichsgewalt und eben durch deren Schweigen gewissermassen die rechtliche Sanction des Neuerworbenen erhaltend, vermochte Heinrich der Löwe seine Macht nach allen Seiten hin auszudehnen, sodass seine Herzogsgewalt in Sachsen einen Umfang erreichte, welcher das sächsische Herzogthum den ächten Stammesherzogthümern dem Wesen nach fast gleich erscheinen liess. Vielleicht dienten gerade Heinrich dem Löwen, welcher 1156 das Herzogthum Baiern erlangt hatte, wo die herzogliche Hoheit über die anderen Fürsten jedenfalls am vollendetsten ausgebildet war, die Verhältnisse hier zum Vorbild, den ersten Anlass zu seiner Wirksamkeit in Sachsen gaben sie nicht: schon Liuder treffen wir auf gleichem Wege an, und Heinrich selbst übt schon vor dem Jahre 1156 eigentliche herzogliche Rechte einzelnen Fürsten gegenüber aus.

Dass Heinrich nicht ganz zur Vollendung kommen konnte, dass er in Sachsen das herzogliche Ansehen nicht zu der Höhe brachte, auf welcher es in Baiern stand, hiervon sind die Ursachen in Verschiedenem zu suchen. Einmal, und dies ist das Hauptmoment, der Widerstand der seither rechtlich unabhängigen Gewalten in ganz Sachsen gegen die ihnen durch Heinrich aufgedrungene herzogliche Hoheit. Dann hatte aber auch die Auflösung der alten Reichsverfassung, welche gewisse Hoheitsrechte über einen Landstrich von dem Besitz desselben auseinanderzuhalten wusste, soweit bereits um sich gegriffen, der spätere Zustand der Territorialhoheit war schon in seiner Entwickelung soweit vorgeschritten, dass die Geltendmachung von seither unbekannten herzoglichen Rechten in den Gebieten der sächsischen Fürsten an und für sich als etwas Unerhörtes erscheinen musste, dem dieselben um so weniger sich zu fügen gewillt waren, je eifriger sie schon damals auf Bildung eines Territoriums, auf Ausschliessung jeder concurrirenden Gewalt innerhalb desselben hinarbeiteten.

Heinrich der Löwe übersah zwar keineswegs, dass er es in Sachsen ohne reale Grundlagen nicht zur Ausübung von Rechten über die Fürsten bringen könne, dass es ihm unmöglich sei, das hier neu zu schaffen, was in Baiern von Alters her bestand, eine auf idealer Grundlage beruhende Hoheit des Herzogs über die Fürsten, er suchte vielmehr — und dieses Streben läuft neben dem nach Ausdehnung der Herzogsgewalt her, ist mit diesem, man möchte sagen, nothwendiger Weise in Eins verwachsen — von Anfang an in allen Theilen Sachsens durch Erwerb von Landbesitz und gräflicher und vogteilicher Rechte seinem Herzogthume eine reale Basis zu verschaffen. Und doch muss man sagen, dass es ihm nicht gelungen ist, diese Basis zu einer ausreichenden zu machen, denn gerade hier collidirte er mit dem gleichen Streben der übrigen Gewalten. So mochte er es zwar erreichen, der Entwickelung der Territorialhoheit der Fürsten in ihren ersten Stadien auf einen Augenblick Einhalt zu thun: später brach sie sich um so unaufhaltsamer Bahn.

Der Bruch Heinrichs mit dem Kaiser Friedrich I. war das Entscheidende, das die Entwickelung seiner Herzogsgewalt hemmte. Möglich, dass bei fortgesetztem, von dem Kaiser nicht gestörtem, ruhigem Wirken diese sich noch erweitert und befestigt haben würde: nach seinem Tode wäre sie gewiss der Ausbildung der Territorialgewalten zum Opfer gefallen. Heinrich der Löwe versuchte an der Grenzscheide einer Entwickelungsperiode ein Institut derselben, das Stammesherzogthum, neu in einem Lande zu schaffen, welches dasselbe nie gekannt hatte. Das fremdartige, schon welke Reis, auf den neue Schossen treibenden Stamm gepfropft, musste nothwendig früher oder später zu Grunde gehen.

§ 1.

Die Ländererwerbungen Heinrichs des Löwen.

Helmold sagt,[1]) die Erwerbungen Heinrichs des Löwen zusammenfassend: „Ausser dem Erbgute seiner grossen Vorfahren, des Kaisers Lothar und der Gemahlin desselben, Richenza, und vieler Herzoge von Baiern und Sachsen, fielen ihm noch die Güter vieler Fürsten zu, wie die Hermanns von Winzenburg, Sifrids von Hammenburg, Ottos von Asle und Anderer. Was soll ich gedenken der ausgedehnten Besitzungen des Erzbischofs Hartwig, der aus dem alten Geschlechte der Udonen herstammt? Die berühmte Burg Stade erlangte er mit allem Zubehör und die Grafengewalt auf beiden Ufern,[2]) sowie über Ditmarschen noch bei Lebzeiten des Erzbischofs theils nach Erb-, theils nach Lehnrecht. Auch nach Friesland streckte er seine Hand aus und sandte ein Heer gegen sie, welchem sie, um sich loszukaufen, gaben, was er verlangte."

Bei der Wichtigkeit einerseits, welche diese Erwerbungen auch für die herzogliche Stellung Heinrichs des Löwen hatten, andererseits weil sich bei denselben zeigen wird, welchen ganz neuen Begriff der Herzog von der Ausdehnung seiner herzoglichen Gerechtsame hatte, scheint es nöthig, näher auf dieselben einzugehen.

---

1) II, 6.

2) Utriusque ripae, der Elbe nämlich. Die sogenannte Grafschaft Stade, deren grösster Theil auf dem linken Elbufer lag, umfasste ausserdem noch sieben Kirchspiele auf dem rechten, s. Lappenberg, Bremer Geschichtsquellen p. 21 not. 14, sowie dessen Elbkarte des Melchior Lorichs p. 202—207.

Die erste Aussicht auf Besitzerweiterung eröffnete sich dem noch jungen Herzoge im Jahre 1144, als der letzte weltliche Spross der Grafen von Stade, Rudolph, von den aufständischen Ditmarschen erschlagen worden war.[1]) Er hatte die Grafschaft Stade als Lehen vom Erzbischofe von Bremen, die Grafschaft über die Ditmarschen dagegen als Allod besessen. Die letztere, sowie zahlreiche Stammgüter fielen nach Erbrecht an seinen Bruder Hartwig, Domprobst zu Bremen. Dieser gab nun, wahrscheinlich in der Form von Lehnsauftrag,[2]) diese Erbgüter dem Stifte Bremen, damit er mit der Grafschaft Stade belehnt würde. Dagegen liess nun der junge Herzog Heinrich durch seine Vormünder Einsprache erheben,

---

1) cf. Jaffé, Conrad III, p. 61 ff. und Beilage IV.

2) Ich möchte mich auch mit Jaffé für diese Art der Uebertragung der Allode entscheiden, da anderen Falles der Gegenpreis zu gering gewesen wäre. Doch glaube ich nicht, dass unter dem comitatus Bremensis der An. Stad. (cometia Bremensis in An. Palid.) ein neuer Name für den gesammten Lehnscomplex, den jetzt Hartwig von Bremen erhalten sollte, aufgekommen sei. Die Stelle der An. Stad. scheint vielmehr deutlich dafür zu sprechen, dass der comitatus Bremensis nicht Anderes sei, als die Grafschaft Stade, die alte bremische Grafschaft, die, welche von Bremen zu Lehen ging. Denn wenn es gleich weiter ohne Unterscheidung heisst: dux autem Heinricus — conquestus est regi — quod archiepiscopus Albero matri suae promisisset, quod si moreretur Rodolfus, filio suo duci conferret *comitatum*, so kann damit nur die stadische Grafschaft gemeint sein, und der Mangel der näheren Bezeichnung zeigt, dass sie mit dem kurz vorher erwähnten comitatus Bremensis für identisch gehalten wurde. Entschieden wird dies durch die in der folgenden Note citirte Stelle der An. Palid., sowie durch die An. Bremen. 1144 (SS. XVII): Iste Rodulphus cometiam Stadensem in feodo habuit, quam frater eius data omni hereditate sua Bremensi ecclesiae — accepit. Hinricus Leo cepit Alberonem archiepiscopum et Luneborch eum brevi tempore detinuit, pro eo quod mortuo Rudolpho praedicto sibi cometiam Stadensem porigere noluit, nam asseruit, quia hic matri suae — promisisset.

indem er angab, dass der Erzbischof Adalbero für den Todesfall Rudolphs seiner Mutter versprochen habe, ihm selbst, dem Herzoge, die Grafschaft Stade zu leihen. Der königliche Entscheid lautete zu Gunsten Hartwigs. Da sich aber Heinrich dabei nicht beruhigte, so wurden vom Könige Schiedsrichter ernannt, welche auf einem Gerichtstage zu Ramelsloh im Jahre 1145 das Urtheil fällen sollten. Doch hierzu liess es der Herzog nicht kommen: während der Verhandlungen nahmen seine Leute den Erzbischof gefangen und führten ihn zum Gewahrsam nach Lüneburg. Auch der Probst Hartwig hatte dasselbe Schicksal, wie sein Vorgesetzter. Die Stader Annalen berichten nun zwar,[1]) dass Heinrich der Löwe trotz dieser Gewaltakte von den Gefangenen nicht das, was er wollte, erpressen konnte, doch beweist der Verlauf der späteren Geschichte, dass die Pöhlder Annalen besser unterrichtet sind, welche den Erzbischof nur nach Gewährung der Forderungen des Herzogs und auch den Probst Hartwig nur mit Einbüssung von vielem Besitzthum ihre Freiheit erlangen lassen. Helmold berichtet

1) An. Stad. 1144 (für 1145). — An. Palid. 1145: Rex cum regina Gertrude natale domini Magdeburch celebravit, ubi principes annuente rege comitiam Bremensem quam Rodolfus habuerat, Hartwigo fratri eius adiudicaverunt. Inde commotus dux de Bruneswic Heinricus iunior, qui pro obtinenda eadem comecia laboraverat, longas adversus Bremensem archiepiscopum Adelberonem inimicitias exercuit, eo usque ut ad curiam tendenti poneret insidias. Quas primo quidem evasit, sed alio tempore comprehensus consensit ad id quod dux voluit. Hartwigus quoque, cum a militibus ducis captus fuisset, egit magno rerum suarum dispendio, quatinus domini ipsorum manus effugere potuisset. — Chron. Repgav. (ed. Massmann p. 413): De biscop Albern wart ledich mit sime scaden. de hertoge behelt de grafscap. — Chron. Luneb. (Schöne p. 68), ähnlich wie An. Palidenses.

an mehreren Orten,[1]) dass Heinrich der Löwe die Grafschaft Stade wirklich inne gehabt, allerdings unter fortwährendem Proteste Hartwigs, welcher 1148 auf den erzbischöflichen Stuhl gelangte. Nach dessen Tode im Jahre 1168 besass Heinrich die Grafschaft ohne Widerspruch bis zu seinem Sturze, worauf sie auf dem Reichstage zu Erfurt 1181 dem Erzstifte von Kaiser und Fürsten wiederzugesprochen wurde.[2]) Offenbar ist es diese Grafschaft, welche Helmold unter den Besitzungen Erzbischof Hartwigs begreift, welche Heinrich nach Lehnrecht erlangte.

Aber auch die stadischen Erbgüter masste sich der Herzog noch bei des Erzbischofs Lebzeiten an, wie ja auch Helmold andeutet. Ausser dem Patrimonium Friedrichs, des Verwalters der Grafschaft Stade, und der Ida von Elstorf, wie es scheint, alle Allode der alten Grafen von Stade, besonders auch die Grafschaft über Ditmarschen.

Im Jahre 1148 unternahm der Herzog, wahrscheinlich auf königlichen Auftrag hin, mit vielen sächsischen Fürsten, darunter der Erzbischof Adalbero, der Markgraf

---

1) II, 6. 8. 11: extincta est morte illius (Hartwici) vetus controversia, quae fuit super cometia Stadensi et possedit eam dux de cetero absque omni contradictione.

2) Arnold. Lubec. I, 36: Tunc temporis Sifridus archiepiscopus Bremensis in plenaria restitutione recepit Stadium cum omnibus aliis, quae antea dux, *quasi de Bremensi ecclesia inbeneficiatus,* possidere videbatur. — Urk. bei Lappenberg n. CCXLVII. Or. G. III, 552. (Lappenberg setzt sie gewiss falsch 1180. Sie gehört sicher auf den grossen Reichstag zu Erfurt 1181, wo sich Heinrich dem Kaiser unterwarf, wohin auch Ind. XIV und annus imperii XXVII deuten.) Die Urkunde spricht nur von castrum Stade et burgum cum ministerialibus et universis pertinentiis et omni iure suo. Doch zeigt die Urk. K. Philipps von 1199 (Lappenberg n. CCCXVI), welche ausdrücklich die zu Erfurt geschehene Tradition bestätigt, dass diese schon die Grafschaft Stade begriff.

Albrecht der Bär, der Probst Hartwig, Christian von Oldenburg u. A., einen Rachezug gegen die aufständischen Marschbewohner und brachte sie zur Unterwerfung.[1]) Der Ansprüche Hartwigs wird weiter mit keinem Worte gedacht; obwohl er selbst an dem jedenfalls zu ihrer Geltendmachung unternommenen Zuge Theil nahm, finden wir später die Grafschaft in des Herzogs Händen, der sie, wie es scheint, zur Verwaltung an einen Grafen Reinhold († 1164 auf dem Wendenzuge) verlieh. Der Herzog mag den ihm gewordenen Auftrag dazu benutzt haben, die Früchte der errungenen Erfolge für sich zu behalten. Unwahrscheinlicher ist es, dass Hartwig ihm die Grafschaft über Ditmarschen als Entgeld für seine Freilassung gegeben habe.

Zwei weitere Todesfälle gaben dem Herzoge Veranlassung auf Gebietserweiterung nach anderer Seite hin zu

---

1) S. die in mehrfacher Beziehung merkwürdige Urkunde bei Lappenberg n. CLXXXVIII: Acta sunt haec Heikenbutle coram frequentia totius exercitus qui nobiscum erat quando reversi sumus accepta victoria de *hostibus regni* Thiedmarskensibus, qui Rodolfum marchionem, principem et comitem suum iam pridem interfecerant. Ueber das Jahr s. Jaffé p. 151 not. 20 (der Abdruck bei Lindenbrog 156 hat MCXLIIX, was aber die Schwierigkeit nicht hebt, da Erzbischof Adalbero schon am 25. Aug. 1148 starb). Ich bin versucht aus dem Ausdrucke victoria de hostibus regni zu schliessen, dass der Herzog in königlichem Auftrage den Todtschlag des Grafen Rudolph gerächt habe. So würde sich auch am besten die Hülfe der sächsischen Fürsten, insbesondere die Theilnahme Adalberos und Hartwigs erklären, welche mit ihrer sonstigen Stellung zu Heinrich im Widerspruch stünde. — Die Repgav. Chron. lässt übrigens erst Erzb. Hartwig den Zug unternehmen (ed. Massmann p. 413—414): Do de biscop Hartwich biscop wart, do vor he to Thetmersken. mit eme vor de hertoge Hinric van Brunswic, unde de biscop wolde wreken sinen broder den marcgreven unde sloch der Thetmersken vele unde berovede al dat lant.

denken: der Bernhards Grafen von Plötzke († 1147) und Hermanns Grafen von Winzenburg (ermordet 1152), beide die letzten männlichen Sprossen ihres Stammes. Hier trat aber den Planen Heinrichs ein alter, stets schlagfertiger Widersacher entgegen: Albrecht der Bär, welcher gleichfalls Ansprüche auf die Hinterlassenschaft beider Grafen erhob. Um die plötzkische Erbschaft tobte zwischen beiden Bewerbern bereits einige Jahre die Kriegsfurie: da wurden endlich durch Schiedsspruch des neuen Königs Friedrich 1152 beide Gegner dadurch zufrieden gestellt, dass Albrecht die plötzkischen, Heinrich die winzenburgischen Besitzungen erhielt.[1]) Diese umfassten zugleich den grössten Theil der früheren Güter des Grafen Sifrid von Bomeneburg und Homburg,[2]) welche Graf Hermann nach dessen Ableben (1144) von seinen Geschwistern käuflich erworben hatte.[3])

Die verschiedensten Meinungen wurden geltend gemacht, um den Ansprüchen Heinrichs des Löwen einen rechtlichen Hintergrund zu geben: keine scheint mir dieselben ganz aufzuklären.[4])

Gegen die Ansicht, dass Heinrich auf seine weitläufige Verwandtschaft mit den Grafen von Winzenburg fussend,

---

1) An. Palid. 1152. An. Stad. 1152 (p. 344). Helmold I, 73. Chron. Sanpetrin. (Mencken III, 218). Chron. Luneburg. (Schöne p. 74). Die Entscheidung fiel nach An. Stad. auf den Reichstag zu Wirzburg.

2) Sifridus de Hammenburg bei Helm. II, 6.

3) Urkunde Heinrichs von 1153 (Erhard II, n. CCXCI): Notum sit — quod Hermannus comes qui hereditatem Sigifridi comitis a legitimis heredibus emtam possedit etc. — Nos tamen tam pio operi congaudentes, ad nos enim occiso Hermanno comite eadem hereditas *deo disponente* pervenit etc.

4) Man findet sie zusammengestellt bei Koken, Beiträge zur niedersächs. Gesch. I, § 25.

sich als deren Erbe betrachtet habe, spricht, abgesehen davon, dass die Geschwisterschaft des Vaters von Heinrichs Urgrossmutter mütterlicher Seits mit dem Grossvater Hermanns Erbansprüche kaum begründen konnte, der Umstand, dass Hermann drei Töchter hinterliess, welche jedenfalls in Betreff der Allode erbberechtigt waren. — Eine andere Ansicht ist die, dass Heinrich nur die früher bomeneburgischen Besitzungen Hermanns, als unveräusserliche northeimische Stammgüter, sich vindicirt, den Verkauf derselben an Hermann also nicht als rechtsgültig anerkannt habe. Dagegen ist einzuwenden, dass Heinrich in der oben angeführten Urkunde diesen Verkauf keineswegs angreift, vielmehr anerkennt, und ferner, dass die Quellen (Helmold und die An. Palid.) deutlich vom Erwerb der winzenburgischen Besitzungen sprechen, ja dass einzelne nicht aus dem bomeneburgischen Verlass herrührende Stücke sich in den Händen Heinrichs nachweisen lassen.[1])

Auch für die Ansprüche, welche Heinrich der Löwe auf die Hinterlassenschaft Bernhards von Plötzke erhob, können wir keinen ausreichenden Erklärungsgrund nachweisen. Bernhard war zwar durch seine Mutter mit der Kaiserin Richenza (sie waren die Töchter zweier Brüder) und somit mit Heinrich verwandt,[2]) doch scheint auch

1) So besass Heinrich das Schloss Schiltberg, das Hermann von Winzenburg 1148 von der Aebtissin von Gandersheim eingetauscht hatte. Or. G. III, 443. Desgleichen das Kloster Reinhausen, das die Winzenburger von den Grafen von Reinhausen überkommen hatten.

2) S. die Stammtafel bei Schrader, Dynastenstämme. Mit welchem Rechtsgrund übrigens Albrecht der Bär die winzenburgischen und plötzkischen Güter beanspruchen konnte, ist mir völlig unklar. In Betreff der letzteren cf. An. Col. max. 1173 und An. Magd. 1171, welche zeigen, dass K. Friedrich nach dem Tode Albrechts dieselben

dieses Verhältniss zu entfernt, als dass der Herzog dadurch Erbansprüche hätte begründen können.

Die Besitznahme Oldenburgs und anderer Güter des im Jahre 1167 gestorbenen Grafen Christian von Oldenburg erfolgte wohl nach dem Recht der Eroberung, da der Herzog mit dem Grafen bei dessen Ableben gerade in Fehde lag; erleichtert wurde sie dadurch, dass Christian nur unmündige Söhne hinterliess.[1])

Eine ähnliche Bewandtniss wie mit der winzenburgischen Hinterlassenschaft hat es mit der Ottos Grafen von Assel oder Asselburg. Er war der Bruderssohn Hermanns II. von Winzenburg und starb zwischen 1170—78 mit Hinterlassung einer Tochter, Adelheid. Trotzdem bemächtigte sich Heinrich der asselschen Güter, wenn auch unter heftigem Widerspruche des Erzbischofs Philipp von Cöln, des Bruders der Wittwe des Grafen Otto.[2])

Auf gleiche Weise suchte der Herzog noch 1179 nach dem Tode des sächsischen Pfalzgrafen Adelbert,[3]) mit welchem das alte Somerscheburger Haus im Mannesstamme erlosch, die Schwester und rechtmässige Erbin desselben, Adelheid, Aebtissin von Gandersheim und Quedlinburg, des ihr zustehenden Eigenthumes zu berauben.[4]) Eine Verwandtschaft der Welfen oder Lothars

---

von dessen Söhnen wieder herausforderte. Vgl. auch Heinemann p. 154. 173. 190, welcher auch die Ansprüche Albrechts nicht zu erklären weiss. Davon, „dass es als zweifelhaft betrachtet wurde, ob Plötzke sächsisches oder anhaltisches Lehen sei," wie Voigt p. 145 meint, kann keine Rede sein.

1) An. Stad. 1167. Helm. II, 6.

2) Chron. M. Seren. 1178. Koken, Beiträge I.

3) An. Palid. 1179.

4) Magdeb. Schöffenchronik (bei Abel, König Philipp p. 262): Do Albrecht de pallandesgreve von der Sommerschenborch starff

und der Northeimer mit dem pfalzgräflichen Hause ist nicht nachzuweisen, wenngleich ein neuerer Autor behauptet hat, dass Heinrich vorgegeben, er sei der nächste Agnat der Pfalzgrafen und deshalb erbberechtigt.[1]) Die Handlungsweise des Herzogs ist vielmehr hier der nach dem Aussterben der Grafen von Stade, Winzenburg und Assel analog.

Wenn man, die vorgenannten Erwerbungen Heinrichs des Löwen überblickend, die systematische Besitznahme der Güter der im Mannesstamme erloschenen sächsischen Geschlechter, unerachtet der rechtmässigen Ansprüche der weiblichen Descendenten und Collateralen, in Erwägung zieht, wenn man ferner überlegt, dass die Reichsgewalt sich gegenüber einem solchen Verfahren theils gleich-

---

(1180), he (Wichmann v. Magdeburg) koffte de borch aff siner nichtelen Alheyden der ebbedischen van Quedelingborch, der was de borch angestorven, wente se sin suster was. Dar umme wart de woldighe hertoch Hinrik syn vyent und orlogeden lange tyt mit enander. Chron. Picturat (Leibnitz scr. III, 345): Do Paltzgreve Albrecht to der Somerscheborch starff, do vel de Greveschopp an syne suster Alheyden — da van koffte Bischopp Wichmann de Greveschopp to dem stichte to Meydeborch. Dar umme krigede Hertoghe Hinrick de Lauwe lange mit öme dar umme. (Es sei hier gestattet auf die, theilweise wörtliche Verwandtschaft fast des ganzen von Abel mitgetheilten Stückes der Schöffenchronik mit dem Chron. Pict. hinzuweisen.) Wichmann bekam zwar den Kauf 1184 von Pabst Lucius bestätigt (Or. G. III, praef. 25), trotzdem erscheint das castrum Sommerseburg 1202 als zum Antheil K. Ottos IV. gehörig (Or. G. III, 627). Erst 1209 resignirten dieser und seine Brüder darauf (Or. G. III, 787). Auch die Vogtei über das Kloster S. Ludgeri in Helmstädt, welche die Pfalzgrafen und früher Herzog Liuder besessen, usurpirte damals der Herzog: er erscheint als Vogt 1182 (Urk. in Förstemann, Neue Mittheil. des thüring.-sächs. Vereins II, p. 462) und vererbte die Vogtei auf seine Nachkommen.

1) Meibom im Chron. Marienthal. (rer. german. T. III, p. 252), daraus Or G. III, 98.

gültig, theils zustimmend verhält, dass den einheimischen Zeitgenossen kaum ein Zweifel an dessen Rechtmässigkeit sich aufdrängt, so muss man zu der Ueberzeugung gelangen, dass Heinrich doch wenigstens in irgend einer Weise einen Rechtsgrund für dieses Verfahren geltend gemacht habe, welcher allerdings dem Herkommen zuwiderlaufend, von ihm aus seiner Machtstellung selbst hergeleitet und von den Zeitgenossen im Hinblick auf diese für gültig erkannt wurde. Ich stehe nicht an anzunehmen, dass Heinrich der Löwe, gleichwie er nach allen Seiten hin die Wirkungssphäre seiner herzoglichen Gewalt auszudehnen bestrebt war, auch hier von einer neuen Anschauung ausgehend, die Güter der im Mannesstamme erloschenen Geschlechter für dem Herzoge verfallen erklärte,[1]) und dass sich diese seine Ansicht von dem neuen herzoglichen Prärogativ allmälig in dem Rechtsbewusstsein der Zeit festgesetzt habe, wie wir ja auch in mancher anderen Beziehung zu seiner Zeit neue Normen des Staatsrechts durch die factischen Verhältnisse entwickelt zur Geltung gelangen sehen.

So würde Heinrichs Verfahren im einzelnen Falle nicht als ein Akt der Gewalt, oder, was dasselbe sagen will, ein Geltendmachen rechtlich nicht zu begründender Erbansprüche, sondern als Ausdruck seiner Auffassung von dem Wesen und den Rechten seines Herzogthumes angesehen werden müssen, welcher er mächtig und energisch genug war, sowohl bei dem sächsischen Volke als

---

1) Koken l. c. § 25 citirt eine ähnliche Ansicht von Wersebe, nach welcher Heinrich die Güter der im Mannesstamme erloschenen Familien auf Grund eines angemassten dominium supereminens des Herzogs an sich gezogen habe. Das Citat in Wersebe aufzufinden ist mir nicht gelungen.

auch bei dem Reichsoberhaupte Anerkennung zu verschaffen.

§ 2.

Stellung Heinrichs des Löwen zu der aufgelösten Comitatsverfassung.

Die Entwickelung, welche schon unter Lothar begonnen, sehen wir zur Zeit Heinrichs des Löwen in stetem Fortgange begriffen. Von der Comitatsverfassung als politisches Verwaltungsinstitut kann schon lange keine Rede mehr sein. Die früheren gräflichen Gerechtsame hatten theils in Folge der neuen Standesverhältnisse und des Lehnswesens vollständig ihre Bedeutung verloren, wie die Militärgewalt, welche die Grafen über den Heerbann der Freien im Dienste des Reiches ausgeübt hatten, theils waren sie in den Händen ihrer Besitzer dergestalt mit dem Landbezirk, über den sie sich erstreckten, verwachsen, dass denselben vielmehr durch den Besitz des Landes die gräflichen Rechte zuzustehen schienen, als dass sie diese wie früher von Amtswegen über die auf dem Lande Ansässigen ausübten. Dies gilt besonders von der gräflichen Gerichtsgewalt. Dabei dauerte allerdings das Bewusstsein, dass alle Gerichtsbarkeit von oben, vom Könige ausgehe, fort. Nur war sie, einmal verliehen oder verschenkt, in die Reihe der übrigen Vermögenstheile des Inhabers eingetreten, welche nach Belieben weiter verliehen und veräussert werden konnten. Das Zusammenwachsen mit dem Besitz des Bodens zeigt sich aber in dieser Zeit darin, dass die gräfliche Gerichtsbarkeit zugleich mit dem Grundbesitz, gleichsam als Pertinenz desselben verliehen wurde.

Wir stehen am Anfange der Entwickelung der Territorialhoheit.

Drei Arten des Besitzes von Grafschaft lassen sich unterscheiden. Einmal, was wir früher wohl bei geistlichen Stiftern vorfinden, was aber hier seit der Veränderung des rechtlichen Charakters des Kirchengutes aufgehört hatte, Allodialität der Grafenrechte. In Sachsen war von dieser Art die Grafschaft über die Ditmarschen schon in der Hand der Grafen von Stade gewesen.[1]) Sie hatte Heinrich der Löwe zugleich mit den anderen stadischen Alloden an sich gerissen und einem Reinold, der davon den gräflichen Titel führte, zur Verwaltung übertragen. Ein anderes Beispiel, und zwar der Schenkung eines Comitates zu wahrem Eigenthume, durch König Conrad III. an den Markgrafen Conrad von Meissen, gewährt die sogenannte Grafschaft Rochlitz.[2])

Die zweite Art des Besitzes ist die als unmittelbares Reichslehen. Bischöfe, Aebte, der Herzog, die Markgrafen und die alten Grafengeschlechter besassen solche Comitate. Die Zahl der letzteren hatte sich seit Beginn des 12. Jahrhunderts in auffallender Weise verringert. Die Northeimer (1101), die Brunonen (1090), die Catelenburger (1106) starben dahin, fast zu einer Zeit, 1144 folgte der bomeneburgische Zweig der Northeimer und die Grafen von Stade, während der Regierung Heinrichs des Löwen starben auch die von Plötzke, Winzenburg, Assel und die Pfalzgrafen aus, sodass wir am Ende der Periode des alten Reichsfürstenstandes ausser den von den Ballenstädter und Wettiner Markgrafenhäusern stammenden, innerhalb Sachsen

1) s. Jaffé, Conrad Beilage 4.

2) An. Veterocell. (SS. XVI) 1147: Iste rex dedit Conrado predicto marchioni et suis posteris proprietatem comicie in Rocheliz.

deren nur noch in Westfalen antreffen: die von Teklenburg, Arnsberg-Ritberg, Ravensberg und Mark-Altena.

Dagegen, und gerade in Folge dieses Aussterbens und des Ueberganges der Comitate und Besitzungen dieser alten Geschlechter in die Hand des Herzogs, wuchs die dritte Klasse der Comitatsinhaber in dieser Zeit bedeutend: die der sogenannten Lehngrafen, welche als Reichsafterlehnsmänner Comitate von dem Herzoge oder auch von Bischöfen in Händen hatten. Ausser den schon in dem vorigen Zeitraume aufgeführten (denen von Schwalenberg, Dassel, Everstein, Rode, Stumpenhausen, Werder, Warpke-Lüchow) erscheinen jetzt die von Wölpe, Scharzfeld, Waltingerod, Blankenburg-Reinstein, Dannenberg, Wernigerod, Hallermund, Poppenburg, Schladen, Bodenburg, Werder, Veltheim und andere mehr, deren Mitglieder bis zu Ende des Jahrhunderts und darüber hinaus noch nicht stehend den Grafentitel führen und nicht zu den alten Reichsfürsten gezählt werden.

Es kann hier unsere Aufgabe nicht sein, von allen diesen Geschlechtern den Lehnsherrn, die Art der Belehnung, sowie das erste Auftreten mit dem Grafentitel darzuthun, nur das Verhältniss zum Herzoge von Sachsen geht uns hier an. Die meisten dieser neuen Grafen verdanken aber unzweifelhaft ihre gräfliche Würde Heinrich dem Löwen. Die Art der Belehnung mit dem Grafenamte ist jetzt in Folge des veränderten Charakters der Comitate noch eine verschiedene. Zum Theil mochte allerdings noch der Herzog nach alter Weise alte Comitate, welche er über einen Landstrich, sei es mit oder ohne territorialen Besitz, vom Reiche selbst zu Lehen hatte, weiterleihen, dann wurden aber auch jetzt mit einem Stücke Land, dessen Mittelpunkt meist eine Burg war die gräflichen Rechte über dasselbe, welche beide dem Herzoge zustanden, dem Edelherrn zu Lehen gegeben, wodurch dieser dann veranlasst und berechtigt wurde den gräflichen Titel zu führen.

Ein Beispiel der neuen Entstehungsart eines Grafenhauses und, fügen wir gleich bei, einer Grafschaft im späteren Sinne der Territorialhoheit führt Wedekind[1]) aus der Sachsen nächstbenachbarten Gegend von Thüringen vor Augen. Die Notiz, wenn auch im Speziellen nicht frei von Irrthümern, verdient doch, was die Hauptsache betrifft, allen Glauben. Die Herrschaft Hohnstein stand Heinrich dem Löwen zu. Er verlieh sie zuerst, angeblich 1170, an einen Hesico, der sich davon Graf von Hohnstein nannte. Da dieser nur eine Tochter hinterliess, so übertrug der Herzog das eröffnete Lehen weiter an den Edlen Adelger (Elger) von Ilfeld, gegen Verzichtleistung auf die Herrschaft Ilfeld, worauf dieser sich comes de Honstein nannte und der Stammvater der Grafen von Hohnstein und Stollberg wurde. Wenn nun auch die Existenz des Hesico durchaus nicht zu erweisen ist, so stimmen doch die urkundlichen Nachrichten über Adelger, bis auf die Zeit, recht wohl mit Wedekinds Angabe, zu deren vollem Verständniss nothwendig anzunehmen ist, dass Adelger zugleich mit dem Lande die Grafschaftsrechte erhalten. Im Jahre 1162 erscheint er zum ersten

1) Noten II, XLI. Leider ist die Quelle nicht überall beigefügt. Dass Hesico, dessen Existenz mir überhaupt sehr zweifelhaft ist, ein Enkel Albrechts des Bären und der zweite Gemahl der Mechtild von Schauenburg gewesen, verbietet die Chronologie. Auch aus der c. 1300 geschriebenen Erzählung vom Ursprung der Grafen von Hohnstein bei Förstemann, monum. rer. Ilfeldensium, wird Hesicos Existenz nicht erhärtet; sie behauptet aber ebenfalls die Lehnbarkeit des Schlosses Hohnstein vom Herzog von Braunschweig.

Male, in einer Urkunde Heinrichs des Löwen, als comes de Honstein, darauf ebenso in den Jahren 1164, 1179 und 1180.[1]) Vor dem Jahre 1162 begegnet er einfach als Adelger von Ilfeld.[2]) Dann, ganz dem Brauche gemäss, noch 1181 in Urkunde Kaiser Friedrichs I. als Elgerus de Honstein.[3]) Dass die Verzichtleistung auf die Herrschaft Ilfeld wohl nur in Lehnsauftrag bestanden, möchte sich daraus ergeben, dass Adelger sich zwischendurch auch Graf von Ilfeld nannte.[4])

Dieselbe Bewandtniss wird es mit den Harzgrafen von Waltingerod, Scharzfeld, Blankenburg und Reinstein gehabt haben: eine Annahme, welche schon Koch[5]) dadurch mit Recht unterstützt, dass er darauf hinweist, dass die Burgen dieser Geschlechter im Besitze Heinrichs des Löwen oder seiner Nachkommen waren. Die Blankenburg besass Herzog Liuder, sie erscheint mit Reinstein und Scharzfeld 1202 in den Theilungsurkunden der Welfen.[6]) Letzteres Schloss hatte Heinrich der Löwe im Jahre 1158 vom Reiche eingetauscht.[7]) Wenn nun auch der Edle Sigebodo von Scharzfeld schon früher mit dem Grafentitel erscheint,[8]) so kann doch kein Zweifel sein, dass er seinen Comitat von dem Herzoge, dem derselbe

---

1) Urkunden Heinrichs des Löwen in Förstemann, Neue Mittheil. des thüring.-sächs. Ver. VII. 4, p. 44—46. 49.

2) Urk. von 1154, 1155, 1157 in Schultes, dir. dipl. II, 114. Or. G. III, 561. Gudenus cod. dipl. I, 227.

3) Wenck, hess. Landesgesch. II, 115.

4) Urk. von 1178, 1181, 1188 in Walkenrider U. B. I., n. 20. Harenberg 1507. Vaterl. Archiv 1819, 311.

5) Pragmat. Gesch. des H. Braunschweig-Lüneburg, p. 44 ff.

6) Or. G. III, 627. 853.

7) Urk. Friedrichs I. in Or. G. III, 466 (Böhmer n. 2384).

8) So in Urk. Conrads III. von 1139, 1143. Böhmer n. 2195. 2222.

im Lisgau, wo Scharzfeld lag, zustand, die Burg aber vom Reiche zu Lehen trug, bis im Jahre 1158 Heinrich auch für diese sein Lehnsherr wurde. Bemerkenswerth ist auch die Stelle der Lauterberger Chronik, dass nach der Aechtung Heinrichs des Löwen 1180 in Folge des vom Kaiser dessen Vasallen gestellten Termines sich die Edelherren von Waltingerod,[1]) Scharzfeld, Dannenberg und Ilfeld mit ihren Burgen dem Kaiser unterworfen hätten, woraus sich ergibt, dass die letzteren vom Herzoge zu Lehen gingen.

Anders, in der alten Weise war wohl das Verhältniss bei den Grafen von Wölpe, welche einen Comitat im Loingo, in altbillungischem Comitatsbezirk, inne hatten.[2]) Dies und ihr nahes Verhältniss zu Heinrich dem Löwen stellen die Lehnsabhängigkeit ihres Comitates von dem Herzoge ausser Zweifel. Den von diesem abhängigen Lehngrafen möchte ich noch die von Hallermund und Wernigerod beizählen, sowie die Hildesheimer Vicedome, welche Grafen von Wassel (bei Hannover) genannt werden.[3])

---

1) Lappenberg hält Wersebe folgend den unter der Rubrik comites in Urk. Lothars von 1136 (Hamburg. U. B. n. CLI) vorkommenden Liudolfus für den gleichnamigen von Waltingerod, eine Annahme, welche sehr an Wahrscheinlichkeit gewinnt, da in der folgenden Urk. vom selben Jahre mit fast denselben Zeugen Ludolfus de Waltingeroda auftritt. Doch scheint mir, im Hinblick darauf, dass Liudolf zwar in sehr vielen Urk. Lothars, aber ohne den Grafentitel erscheint, die Rubrik comites auf ihn sich nicht mehr zu erstrecken.

2) Urk. Bischof Wernhers von Minden (1153—70) bei Würdtwein s. d. VI, 340.

3) Von den übrigen oben aufgezählten scheinen die von Poppenburg, Schladen, Bodenburg, Werder von Hildesheim belehnt, die von Veltheim von den Ascaniern abhängig. Andere, wie der in Urk. Heinrichs von 1169 (Meklenburg. U. B. I, n. 90) erscheinende comes Otto de Hartbeche (Harpke im Halberstädtischen), dessen Geschlecht

Staatsrechtlich war diese Belehnung der neuen Grafen immer von demselben Charakter wie zur Zeit Liuders, nicht eine aus dem Herzogthum herfliessende Befugniss — verliehen ja doch auch andere geistliche und weltliche Fürsten Comitate — sondern nur ein Weiterverleihen der selbständig neben dem Herzogthume dem Herzoge zustehenden Reichsämter. Ficker hebt allerdings mit Recht hervor,[1] dass Heinrich der Löwe Werth auf den Titel der neuen Grafen gelegt habe, und fügen wir hinzu, er creirte wohl in ganz bestimmter Absicht eine so grosse Anzahl derselben, um sein Ansehen als Herzog durch eine glänzende Reihe gräflicher Vasallen zu erhöhen und hier in Sachsen allmälig, wenn auch zunächst nur dem Scheine nach, eine ähnliche Stellung zu gewinnen, wie in seinem anderen Herzogthume Baiern, wo fast alle Grafschaften von dem Herzoge zu Lehen gingen.

Anders freilich als auf dem eigentlich sächsischen Boden war das Verhältniss in den früher slawischen Territorien. Hier hatte der Herzog kraft seines Herzogthumes oder des Amtes, auf dem dasselbe ursprünglich basirt war, der Markgrafengewalt, die Befugniss an des Königs Statt Grafen einzusetzen. Diesem Rechte verdanken die Grafen von Lüchow und Dannenberg ihre Würde, welche auch nach dem Sturze Heinrichs des Löwen von dem Herzogthume abhängig blieben; die von Dannenberg hatten, wie es scheint, die Grafengewalt

---

sonst nie mit dem Titel erscheint, und comes Meinricus de Buzeburg (?) bedürfen noch näherer Untersuchung, die hier zu weit führen würde. Ueber die Hildesheimer Vicedome, Grafen von Wassel s. unten. Auch der treue Vasall Heinrichs, Adolph von Nienkerken, erscheint einmal mit dem Grafentitel 1174, Meklenb. U. B. I, n. 113.

1) Vom Reichsfürstenstande I, § 58.

zugleich mit dem Lande erhalten.[1]) Heinrich der Löwe machte von dem ihm zustehenden Rechte weiteren Gebrauch, und so sehen wir denn in den neueroberten slawischen Gebieten Grafschaften entstehen, bei welchen sich deutlich der neue Charakter der Verleihung als Pertinenz des Landes zeigt. Schon 1142 belehnte er den Grafen Adolph von Holstein mit der Grafschaft über Wagrien, jedenfalls zugleich mit dem Lande, da später bei der Dotirung des aldenburgischen Bisthums durch den Herzog des Grafen Einwilligung nöthig ist; in demselben Jahre den Heinrich von Badwide mit der Grafschaft über das Land der Polaben, welches bald von der Hauptfeste den Namen der Grafschaft Ratzeburg erhielt. Heinrich erlangte so zuerst den Namen Graf.[2]) Im Jahre 1160, nachdem die Herrschaft Niclots über die Obodriten gestürzt war, setzte Heinrich die edlen Herren Gunzelin von Hagen in Schwerin, Heinrich von Scaten zu Meklenburg, und die Ministerialen Ludolf von Peina zu Malchow, Ludolf den Vogt von Braunschweig zu Kussin als Burgvögte ein.[3]) Aber nur Gunzelin wurde später mit einer Grafschaft ausgestattet nach der Auseinandersetzung mit Pribizlaus im Jahre 1166; er nannte sich seit 1167 Graf von Schwerin.[4]) Gleich denen von Lüchow und Dannen-

---

1) s. die oben p. 106 citirte Stelle des Chron. Mont. Seren. 1180.

2) Die Notiz bei Lappenberg n. CCVI drückt das Verhältniss sehr gut aus: Idem vero H. praenominatus dux cuidem nobili Heinrico de Botwede comitiam Raceburgensem in beneficio dedit, per quam primo nomen comitis idem H. sortitus fuit.

3) Helmold I, 87.

4) Ich gebe Giesebrecht, Wend. Gesch. III, 161 vollständig darin Recht, dass Gunzelin erst nach 1166 die Grafschaft und das Land Schwerin erhielt, obschon er 1161 in Urk. Heinrichs des Löwen (Or. G. III, praef. 36) als Guncelinus comes vorkommt. Helmold

berg nahmen die Grafen von Ratzeburg und Schwerin 1182 zu Erteneburg ihre Lehen vom Herzoge Bernhard von Sachsen.

In der Einsetzung der vier Burggrafen in Slawien sehen wir die faktische Gleichberechtigung der Ministerialen mit den Freien, ja Edlen, welche durch die gemeinsame Beschäftigung des Waffenhandwerkes hervorgerufen war, schon sehr zur Geltung gelangt. In noch schlagenderer Weise zeigt sie sich darin, dass von Heinrich dem Löwen auch schon Ministerialen mit Comitaten belehnt wurden und davon den gräflichen Titel führten. In anderen Theilen Deutschlands hatte dieser Brauch schon früher begonnen, so in Franken, wo die sogenannten Rheingrafen, Ministerialen der Mainzer Erzbischöfe, welche den Comitat über den Unterrheingau zu Lehen trugen, schon im Anfange des 12. Jahrhunderts vorkommen.[1])

---

nennt ihn noch nie Graf, wohl praefectus terre (vgl. I, 91. II, 2. 4.), in Urk. Bischof Conrads von Lübek von 1164 (Leverkus, U. B. des Bisth. Lübek I, n. 5), sowie in einer undatirten Heinrichs (Harenberg 1348) heisst er Guncelinus de Zverin. Freilich hat auch der Abdruck der Urk. von 1161 bei Lünig, corp. jur. feud. II, 1397 Guncelinus comes, es bliebe also nur der freilich sehr prekäre Ausweg, zumal da die Or. G. die Urk. nach dem besiegelten Originale geben, eine spätere Einschaltung in diesem anzunehmen. — Heinrich von Scaten ist nicht, wie Scheidt und Wersebe Colonien I, 419 annahmen, ein Graf von Schladen, sondern ohne Zweifel der Heinricus comes de Schota der Urkunden Heinrichs des Löwen und Hartwigs von Bremen von 1163 (Leverkus I, n. 4 u. 6), der aber den gräflichen Titel wohl von wo anders her führt als von Meklenburg.

1) Etwas anders ist die Entwickelung in Westfalen, wo auch in dieser Zeit Ministerialen als Comitatsinhaber vorkommen, die dann aber nur persönlich den Grafentitel führen, ohne dass er auf die Familie übergeht, vergl. z. B. die Urk. von 1178 bei Erhard II, CCCXCVI, wo der Graf Bernhard von Dülmen ein Ministerial ist, der die Grafschaft mittels Bernhards von Horstmar von Münster zu Afterlehen trägt.

Auch in Sachsen können wir die Anfänge dieses Brauches schon in dem oben dargelegten Verhältnisse des Ministerialen Friedrich zu der Grafschaft Stade sehen. Unter Heinrich dem Löwen haben wir ein treffendes Beispiel an dem herzoglichen Ministerialen Ludolf von Peina, der als Inhaber eines Comitates in der Nähe von Braunschweig und Goslar und zu wiederholten Malen mit dem gräflichen Titel in den Stederburger Annalen genannt wird.[1]) In den Urkunden Heinrichs des Löwen freilich wird strenge die Scheidung zwischen Edlen und Ministerialen eingehalten, Ludolf erscheint auch hier nie mit diesem Titel. Wie bedeutend aber seine und anderer herzoglicher Ministerialen Stellung und Macht gewesen, zeigt sich daran, dass sie nach dem Sturze Heinrichs des Löwen von der Hörigkeit gelöst erscheinen und als Edle auftreten.[2])

Anders war wohl das Verhältniss der sogenannten Stadtgrafen, Ministerialen, welche die Gerichtsbarkeit über eine Stadt, wohl als blosse Beamten ihrer Herren, verwalteten und sich Grafen der betreffenden Stadt nannten. So treffen wir als Beamten Heinrichs des Löwen den Grafen Reinold von Lübek im Jahre 1163.[3]) Ebenso wird wohl auch die anfängliche Stellung der vier im Slawenlande eingesetzten Burgvögte gewesen sei, die herzoglicher Beamter.

---

1) SS. XVI, p. 209 zwischen 1166—70, p. 213 im Jahre 1180, p. 218; sonst auch öfters ohne den Grafentitel. Ueber seinen Comitat s. auch die in der folgenden Anm. citirte Urk. Friedrichs I.

2) Urk. K. Friedrichs I. von 1188 im Vaterl. Archiv 1819 p. 311 (nicht bei Böhmer), wo Ludolf von Peina, Heinrich von Wida und Ecbert von Wolfenbüttel unter der Rubrik nobiles viri.

3) U. B. der St Lübek I, n. 3. Er ist dem herzoglichen Kämmerer und Truchsess nachgestellt Ein solcher Stadtgraf ist auch Dietrich von Höxter, Beamter des Stiftes Corvey, s. den folgenden §.

Sonst finden wir auch noch, was die Grafschaften Heinrichs betrifft, wirkliche Beamte. Selbstverständlich that der Herzog nicht überall seine gräflichen Befugnisse zu Lehen aus, er behielt sich dieselben vielleicht da gerade am ersten vor, wo ein geringerer Grundbesitz die Selbstverwaltung des Grafenamtes zur allmäligen Ausbildung herrschaftlicher Territorialhoheit nöthig erscheinen liess. Eine cometia Heinrici ducis wird erwähnt 1167 und 1173.[1]) Es scheint dies der Comitat durch den ganzen Lisgau zu sein, welchen der Herzog als Erbe der Catelenburger vermöge der durch Kaiser Conrad II. verwilligten Erbvergünstigung im Jahre 1158 von Friedrich I. bestätigt erhielt. Als Vicar des Herzogs Heinrich in einem Comitat im Leinegau kommt im Jahre 1170 auf einem Placitum vor Berthold von Wolberneshusen, ein Ministerial.[2])

§ 3.

Heinrichs des Löwen Herzogsgewalt gegenüber den sächsischen Fürsten und Magnaten.

Bezeichnen wir im Allgemeinen die Stellung eines Stammesherzogs als eine über die übrigen geistlichen und weltlichen Fürsten hervorragende, mit deren Befugnissen in den ihnen zugewiesenen Amtsbezirken concurrirende, das Wohl und Interesse der ganzen Provinz vertretende,

---

1) Urk. der Aebtissin von Quedlinburg und Friedrichs I. (Erath, cod. dipl. Quedl. 93 und 95): ante Hartum iuxta rivum qui dicitur Goltbeke.

2) Urk. in Wigand, das Femgericht Westfalens p. 223 (im Auszuge bei Kindlinger M. B. III, 1. n. 22). Berthold, der in der Urk. noch judex genannt wird, ist nach Urk. bei Stumpf, Act. Magunt. n. 60 und Or. G. III, 510 sicher ein Ministerial, was nach der obigen Urk. zweifelhaft scheinen könnte.

so fragt es sich, in wie weit Heinrich der Löwe eine solche Stellung innerhalb des sächsischen Stammes wirklich einnahm.

Gemäss der Zweitheilung, welche aller deutschen Staatsgewalt zu Grunde lag, zerfiel die herzogliche Gewalt ursprünglich auch in militärische und gerichtliche Befugniss.[1]) Hierzu kam die Sorge für die Wohlfahrt und den Frieden der anvertrauten Provinz, welche auf den von den Herzogen zusammenberufenen Landtagen, welche die anderen Fürsten zu besuchen verpflichtet waren, berathen und festgesetzt wurden. Diese Versammlungen waren dann, nach deutscher Sitte überhaupt und ursprünglich, zugleich Gerichtstage, welchen der Herzog in eigener Person präsidirte und wo die Fürsten und Magnaten des Landes das Urtheil fanden.

Untersuchen wir zuerst, welche Gewalt in militärischen Dingen Herzog Heinrich über die sächsischen Fürsten hatte.

Ist im Allgemeinen diese Seite der herzoglichen Gewalt, den Heerbann des Herzogthums zum Reichskriege aufzubieten und seine Oberleitung zu übernehmen, welche ursprünglich wohl den Stammesherzogen zukam,[2]) am allerersten in Abnahme gekommen, so dass wir zu dieser Zeit selbst in Baiern und Schwaben von keiner militärischen Unterordnung der Bischöfe und Magnaten mehr Etwas hören, so wird es an und für sich schon sehr unwahrscheinlich, dass eine solche unter Heinrich dem Löwen in Sachsen stattgefunden. Die genaue Einsicht der Quellen zeigt denn auch hier keine Spur derselben. Der Reichs-

1) Es wird hier an die Zustände in Baiern gedacht, welchen die in Schwaben schon nicht ganz gleichkommen.

2) cf. Widukind III, 44.

krieg wurde vom Könige und den Fürsten insgesammt auf dem königlichen Hoftage beschlossen und meist beschworen, den abwesenden Fürsten nicht vom Herzoge, sondern vom Könige selbst angesagt.[1]) An ihn allein hatten sich die Fürsten wegen Loskaufs von der Expedition zu wenden.[2]) Auch die Bestrafung der Ungehorsamen, derjenigen, welche sich ohne Erlaubniss dem Feldzuge entzogen hatten, war Sache des Königs.[3]) Dass zu dieser Zeit der Herzog eine Oberanführerschaft über die Contingente der übrigen Fürsten seines Stammes gehabt, findet sich kein Beispiel; Alles, was wir über die Zusammensetzung des Reichsheeres wissen, spricht vielmehr dagegen.[4])

So bestand auch in Sachsen, wie früher, in Beziehung auf den Reichskriegsdienst keine Unterordnung der Fürsten unter den Herzog Heinrich. Aber auch was dessen Kriege gegen die Slawen betrifft, finden wir keine Verpflichtung einzelner Fürsten zur Hülfeleistung. Wie schon unter Herzog Liuder sehen wir die Markgrafen der Nordmark, Albrecht und Otto, einmal auch den Markgrafen Dietrich von der Lausitz vereint mit dem Herzoge gegen die Slawen kämpfen, ja es heisst sogar, dass dieser 1164

1) s. z. B. den Brief Friedrichs I. an die Fürsten bei Otto Fris. Frid. II, 30, sowie den an Wibald von Corvey bei Jaffé, Monum. Corbei. p. 588. Martene Coll. ampl. II, 586.

2) So bekundet B. Hermann von Hildesheim 1166, dass er Güter verpfändet habe ad persolvendas quadraginta marcas, quas ut a labore Langobardicae expeditionis parvitatem nostram absolveret, domino imperatori polliciti fuimus. Or. G. III, 495.

3) Helm. I, 82. Erzbischof Hartwig hatte sich dieses Vergehens schuldig gemacht, ein Abgeordneter des Kaisers kam nach Bremen, besetzte die bischöflichen Höfe und zog alle Einkünfte für den kaiserlichen Fiskus ein.

4) s. z. B. Radevic. I, 25.

seinen Vetter Albrecht und die tapfersten Männer in ganz Sachsen zur Hülfe aufgerufen habe;[1]) man würde aber gewiss sehr irren hieraus zu schliessen, dass sie zur Kriegshülfe verpflichtet, also in militärischer Beziehung dem Herzoge untergeordnet gewesen seien. Auch die Stelle der Egmunder Annalen, dass Heinrich mit allen Bischöfen und Grafen seines Herzogthumes diesen Zug unternommen habe,[2]) beweist nur soviel, dass der Annalist ein bestimmtes Herzogthum Heinrichs des Löwen kannte, dem auch Bischöfe untergeordnet waren — in welcher Beziehung, namentlich ob in militärischer, steht dahin. Wie es scheint, dachte der holländische Autor an Heinrichs Herzogthum im benachbarten Westfalen, wie er denn auch den Bischof von Minden an dem Zuge Theil nehmen lässt. Für die militärische Hoheit über diesen, sowie die anderen Theilnehmer der Expedition dürfte also diese Stelle nichts beweisen. Die Markgrafen trieb vielmehr die gemeinsame Aufgabe der Unterwerfung und Germanisirung der Slawenlande und die auch ihren Gebieten von einem Abfalle der Heinrich untergebenen Slawen drohende Gefahr zur gemeinsamen Aktion mit dem Herzoge; die anderen im Jahre 1164 aufgerufenen Fürsten folgten dem Hülferufe des Herzogs gewiss nur aus freiem Willen in der Eigenschaft als

---

1) Helm. II, 4. Es ist übrigens das einzige Mal, wo Albrecht mit dem Herzoge gegen die Slawen zieht, ausser auf dem wendischen Kreuzzuge des Jahres 1147. Otto von Brandenburg belagerte 1177 mit Heinrich Demmin (An. Palid.). Dietrichs von der Lausitz Hülfe 1160 erwähnt nur das Chron. M. Seren. als eigenen Beisatz zu dem aus den An. Magdeb. entliehenen Bericht über den Zug.

2) An. Egmund. 1164 (SS. XVI): dux Saxonie Heinricus cum omnibus episcopis et comitibus sui ducatus ad Sclavos devincendos profectus est.

momentane Bundesgenossen gegen die Feinde der Christenheit. Noch weniger Berechtigung hätte es aus dem wendischen Kreuzzuge des Jahres 1147, an welchem fast alle sächsischen Bischöfe und viele weltliche Fürsten Theil nahmen, auf eine Unterordnung derselben unter den Herzog zu schliessen. — Den Feldzug gegen die Ditmarschen 1148, zu welchem sich mit Heinrich der Erzbischof von Bremen, der Markgraf Albrecht und Hartwig von Stade vereinigten, haben wir schon oben, als im königlichen Auftrage unternommen, wahrscheinlich zu machen gesucht.

Was die anderen Theile der herzoglichen Verwaltung anbetrifft, das Gerichtswesen, die Sorge für den Landfrieden, so ist nicht zu verkennen, dass hierin Heinrich der Löwe seiner Herzogsgewalt eine Ausdehnung gegeben, wie sie die Billunger nie gekannt, Herzog Liuder wohl angestrebt, aber nicht erreicht hatte. Wenn auch die sächsischen Marken in jeder Beziehung unabhängig von dieser herzoglichen Obmacht blieben, so zeigt sich diese doch in bedeutendem Maasse gegenüber den geistlichen Fürsten und den Magnaten des Landes. Die Grundlagen, von denen ausgegangen wurde, sind dann noch verschiedene, daher der Umfang und das Wesen der Herzogsgewalt in den einzelnen Theilen Sachsens nicht dieselben; die Macht Heinrichs in Westfalen trägt einen ganz anderen Charakter als im übrigen Sachsen. Hier waren es zumeist ursprünglich gräfliche Befugnisse, welche Heinrich den geistlichen Fürsten aus den Händen wand, auf die er sein Herzogthum in ihren Gebieten gründete. An manchen Orten ist er auch soweit noch nicht gekommen: seine Herzogsgewalt reichte eben hier soweit, als er sie geltend zu machen vermochte. Anders in Westfalen, wo er es wirklich zur Ausübung eigentlich herzoglicher Gerechtsame brachte.

Eine Betrachtung der Stellung Heinrichs zu den einzelnen, besonders den geistlichen Fürsten wird den Umfang seiner Gewalt und die verschiedenen Grundlagen derselben an verschiedenen Orten am besten zu erkennen geben.

1. Bremen. Den Ausgangspunkt der Macht Heinrichs des Löwen im Erzbisthume Bremen bildete der Besitz der höchsten Vogtei in der Hauptstadt Bremen, welche er von Lothar überkommen und die, wie wir sahen, schon Albrecht der Bär als Ausfluss der Herzogsgewalt angesehen hatte. Sie nahm Heinrich ohne Zweifel als herzogliche Befugniss in Anspruch und entzog sie dadurch der Lehnshoheit des Erzbischofs.[1]) Der Edle Adolph von Nienkerken hatte die Vogtei von ihm zu Lehen: er erscheint 1159 als advocatus civitatis Bremensis.[2]) Auch des Zolles und der Münze, welche Erzbischof Adeldag

1) Bei dem Verzicht, welchen 1219 der Pfalzgraf Heinrich leistete ab omni iure, quod sibi dicebat in theloneo moneta et advocatia Bremensi, ist von einem Lehnsnexus nicht mehr die Rede (Lappenberg n. CDXXXII). Es ist doch kaum denkbar, dass schon Liuder 1089 die Vogtei vom Erzbischof Liemar in proprium erhalten habe.

2) Urk. Erzb. Hartwigs bei Lappenberg n. CCXIX. Dass Adolph kein Beamter des Erzbischofs, sondern des Herzogs war, vermuthet schon Donandt, Gesch. des brem. Stadtrechts I, p. 45 not. 63, obgleich er ihn für einen Ministerialen hält. Seine edle Herkunft beweist zweifellos seine Stellung in der Urk. Heinrichs von 1162 (U. B. der St. Lübek I, n. 2) unter der Rubrik der Nobiles. Gerade dass er kein Ministerial war, dürfte ein Grund mehr sein, dass er sein Lehen nicht von der Kirche hatte. Später nach dem Sturze Heinrichs, als sich der Erzbischof wieder der Vogtei bemächtigt hatte, erscheint Alardus advocatus Bremensis (Lappenb. n. CCLXXII etc.), der (nach n. CCXC) ein Ministerial ist.

zugleich mit der höchsten Gerichtsgewalt vom Kaiser Otto I. erhalten hatte, bemächtigte sich der Herzog.[1]) Somit war die feierliche Bestätigung der alten Privilegien der Bremer Kirche, welche der Kaiser Friedrich 1158 dem Erzbischofe Hartwig ertheilte,[2]) und welcher Heinrich der Löwe als Zeuge beiwohnte, in Anbetracht des factischen Besitzes dieser Rechte von Seiten des Herzogs, vollständig illusorisch.

Heinrich dem Löwen gelang es auf Grund dieser Rechte eine solche Oberhoheit über die Stadt Bremen zu erlangen, wie sie Albrecht der Bär beabsichtigt hatte, wie er sich allda als Landesherzog wollte huldigen lassen. Die Stadt gerieth, ohne dass der Herzog an Grund und Boden Besitz- oder Eigenthumsrecht gehabt hätte, in ein ähnliches Abhängigkeitsverhältniss zu ihm, wie Regensburg zu den bairischen Herzogen. Heinrich nimmt in ihren Mauern ohne Weiteres seine Feinde, Rüstringer Friesen, gefangen,[3]) ja es scheint, dass die Stadt förmlich dem Herzoge als obersten Landesherren gehuldigt habe. Dies ergibt sich nicht undeutlich aus den Wirren des Jahres 1167. Der Graf Christian von Oldenburg hatte sich der grossen Opposition der sächsischen Fürsten angeschlossen und rückte mit einem Heere vor Bremen, dessen Bürger ihm bereitwillig die Thore öffneten, da sie, wie es heisst, das Joch des Herzogs abschütteln wollten.[4]) Bald darauf zog dieser mit gewaltiger Streitmacht

1) s. not. 1 der vorigen Seite.

2) Lappenberg n. CCXI. Es wird darin ausdrücklich des Bannes, des Zolles und der Münze gedacht mit den Worten der Urk. Otto I. von 966.

3) Helm. I, 82.

4) Helm. II, 7. An. Stad. 1167: Bremenses eum recipiunt volentes iugum ducis excutere.

heran, Christian musste sich zurückziehen, und der Herzog gab die wehrlose Stadt zur Strafe dafür, dass sie sich gegen ihn vergangen und sich dem Grafen vereidigt hatte, seinen Kriegern zur Plünderung Preis und that die Bürger in die Acht, aus der sie erst durch Vermittelung des Erzbischofes unter Erlegung von mehr als 1000 Mark zur Gnade des Herzogs gelangten.[1]) Man sieht, dass die Handlungsweise der Bremer Bürger von ihnen selbst sowohl als vom Erzbischofe für ein Auflehnen gegen die rechtmässige Oberhoheit des Herzogs angesehen wurde, dass dem Eide, welchen sie dem Grafen geleistet zu haben sich schuldig bekannten, wahrscheinlich ein früherer Eid, mit dem sie dem Herzoge gehuldigt hatten, gegenüber stand, dass also dieser hier als wahrer Landesherzog anerkannt wurde. — Heinrich liess jetzt, wahrscheinlich um die Bürger im Gehorsam zu erhalten, eine Besatzung unter dem tapferen Grafen Gunzelin von Schwerin zurück.[2])

Von dieser Zeit an war dem Herzoge die Uebermacht in dem ganzen Erzstifte gesichert. Hatte er schon zu Zeiten des Erzbischofs Adalbero sich namhafte Besitzungen der Bremer Kirche, wie die Grafschaft Stade und die Allode der Grafen von Stade angemasst, so gab ihm der folgende Erzbischof Hartwig selbst gerade Anlass, sowohl in festen Besitz des Erworbenen zu gelangen, als auch neue Lehnsstücke zu erpressen. Hartwig hatte

1) Helm. II, 8: Et irrupit dux Bremam et depraedatus est eam. Et transfugerunt cives eius in paludes eo quod peccassent adversus ducem et iurassent Christiano; et posuit eos dux in proscriptionem, quousque interventu archiepiscopi mille et eo amplius marcis argenti pacem indempti (für adepti) sunt. — Ein analoges Verfahren des bairischen Herzogs Liutpold gegen die aufständische Stadt Regensburg s. Otto Fris. Chron. VII, 25.

2) Dies scheint sich aus An. Stad. 1168 zu ergeben.

nie die Besitznahme seiner Erbgüter durch Heinrich rechtlich anerkannt; 1154, als dieser den König nach Italien begleitete, suchte er Gelegenheit sich des Verlorenen wieder zu bemächtigen, verband sich zu dem Behufe mit anderen ostsächsischen Fürsten und einigen unzufriedenen Grossen in Baiern und befestigte seine Burgen, um Gewalt mit Gewalt zu vertreiben.[1]) Dies schlug aber ihm und seiner Sache zum Verderben aus: er hatte sich, seinen Eid übertretend, eigenmächtig der italienischen Expedition des Königs entzogen, wurde auf den roncalischen Feldern des Hochverrathes schuldig und seiner Reichsgüter verlustig erklärt, und durch kaiserliche Execution wurden wirklich im folgenden Jahre seine Einkünfte mit Beschlag belegt.[2]) Dies gab dem Herzoge willkommene Gelegenheit von dem unglücklichen Kirchenfürsten, den der Kaiser jetzt nicht gegen seine Willkür schützte, abermals eine Menge Lehen zu erpressen; an eine Anfechtung des schon früher ihm Entzogenen konnte jener ohnedies vorerst nicht denken.[3]) Seit der Einnahme der Stadt Bremen im Jahre 1167 erlangte Heinrich einen solchen Einfluss auf die Angelegenheiten des Erzstiftes, dass es ihm, als Hartwig bald darauf gestorben

1) Helm. I, 79.

2) Otto Fris. Frid. II, 12. Helm. I, 82.

3) Helm. I, 82 deutet dies nur an: Inveteratae enim inimicitiae, quae dudum fuerant inter eos, eo tempore invenerunt locum grassandi, eo quod archiepiscopus omisisset Italicam expeditionem (so ist nach den besten H. S. für das bisherige profectionem zu lesen). — Chr. Mont. Seren. 1156: Heinricus dux habita cum Bremensi episcopo discordia urbes et beneficia quae noluit (für voluit) ab eo extorsit. — An. Stad. 1155 beziehen sich zwar schon auf das Vorhergegangene, sind aber für das Verfahren des Herzogs überhaupt charakteristisch: — dux bona episcopalia ad libitum occupans quasi pro cappellano archiepiscopum reputabat.

war (11. October 1168), gelang, die folgende Bischofswahl förmlich in seine Hand zu bekommen, zumal da unter den Domherren Zwiespalt bestand. Der Herzog, dem keiner der beiden Gewählten genehm war, — der eine war der Sohn seines Erbfeindes Albrecht, — liess durch seinen Statthalter Gunzelin von Schwerin beide nebst ihren Anhängern mit Gewalt aus der Stadt vertreiben und brachte es durch seinen Einfluss bei dem Kaiser auch dahin, dass dieser von seinem Rechte Gebrauch machend beide Gewählten verwarf und eine dem Herzoge ganz ergebene Persönlichkeit, den Halberstädter Probst Baldewin,[1]) zum Erzbischofe bestimmte. Dieser, schon ein Greis, gab bereitwillig die Güter der Kirche an den Herzog und seine Getreuen.[2]) Die Grafschaft Stade besass von jetzt an der Herzog ohne Widerspruch.[3]) Auch bei der nächstfolgenden Bischofswahl im Jahre 1178 hatte der Herzog stark seine Hände im Spiele, doch gelangen ihm, da Kaiser und Fürsten schon wider ihn verbündet waren, diesmal seine Absichten nicht.[4])

1) Er war nicht ein Sohn des Grafen Dietrich VI. und Bruder Florentii III. von Holland, wie Lappenberg im Hamb. U. B. p. 215 not. 1, gestützt auf die An. Egmundani 1167 (SS. XVI, p. 466), annimmt. Aus diesen Annalen ad a. 1178 ergibt sich vielmehr, dass der Probst Baldewin Graf von Holland, der 1167 von Heinrich dem Löwen nach England gesandt wurde, 1178 Bischof von Utrecht wurde.

2) An. Stad. 1168.

3) Helm. II, 11.

4) Arnold. Lub. I, 23. An. Stad. 1178. 1179. — Zu beachten in Bezug auf das Abhängigkeitsverhältniss, in dem Bremen zum Herzoge stand, möchte auch wohl sein, dass zwei bremische geistliche Würdenträger bei ihm das Notariatsamt verwalteten: Hartwig, Canonicus an der Domkirche, und Heinrich, Probst zu S. Stephan, wie die Ausfertigungen mehrerer Urkunden zeigen, z. B. Meklenb. U. B. I, n. 96 u. 100.

So war Heinrich der Löwe, bei der anerkannten Hoheit über die beiden Hauptstädte Bremen und Hamburg, factisch die oberste Autorität im Erzbisthume, wenn es ihm auch nicht gelang, den Erzbischof selbst in ein untergeordnetes Verhältniss zu sich zu bringen. Denn weder Hartwig noch Baldewin sehen wir auf einem herzoglichen Hoftage erscheinen.

2. Hildesheim. Nur gering sind die Ueberlieferungen von Heinrichs des Löwen herzoglicher Gewalt über die hildesheimische Kirche, sie scheint aber, wenn von den späteren Verhältnissen zurückgeschlossen werden darf, einen sehr bedeutenden Umfang gehabt zu haben. Zwar fallen mit den für untergeschoben erkannten Fasti Corbeienses [1]) auch die dem Herzoge Heinrich von denselben in Bezug auf das Stift Hildesheim zugelegten Befugnisse, wonach die ganze weltliche Administration, besonders Heer- und Gerichtsgewalt, in den Händen des Herzogs gewesen wäre, welche dieser durch seine Vicedome Bernhard und Conrad hätte verwalten lassen.[2]) Doch ist trotz des Mangels an bestimmten Einzelnachrichten über die Ausübung herzoglicher Rechte auf das Bestehen solcher aus einigen allgemeinen Angaben sicher zu schliessen.

Zunächst schon aus den Ansprüchen, welche nachweisbar Heinrichs des Löwen Nachkommen noch auf eine ihnen angeblich zustehende Herzogsgewalt über das Bisthum Hildesheim erhoben. Der Bischof Conrad II.

---

1) Herausgegeben von Harenberg, monumenta inedita.

2) cf. Lüntzel, Gesch. des Bisth. Hildesheim II, p. 4 ff. Er nimmt die Fasti noch als ächt an.

(1221—47), sagt die Hildesheimer Chronik, [1]) befreite das Bisthum von der Gerichtsbarkeit des Herzogthums, auf welche Herzog Otto von Braunschweig vor dem Kaiser und den Fürsten auf dem Reichstage zu Mainz (wahrscheinlich dem des Jahres 1235) Ansprüche zu erheben suchte, indem er öffentlich erklärte, dass das hildesheimische Bisthum Niemandes Botmässigkeit, Niemandes Herzogsgewalt, ausser der des Bischofs allein, unterworfen sei, was dann auch von dem gesammten Reichstage anerkannt wurde. — Herzog Otto suchte also, nachdem er vom Kaiser wieder zum Herzog und seine Lande zum Herzogthum erhoben waren, die nie ganz aufgegebenen Ansprüche seines Hauses durchzusetzen. Man sieht auch aus der Stelle, worin die Rechte bestanden, welche Heinrich der Löwe über das Bisthum Hildesheim ausübte: nämlich in der obersten Gerichtsbarkeit. Dieselbe wurde jetzt in diesem Theile Sachsens als das wesentlichste Moment des Herzogthums betrachtet: Herzogthum über eines anderen Fürsten Gebiet haben, hiess so viel als die höchste (gräfliche) Gerichtsbarkeit darin zu besitzen. Darum kann der Bischof von Hildesheim auch behaupten, dass ihm allein das Herzogthum im Stifte zustehe. Die Anfänge dieser Auffassung in Sachsen zeigen sich, wie wir sahen, schon zu Zeiten Adams von Bremen.

---

1) SS. VII, p. 861: Praeter haec omnia (Conradus episcopus) diocesim nostram a iurisdictione ducatus, quam iurisdictionem domnus Otto dux Brunesvicensis sibi usurpare coram domno imperatore et principibus in curia solempni apud Maguneiam intendebat, prudenter liberavit, ibidem voce publica protestans coram omnibus Hildensemensem episcopatum nullius dominio, nullius ducatui praeterquam solius episcopi subiacere; et hoc fuit ab universis principibus approbatum.

Noch weiter hinauf lassen sich die Ansprüche der Nachkommen Heinrichs verfolgen. Kaiser Otto IV., der doch sonst den Fürsten, um sie zu seinen Anhängern zu machen, den Besitz aller usurpirten väterlichen Rechte sanctionirte, verzichtete erst kurz vor seinem Ende, zur Reue ermahnt durch Bischof Sifrid von Hildesheim, auf alle Besitzungen und Rechte, welche er und seine Vorgänger sich unrechtmässiger Weise im Bisthume Hildesheim angemasst hätten.[1]) Hier sind zweifellos unter den Vorgängern Ottos die im Herzogthume zu verstehen.

Ueber Heinrich den Löwen selbst kennen wir nur eine Quellennachricht, welche von seiner Gewalt über das Bisthum Hildesheim, freilich vom Standpunkte der dieselbe nie rechtlich anerkennenden Bischöfe, spricht. Der Bischof Hermann (1162—70), heisst es, lag mit dem Herzoge in Hader wegen der Willkürherrschaft, welche dieser im Bisthume ausübte.[2]) Bischof Hermann war auch eines der Häupter der grossen Fürstenverbindung gegen Heinreich im Jahre 1166.[3])

Nach Allem diesem kann kaum ein Zweifel darüber sein, dass Heinrich der Löwe wirklich in sehr umfassender Weise seiner Herzogsgewalt über das Bisthum Hildesheim Geltung verschafft, und dass diese sich eben in der

---

1) Urk. Ottos IV. vom 18. Mai 1218 (Or. G. III, 845): notum esse volumus, quod quascumque possessiones vel iura ecclesiae Hildeneshemensis nos vel antecessores nostri in iuste usurpavimus eis renuntiamus et ecclesiae cum integritate restituimus. Zeuge ist B Sifrid. (cf. den Bericht über die letzten Stunden des Kaisers. Or. G. III, 840 ff.)

2) Chron. Sanpetrin. Erfurt. (Mencken III, 223.): Hic (Hermannus) cum Henrico duce iam pridem disceptaverat pro tyrannide quam in episcopatu exercebat.

3) Helm. II, 7.

Ausübung der höchsten Gerichtsbarkeit gezeigt habe, welche Heinrich den Bischöfen, ähnlich wie in Bremen, aus den Händen gewunden hatte. Besonders auch über die Stadt Hildesheim scheint sich diese erstreckt zu haben, wenn auch der Ausdruck civitas nostra, dessen sich der Herzog in Beziehung auf Hildesheim bedient haben soll, sich als falsch herausgestellt hat.[1]) Wir dürfen kaum zweifeln, dass die hildesheimischen Vicedome Bernhard und Conrad wirklich Beamte des Herzogs zur Wahrnehmung seiner Rechte in der Stadt Hildesheim gewesen, wenn auch das Zeugniss der unächten Fasti Corbeienses dies nicht beweisen kann, und ein anderes nicht aufzubringen ist. Freilich müsste man dann annehmen, dass schon Herzog Liuder in Hildesheim seine Gewalt zur Geltung gebracht, denn ein Vicedom Bernhard erscheint hier schon im Jahre 1110, weiter 1118 als vicedominus Hildesheimensis curiae, neben Engelmarus Halberstadensis curiae vicedominus, und dann öfters in Urkunden Kaiser Lothars unter den Edlen.[2]) Sein Sohn dürfte derjenige Vicedom Bernhard sein, welcher in drei Urkunden Heinrichs des Löwen vorkommt und 1155 auf dem italienischen Zuge starb,[3]) den er im Gefolge des Herzogs mitmachte.

---

1) Urk. in Or. G. III, 520 nach 1172. Heinrich schreibt an Clerus und Volk, dass er der Kirche zum hl. Kreuz in civitate nostra Hildensemensi eine Partikel vom hl. Kreuze geschenkt habe. Koken im Neuen vaterländ. Archiv 1827. II, 45. hat die Urk. facsimilirt und es ergiebt sich zweifellos vestra für nostra.

2) Urk. Udos B. von Hildesheim von 1110, Neues vaterl. Archiv 1831, I, 157. — 1118 Reinhards B. von Halberstadt, An. Stederburg. SS. XVI, 204. — Urk. Lothars z. B. Or. G. III, 503. Lappenberg n. CLII. Heinemannn, Albrecht der Bär p. 449.

3) Dass der von 1110—55 erscheinende Vicedom nicht ein und dieselbe Person gewesen, dürfte schon die Zeit ergeben; einen Beweis

Dessen Sohn war Conrad, der in zwei Urkunden Heinrichs des Löwen und zuletzt 1175 auftritt,[1]) und 1189 nach seinem Tode von seinen Töchtern Graf von Wassel (bei Hannover) genannt wird.[2]) Er war somit ohne Zweifel ein Lehngraf Heinrichs des Löwen. Nach seinem Tode finden wir Berthold, den Sohn Sigebodos von Scharzfeld, und Gemahl der einen Tochter Conrads, im Besitze des hildesheimischen Vicedominats,[3]) was ein weiterer Wahrscheinlichkeitsgrund für die Lehnsabhängigkeit dieses Amtes von dem Herzoge sein dürfte.

Wenn es nun auch wahrscheinlich ist, dass schon Herzog Liuder in Hildesheim eine Obergewalt hatte und

---

für die obige Annahme kann vielleicht eine lange Reihe von Fürsten und Herren liefern, welche 1130 beim K. Lothar zu Braunschweig gewesen sein sollen und welche jedenfalls einer Urkunde, wenn auch mit vielen falschen Erläuterungen, entnommen sind, bei Harenberg hist. Gand. 1190. Es erscheint da Bernhardus vicedominus Hildesheimi cum filiis duobus Bernardus et Conradus comites de Wallede (Wassel). — Die 3 Urk. Heinrichs von 1147, 1154, 1155 s. Zeitschrift für Gesch. und Alt. Westfalens VI, 231 (Möser, Osnabr. Gesch. III, 224 mit der falschen Jahreszahl 1197). Or. G. III, 451. 456. Das Todesjahr Bernhards gibt das Chron. Mont. Seren.

1) Urk. Heinrichs von 1169 und 1170 im Meklenb. U. B. I, n. 90. 96. — 1175 in Urk. Adelhogs von Hildesheim bei Harenberg 1713.

2) Or. G. III, 559: Adelheid et Friderun filiae comitis Conradi de Wassele, vicedomini de Hildesheim schenken dem Kloster Marienberg ein Gut zum Seelenheil patris nostri Conradi comitis et avi nostri Bernhardi vicedomini. Bernhard war also noch nicht Graf gewesen.

3) Erst der Aufsatz von Volger in der niedersächs. Zeitschrift 1861, p. 209 ff., der leider die Belege nicht vollständig angibt, machte mich auf diese Nachfolge Bertholds aufmerksam. Bertoldus de Sc. vicedominus wird genannt in An. Stederb. p. 222, wo auch seine Gemahlin Frederunde. 1178 ist Bertholdus vicedominus Zeuge in Urk. Adelhogs von Hildesheim bei Heinecc. ant. Goslar. 176.

durch den Vicedom Bernhard verwalten liess, da die Urkunde Ottos IV. besagt, dass sich seine Vorgänger Rechte und Besitzungen des hildesheimischen Stiftes angemasst hätten, so unterliegt es doch keinem Zweifel, dass diese Gewalt auf Usurpation beruhte. Es scheinen hier ähnliche Verhältnisse obgewaltet zu haben, wie in Bremen, wo der Herzog allmälig auf Grund der Vogtei die ganze Stadt unter seine Botmässigkeit brachte. Die Vicedome könnten dann wohl aus ursprünglich bischöflichen, Beamte der Herzoge geworden sein, obgleich ich gestehe, dass der Beweis für letztere, allerdings sehr wahrscheinliche, Annahme noch erbracht werden muss.[1])

Die Ausdehnung der Herzogsgewalt Heinrichs des Löwen über das Bisthum Hildesheim, sowie der Charakter desselben, kann aber nach dem Erörterten nicht in Zweifel gezogen werden. An militärische Unterordnung des Bisthums unter den Herzog, wie sie die Fasti Corbeienses aufführen, darf gewiss nicht gedacht werden, und ob der Bischof von Hildesheim jemals herzogliche Hoftage besucht habe, wage ich aus seinem einmaligen Vorkommen mit einer Menge anderer fürstlichen und edlen Zeugen in einer Urkunde Heinrichs nicht zu entscheiden.[2])

3. Magdeburg und Halberstadt. Ueber die Stellung, welche Heinrich der Löwe als Herzog dem Erzbischofe von Magdeburg und dem Bischofe von Halberstadt gegenüber einnahm, fehlen alle Anhaltspunkte. Doch ist es sehr wahrscheinlich, dass er auch hier, wohl auf Grund seiner Besitzungen und gräflichen Gerechtsame, ein Uebergewicht zu bekommen suchte. Wenigstens sind

1) Auch Lüntzel a. a. O. hat dies nicht gethan, ausser mit den unächten Fast Corb.

2) s. unten bei den Hoftagen.

Wichmann von Magdeburg und Ulrich von Halberstadt zwei seiner bedeutendsten Gegner im östlichen Sachsen. Mit Ulrichs (eines Anhängers von Pabst Alexander) Absetzung im Jahre 1160, welche Heinrich der Löwe hauptsächlich betrieb, und der Erhebung Geros auf den bischöflichen Stuhl scheint der Herzog factisch, wie im Bisthume Bremen die Herrschaft im halberstädtischen Stifte erlangt zu haben. Gero zeigte sich ihm wenigstens, wie Erzbischof Baldewin, insoweit dankbar und willfährig, dass er die Kirchengüter ihm und seinen Mannen bereitwillig zu Lehen darreichte. [1])

4. Verden. Dass Heinrichs Herzogsgewalt vom Bischofe von Verden anerkannt wurde, dafür können wir nur ein, aber ein gewichtiges Zeugniss anführen, die Datirung einer Urkunde des Bischofs Hermann, welche ausgestellt ist im Jahre 1158, „als Heinrich der jüngere das Herzogthum sowohl in Sachsen als in Baiern verwaltete." [2]) Welchen Charakter freilich Heinrichs Herzogsgewalt im Bisthume Verden getragen, darüber mangeln alle Nachrichten. — Ob Heinrich, wie Herzog Liuder, die Vogtei des Stiftes inne gehabt, ist nicht ersichtlich, es möchte aber dafür der nicht seltene Aufenthalt desselben zu Verden sprechen. [3])

Ehe wir zu den westfälischen Verhältnissen übergehen, müssen wir noch der Stellung Heinrichs gegenüber den

---

1) An. Pegav. 1179. Chron. Halberst. (ed. Schatz) 1177. Chr. Sanpetr. Erf. (Mencken III.) 1179. Arn. Lub. I, 17.

2) Or. G. III, 477. Data Verdae XII. Cal. Jun. anno 1158. Jnd. VI. domino Adriano sanctae Romanae sedis beatissimo antistite. Imperatore Friderico Romani imperii habenas flectente. Hinrico iuniore tam Saxoniae quam Bauariae ducatum tenente.

3) cf. Or. G. III, 492. Erhard II, n. CCCXLVIII. Lappenberg n. CCXXXV. Wedekind Not. III, p. 179.

weltlichen Grossen gedenken, insoweit sie seine Herzogsgewalt berührt. Dass Heinrich den Edlen und neuen Grafen Sachsens Hof zu gebieten das Recht hatte, möchte kaum in Abrede zu stellen sein, da es wahrscheinlich ist, dass die meisten derselben zu ihm im Vasallitätsverhältnisse standen. Die Zeugenreihen seiner Urkunden zeigen zur Genüge ihre häufige Gegenwart in seiner Umgebung, auch finden wir mehrere von ihnen wirklich bei seinen Hoftagen anwesend.[1]) Ein Gleiches gilt von den alten fürstlichen Grafen Westfalens. Zweifelhafter ist Heinrichs Ueberordnung über die wenigen noch bestehenden östlichen Fürstengrafen. Es wird wohl kaum zur Sicherheit darüber zu gelangen sein. Ob die Entscheidung einer Streitsache zwischen Friedrich, Pfalzgraf von Sachsen und Bernhard, dem Vicedom von Hildesheim 1150 Heinrich der Löwe als Herzog in seinem Gerichte oder in anderer Eigenschaft vornahm, steht dahin.[2]) — Eine Nachricht der Cölner Annalen, dass einer der Mörder Hermanns von Winzenburg auf dem Hoftage zu Cöln im Jahre 1156 vom Herzoge Heinrich der Theilnahme am Morde überführt und danach vom Kaiser mit dem Tode bestraft worden sei,[3])

---

1) s. unten bei den Hoftagen.

2) Meibom III, 249: Eodem tempore et loco (1150 in pago Supplingen prope Suplingeburg) dissidium quoddam Heinricus Leo composuit, quod ab annis aliquot fuerat inter Fridericum palatinum et Bernhardum vicedominum Hildesiensem. Ohne Angabe der Quelle, aber wie es scheint nach einer Urkunde.

3) An. Col. max. 1156. Rec. I: ibique (Coloniae) quidam miles — accusatus a duce Saxoniae quod in nece comitis Hermanni de Winceburg noxius teneretur, iussu imperatoris capite punitur. — Rec. II: ubi quidam miles — qui in necem Herimanni de Winceburg conspirasse a duce Saxonum convictus est, inconsulte procedens iussu imperatoris decollatur.

möchte ich nicht als Beweis dafür gebrauchen, dass Heinrich in Ostfalen das Recht der Sorge für den Landfrieden und der Verfolgung der Uebelthäter ausgeübt habe. Heinrich scheint vielmehr zu Cöln vor dem kaiserlichen Gerichte als Kläger aufgetreten zu sein, welche Eigenschaft ihm, der in die Besitzrechte des Ermordeten eintrat, wohl zukam.

In umfassendem Maasse gelang es Heinrich dem Löwen, seine Herzogsgewalt in Westfalen, mit Inbegriff des westlichen Engerns bis an die Weser, geltend zu machen. Hier zeigt sich dann aber ein bedeutender Unterschied in dem Wesen dieser Gewalt, welche sich in Ostsachsen ausschliesslich nur auf gerichtliche Verhältnisse erstreckte, deren Besorgung eigentlich gar keine specifisch herzogliche Befugniss war, sondern ursprünglich zum Bereich der gräflichen Wirksamkeit gehörte. Denn wenn wir sahen, dass Heinrich in Bremen und Hildesheim die oberste Gerichtsbarkeit in Anspruch nahm und behauptete, so war diese immer keine höhere, als die, welche früher den Grafen zustand, welche die Bischöfe vom Reich erhalten hatten und welche der Herzog jetzt von diesen als Pertinenz und Grundlage seines Herzogthums in ihren Gebieten beanspruchte. Anders in Westfalen. Hier belässt der Herzog den Stiftern die gräfliche Gewalt, vindicirt sich aber eine höhere gerichtliche Instanz über diese, entscheidet dann auch über Streitigkeiten der Grossen des Landes unter einander und sorgt in umfassender Weise für die Aufrechthaltung des Landfriedens. Es tritt also hier in Westfalen, wo sich Heinrich die geringste reale Grundlage seiner Herzogsmacht, als Besitz und Grafenämter, darbot, und vielleicht gerade in Folge dieses Umstandes, der merkwürdige Fall ein, dass sein Herzogthum sich der Natur des eigentlichen Stammesherzogthums am meisten nähert, indem es eine theoretisch höhere Stellung über den Gewalten des Landes einnimmt. Dabei finden wir, dass diese Obmacht des Herzogthums in diesen Landestheilen mehr wie anderwärts wirklich rechtlich anerkannt wird, sowohl von den Fürsten als von der Reichsgewalt. Ein Eingehen auf seine Competenz bei den einzelnen Grossen des Landes wird das Gesagte am besten erläutern.

5. Paderborn. Hier stehen uns zwar nur zwei Zeugnisse zu Gebote, deren eines aber zur Genüge darthut, dass der Bischof von Paderborn das Gericht des Herzogs als höchste Instanz (ausser dem kaiserlichen) anerkannte. Der Bischof Bernhard bekundet 1154 in einer Urkunde:[1]) dass Berthold von Nitha einen Tausch mit dem Kloster Abdinghof wieder angefochten habe, obgleich derselbe mit Hinzuziehung von gesetzmässigen Zeugen und unter dem Königsbann des Advokaten Widekind in voller Gerichtsversammlung bekräftigt worden sei. Die Klage habe sich durch alle Instanzen hingezogen, bis sie endlich im Angesichte der ganzen paderbornischen Kirche dem Herzoge von Sachsen unterbreitet worden sei. Nach dem

---

1) Erhard II, CCXCVIII. Kindlinger M. B. III, 1, n. 16: Processit ergo querela sua eo usque quod in facie tocius ecclesiae nostrae coram duce Saxoniae deposita est. Et cum eam multi potentes et sapientes, qui ibi convenerant, diligentius discussissent, iudicaverunt esse inanem et frivolam. — Zeugen sind ausser dem Herzoge der Graf Otto von Ravensberg, Volkwin und Widekind von Schwalenberg, der Graf Willibrand (von Hallermünd), Hermann von Lippe u. a. — Ein in derselben Urkunde erwähnter zweiter Rechtsstreit, der vor dem Gericht des Grafen Thiethard seine Erledigung fand, nimmt auf den ersten Bezug: pro cuius (monasterii) tribus mansis circa idem tempus coram duce iuraverat (Volcwinus).

Urtheile vieler vornehmen und rechtserfahrenen Männer, welche zu diesem Gerichte erschienen, sei die Klage Bertholds für nichtig erkannt und der Gegenstand derselben darauf, nachdem der Sohn des Vogtes die Eigenthumsrechte des Klosters eidlich erhärtet, demselben zugesprochen worden.

Man sieht hieraus, dass Heinrich der Löwe zu Paderborn Gericht hielt, welches als höhere Instanz in dem Bisthume von dem Bischofe anerkannt wurde und bei welchem die Magnaten und Fürsten (Otto von Ravensberg) des Landes als Urtheilsfinder erschienen waren. — Das zweite Beispiel zeigt uns, dass Heinrich der Löwe von der höheren paderborner Geistlichkeit als höchster Landesrichter anerkannt wurde. Godschalk, Bruder Volkwins und Widekinds von Schwalenberg, Domprobst zu Paderborn, bezeugt im Jahre 1197, dass er dem Kloster Marienfeld Güter geschenkt habe, mit der Bemerkung, dass keiner der Söhne seines älteren verstorbenen Bruders Volkwin bei diesem Rechtsacte sein Mundiburdius habe sein können, weil dieser durch richterlichen Urtheilsspruch des ehemaligen Herzogs Heinrich das Amt eines solchen verloren habe, da er sich viele Gewaltthätigkeiten gegen den Probst habe zu Schulden kommen lassen. Der Herzog habe ihm deshalb einen anderen Mundiburdius, den Edlen Otto von Odeslo zuertheilt. [1])

---

1) Urk. bei Kindlinger M. B. III, 1. n. 38: Volquini et (?) maioris nostri fratris diu defuncti filiorum mundiburdius sive auctor nobis esse nullus debuit, quia ille, iudiciali sententia pie memorie ducis Henrici mundiburdii auctoritatem adhuc superstes perdiderat; inde scilicet, quod multas nobis violentias atque iniurias intulisset; unde et convenientem nobis auctorem Ottonem de Odeslo virum nobilem iusta sententia providit.

6. Corvey. Dieselbe Anerkennung der Competenz des herzoglichen Gerichtes wie in Paderborn finden wir ausgedrückt in einem Schreiben des Abtes Wibald von Corvey an den Kaiser Friedrich vom Jahre 1156,[1]) in welchem der Abt klagt, dass der Graf von Teklenburg ein Gut, das die Corveyer Kirche zu Zeiten seiner Vorgänger ungestört besessen, occupirt habe und nicht herausgeben wolle, obgleich er bereit sei und demselben oftmals angeboten habe, für das Gut vor dem Gerichte des Kaisers, oder des Herzogs, oder des Grafen zu Recht zu stehen. — Hier sehen wir deutlich die von Wibald anerkannten drei Instanzen der Gerichte des Grafen, des Herzogs, des Kaisers. Ferner ergibt sich uns aus dem Schreiben Wibalds ein neues wichtiges Moment der Beurtheilung der Herzogsgewalt Heinrichs in dieser Gegend: nämlich die Anerkennung des herzoglichen Gerichtes über die Fürsten des Landes durch die Reichsgewalt selbst.

Noch deutlicher tritt dies zu Tage in den Verhandlungen über die häufigen Landfriedensbrüche und Gewaltthaten, welche sich Volkwin und Widekind von Schwalenberg besonders gegen das Kloster Corvey zu Schulden kommen liessen. Schon 1152 schreibt Heinrich, der königliche Notar, an den Abt Wibald,[2]) der König habe die

---

1) Jaffé, bibl. rer. germ. I, monum. Corbei. p. 577. Martene, Collect. ampl. vet. docum. II, p. 577—78: Comes de Tekeneburg — praedium quoddam, quod ecclesiae Corbeiensi in tempore praedecessorum nostrorum quiete possedit — non dimittit, cum tamen nos parati simus et ei multoties obtulerimus in vestro iudicio, *sive ducis*, sive comitis nos pro eodem praedio stare velle.

2) Mon. Corbei. p. 522. Martene l. c. p. 539: Ducem quoque Saxoniae intime rogat, ut plenariam iustitiam de praedictis malefactoribus faciat.

Uebelthäter nach Worms vor sein Gericht geladen; auch habe er den Herzog von Sachsen inständigst gebeten, dass er an besagten Uebelthätern volle Justiz übe. — Doch liessen die Schwalenberger nicht nach in der Befehdung des Stiftes. Im Jahre 1156 drang Widekind mit einem bewaffneten Haufen in der Abtei Stadt Höxter ein und stach den Stadtgrafen Dietrich, der gerade zu Gericht sass, auf dem Kirchhofe mit eigener Hand nieder.[1]) Dem herzoglichen Gericht kam es hier zu, diesen himmelschreienden Landfriedensbruch zu sühnen, den Missethäter zu verurtheilen. Durch die Fürsprache des Bischofs von Paderborn, Volkwins, des Bruders des Mörders u. a. wurde das strenge Urtheil gemildert.[2]) In feierlicher Gerichtssitzung zu Corvey am 5. Mai 1157 verzieh der Herzog, wohl mit Einwilligung des Abtes Wibald, dem Widekind seine Uebelthaten; doch musste dieser schwören, das deutsche Land bis zum Rheine zu meiden und nicht ohne Erlaubniss des Herzogs zurückzukehren; vorher solle er aber dem Abte von Corvey und den Hinterlassenen des Ermordeten nach dem Gutdünken und der Vorschrift

---

1) Schreiben Wibalds an K. Friedrich (s. p. 132 not. 1). Die Stadt Höxter hatten die schwalenbergischen Brüder schon 1152 eingenommen und es war dies der Gegenstand der früheren Klage Wibalds (cf. Mon. Corb. p. 515, 518, 519, 544. Martene p. 529, 530, 537.) — Der Graf Dietrich war ein Ministerialgraf.

2) Schreiben Heinrichs an K. Friedrich (Mon. Corb. p. 595. Martene p. 588.) Es genüge hier die Stelle einzurücken: Omnem Teutonicam terram, quam nobis Rhenus dividit, foriuravit ad festum sancti Jacobi transiturus, nec umquam nisi mea vocatione reversurus. — Widekind ist der W. de Dasenburg bei Helm. II, 7 und 11. An letzterer Stelle weist Helmold nicht undeutlich auf die Vorgänge des Jahres 1157 hin: captus enim aliquando et in vincula coniectus fidem dederat, ut de caetero temperaret a rapinis et staret ad mandatum ducis syncero obsequio.

des Herzogs Genugthuung leisten. Auch wurde er durch ein vom Herzoge veranstaltetes Lehnsgericht aller seiner Lehen für verlustig erklärt, so dass Heinrich die Burg Dasenburg als Lehnsherr zurückerhielt. — Der Herzog erstattete über das ergangene Urtheil dem Kaiser bald darauf ausführlichen Bericht. — Im vorliegenden Falle, wo ein Magnat des Landes den Landfrieden gebrochen hatte, sowie vorher schon 1152, wird des Herzogs Gericht als die einzige competente erste Instanz anerkannt, von der die Sache nur noch an des Königs Gericht, als die höhere Hand, gezogen werden konnte.

Sehr auffallen muss in dem eben erwähnten Urtheile die Bestimmung, dass Widekind alles deutsche Land diesseits des Rheines meiden sollte. Konnte ihm der Herzog eine solche Verpflichtung auflegen, so musste er auch vermeinen, seiner Forderung nöthigen Falls Nachdruck verleihen zu können. Es scheint sich hieraus zu ergeben, dass Heinrich der Löwe herzogliche Rechte bis an den Rhein, wenn auch nicht besass, so doch beanspruchte, dass er also die Grenzen seines herzoglichen Amtssprengels nicht nur über ganz Westfalen, den cölnischen Antheil mit inbegriffen, sondern auch über das benachbarte Rheinfranken auszudehnen suchte. Ja es heisst sogar, dass Heinrich behauptete, die Grenzen seines Herzogthums erstreckten sich einen Speerwurf weit von dem Ufer, auf welchem Deutz der Stadt Cöln gegenüber liegt, in den Rhein.[1]) Waren dies nun zunächst nur Ansprüche, welche

1) Or. G. III, 94: ducatus sui limites extendi integra ebuitis laucea ultra eam ripam, qua Tuitium urbi Coloniensium est oppositum. Ohne Angabe der Quelle. Vgl. Heinrich v. Herford (ed. Potthast p. 159): Archiepiscopus Coloniensis ducatum Westphalie obtinuit usque ad sagitte iactum in Renum (1180).

Heinrich erhob, die der Realisirung noch fern waren, so sieht man doch daraus, welchen hohen Begriff er vom Wesen und Umfange seiner Herzogsgewalt hatte und dass er sich nicht scheute, dieselben offen dem Kaiser gegenüber als zu Recht bestehend darzuthun.

Einen mächtigen Widersacher fand nun aber Heinrich hier in dem Erzbischofe von Cöln, zu dessen Sprengel ein Theil des südlichen Westfalens gehörte, und der hier durch bedeutende Besitzungen begünstigt dem Vorstreben des Herzogs nachhaltigen Widerstand entgegen zu setzen vermochte. Es ist keine Frage, wie schon Ficker bemerkt hat,[1]) dass die systematische Opposition, welche die Erzbischöfe Reinald und Philipp dem Herzoge machten, in dem Bestreben dieses ihren Grund hatte, seine Herzogsgewalt auch über den cölnischen Sprengel westfälischen Antheils auszubreiten. Dass es Heinrich gelungen, diese hier jemals zur Ausübung zu bringen, ist freilich zweifelhaft, desto sicherer aber, wie nahe er der Realisirung seiner Absichten gewesen, da die beiden gewaltigen Kirchenfürsten es als ihre Hauptaufgabe ansahen, ihn zu Falle zu bringen, um ihre Unabhängigkeit nicht gleich den übrigen westfälischen Bischöfen einzubüssen. Ihre Bemühungen waren mit Erfolg gekrönt, aber auch erst als Heinrich gegen den Kaiser selbst sein Haupt erhob.

7. Minden. Als Schützer des Rechts und Friedens, der durch seinen Urtheilsspruch im Grafengerichte vorgenommene Rechtsakte vor aller Einsprache sicher stellt, seine Gerichtsgewalt somit als die höhere Autorität erscheinen lässt, wird der Herzog auch in Minden anerkannt, wie eine Urkunde Bischof Wernhers (1153—70)

---

1) Reinald von Dassel p. 98. Engelbert p. 228—30.

beweist.[1]) Der Bischof bekundet darin, dass der Edle Mirabilis dem Domstifte Güter geschenkt habe im Gerichte des Grafen Bernhard von Wölpe im Loingo (rechter Hand der Weser) nach engerischem Rechte. „Und dass niemals, fährt er fort, die Schenkung durch die Kraft des Widerspruchs von irgend Jemand nichtig werden könne, kamen wir vor das Angesicht Heinrichs des Herzogs von Sachsen und Baiern und haben dort vor ihm die Schenkung verlesen und bekräftigen lassen; viele edle im engerischen Rechte erfahrene Männer stimmten bei, der Herzog selber gab seinen Consens und bestätigte uns den friedlichen Besitz durch seine Gerichtsgewalt unter Androhung seiner Ungnade gegen jede Störung."

8. Münster. In ähnlicher Weise sehen wir den Herzog selbst im eigentlichen Westfalen, in der Diöcese Münster auftreten. Der münsterische Vicedom Franco von Weteringe hatte, wahrscheinlich 1178, das Kloster Langenhorst gestiftet und demselben in diesem Jahre seinen Hof Langenhorst übertragen mit Zustimmung seiner Erben vor dem Freigrafen Bernhard von Dülmen, der die Grafschaft von Bernhard von Horstmar zu Lehen hatte,

1) Würdtwein s. d. VI, 340: Et ne unquam ullo tempore praescripta donatio alicuius contradictionis posset cassari impulsu, venimus in praesentiam nobilissimi ducis Saxoniae et Bawariae Heinrici, ibique coram illo praefatam donationem legitima stabilitate recitavimus et corroboravimus, multisque nobilibus in Angarica lege eruditis — annuentibus, ipso quoque duce consentiente et auctoritate sua pacem nobis per gratiam suam confirmante. — Wersebe, Gaue p. 223 ficht die Aechtheit dieser Urkunde an. Unter den Gründen scheint nur der stichhaltig, dass als Zeuge der comes Burchardus de Luken erscheint, der 1130 ermordet wurde. Spilcker im vaterl. Arch. 1827, 2. p. 236 macht aber höchst wahrscheinlich, dass unter diesem Namen der gleichnamige Graf von Hallermünd versteckt sei. Vgl. auch Alten in der niedersächs. Ztschrft. 1863, p. 158.

welcher sie wieder von dem Bischofe von Münster empfangen.[1]) Diese Schenkung bestätigte nun Heinrich der Löwe in feierlicher Gerichtsversammlung durch seine richterliche Gewalt und nach dem festen, rechtmässigen Urtheilsspruche seiner Grafen und Barone und stellte hierüber dem Franco eine eigene Urkunde aus.[2])

9. Osnabrück. Ueber die herzogliche Wirksamkeit Heinrichs des Löwen im Osnabrückischen finden wir zwar keine Spur, doch scheint es ausser Zweifel, dass das Verhältniss des Bischofs von Osnabrück zum Herzoge dasselbe gewesen sei, wie das der übrigen westfälischen Bischöfe. Denn es ist unwahrscheinlich, dass sich der Bischof einer Abhängigkeit hätte entziehen können, welcher selbst der mächtige Erzbischof von Cöln auf die Dauer nicht widerstehen zu können befürchtete.[3])

Ob Heinrich der Löwe hier in Westfalen das Recht hatte, zur Execution gegen die Landfriedensbrecher die Bischöfe aufzubieten, wäre man fast versucht aus den

---

1) Urk. bei Erhard II, CCCXCVI. Niesert Münst. U. Sammlg. IV, 120. Dass Langenhorst in münsterischer Diöcese lag, bezeugt die Urk. bei Niesert IV, 239.

2) Niesert M. U. S. IV, 131. Heinrich bezeugt: quod dominus Franco Monasteriensis canonicus et vicedominus — nostra iudiciali auctoritate et comitum et baronum nostrorum firma et sententiali et legitima attestatione, parentum et heredum expedito et voluntario assensu praedium quoddam Langenhorst deo et — Johanni baptistae, cuius etiam reliquias illuc duxerit nostra devota humilitas, ardenti affectu obtulit et si deus divina providentia hoc praevidit, coenobium ibi fieri disposuit. Igitur hoc factum et huius facti praesens scriptum auctoritate nostra et baronum nostrorum firma et rata proclamamus. Ort und Datum, sowie die Zeugen fehlen, das Siegel war abgefallen.

3) Auch die realen Grundlagen Heinrichs im Osnabrückischen waren nicht unbedeutend. cf. Möser, Osnab. Gesch. II, p. 105.

Verhältnissen der Arnsberger Fehde vom Jahre 1164 zu schliessen. Es heisst,[1]) dass in diesem Jahre der Herzog Heinrich und die benachbarten Bischöfe den Grafen Heinrich von Arnsberg, der seinen Bruder Friedrich im Gefängnisse hatte umkommen lassen, mit Krieg überzogen hätten. Arnsberg wurde eingenommen, der Graf aus dem Lande verbannt. An dem Zuge sollen der Erzbischof von Cöln, die Bischöfe von Paderborn, Minden und Münster theilgenommen haben. Heinrich der Löwe unternahm den Zug gewiss in seiner Eigenschaft als Herzog, die Ausweisung des Grafen aus dem Lande erfolgte wohl durch einen herzoglichen Richterspruch und findet ihr Gegenstück in dem oben angeführten, an Widekind von Schwalenberg ergangenen Urtheile. Ob aber eine Verpflichtung der westfälischen Bischöfe, dem Aufgebote des Herzogs gegen die Verbrecher zu folgen, existirte,[2]) wage ich aus diesem einen Beispiele nicht zu entscheiden, zumal da der Erzbischof von Cöln als Theilnehmer genannt wird. Er war es gewiss nur freiwillig. Seine Eifer-

1) An. Egmund. 1164 (SS. XVI): Cuius (des Grafen Friedrich) nefariam mortificationem dux Saxoniae Heinricus et episcopi finitimi, expulso de patria Heinrico, magnifice ulti fuissent, nisi imperator Frithericus eum respectu cognationis et servitii sui misericorditer correptum sustinuisset. — Gobelinus Persona Aet. VI, c. 59 (Meibom I, p. 269.): Eodem anno (der Wahl Pabst Paschals, 1164) archiepiscopus Coloniensis, Paderbornensis, Mindensis et Monasteriensis episcopi et Henricus dux Saxoniae urbem Arnsberch obsident, ex eo quod etc. Unde Arnsberch capitur et destruitur ac ipse Henricus comes cogitur exulare, sed postea ipse dedente se et omnia sua Coloniensi ecclesiae per ipsum archiepiscopum suis et patriae est restitutus. — Dazu Chron. M. Seren. falsch ad a. 1166: Arnsberch destruitur.

2) In dem späteren cölnischen Herzogthume in Westfalen bestand eine solche Verpflichtung nachweislich wenigstens für das Kloster Corvey. Urk. bei Schaten II, 11. (cf. unten § 5.)

sucht gegen den Herzog scheint dann in dem weiteren Verfahren gegen den Grafen von Arnsberg sich zu zeigen, wenn man dem Berichte Gobelins Glauben schenken darf, dass er es war, der des Grafen Rückkehr ins Vaterland durchsetzte.

Sehen wir so in Westfalen Heinrich den Löwen wirklich herzogliche Gerichte halten, welche einestheils dem Grafengerichte übergeordnet waren und anderentheils Streitigkeiten zwischen den Fürsten und Grafen des Landes entschieden, so kann kein Zweifel darüber sein, dass dem Herzoge auch das Recht zukam, die Grossen des Landes als Beisitzer zu diesen Gerichten zu berufen. Schon das zuletzt aufgeführte Beispiel aus Münster lässt dies ausser Zweifel: die Grafen und Barone bildeten hier die Urtheilfinder, Heinrich nennt sie s e i n e Grafen und Barone, weil sie seiner Herzogsgewalt untergeben, auf seinen Ruf hin zum herzoglichen Placitum erscheinen mussten. Wer anders sollte auch sonst in demselben geurtheilt haben, allwo der Herzog über die Grossen des Landes zu Gericht sass, als eben deren Genossen.

Ein solch herzogliches Placitum hatte aber, wie jede Gerichtsversammlung seit jeher bei den Deutschen, auch noch einen anderen Charakter, nämlich den einer Landesversammlung der dazu Berechtigten unter dem Vorsitze des Berufenden, auf welcher die Angelegenheiten des Landes berathen und mit Zustimmung der Erschienenen allgemein gültige Beschlüsse gefasst wurden. In Baiern und Schwaben steht dieser Charakter des herzoglichen Placitum ausser Zweifel. Und auch hier in Westfalen fehlen die Anzeigen nicht, dass Heinrich der Löwe mit den Fürsten und Magnaten des Landes allgemeine Versammlungen hielt, zu welchem ihm jedenfalls das Recht der Berufung zustand. Und hier mussten denn auch die westfälischen Bischöfe und anderen geistlichen Fürsten erscheinen, welche wir an dem Gerichte, wahrscheinlich ihres geistlichen Charakters halber, nicht haben Theil nehmen sehen.

Nur ein Beispiel findet sich freilich, wo es ausdrücklich heisst, dass die Versammlung vom Herzoge geladen sei, ja wo derselben der in Baiern übliche Name der *curia ducis* beigelegt wird. — Heinrich der Löwe bezeugt 1163,[1]) dass er sich mit dem Kloster Flechdorf wegen

1) Urk. vollständig bei Lamey, Gesch. d. G. von Ravensberg n. 8. (fehlerhaft in Or. G. III, 484; im Auszuge bei Schaten II, 821 und im 5. Heft des U. B. für Niedersachsen n. 1.) Heinrich sagt darin: ignorare nolumus quod ecclesia — in Flechtorp decimam super eandem villam in beneplacito abbatis et totius conventus Corbeiensis iustissimo concambio acquisivit, sicut testantur privilegia Bernhardi venerabilis Paderbrunensis episcopi et Folmari praedicti Corbeiensis ecclesiae abbatis. Quod concambium ut evidentioris et recentioris scripti testamento roboretur, nos spiritu dei et monitione domini papae Victoris et victoriosissimi imperatoris Friderici commoniti — communivimus etc. Huius rei testes sunt viri nominati qui curiae nostrae Hanovere intererant, folgen die Zeugen. Quorum consilio et iusto iudicio lis et altercatio totius querelae, quae de praedicta decima inter nos et praedictam ecclesiam nostram Flectorpensem diu habita fuit, est decisa et omnimodo complanata. Acta sunt haec in praedicto Hanovere conventu a. dom. 1163. Ind. XI. — Der Herausgeber der Or. G. (III, 53 not. ll) erklärt diese Urkunde für unächt. (nudus enim adspectus docet, partum supposititium hic nobis obtrudi, recentiore tempore natum.) Doch führt er keinen stichhaltigen Grund für seine Behauptung an. Dass Hannover, der Ort der Curie, nicht Heinrich gehörte, sondern ein Besitz der Grafen von Rode war, ist kein solcher, selbst wenn es sich so verhielte: hielt doch auch Heinrich Placita zu Paderborn und Corvey. Hannover ist aber 1202 im Besitze der Söhne Heinrichs des Löwen. (Ueber das Verhältniss zu den Grafen von Rode vgl. Zeitschr. des Ver. f. Niedersachsen 1859, p. 134.) Gegen den ganzen Tenor der Urkunde, sowie auch gegen die Zeugen lässt sich nichts einwenden, so dass wir uns nicht gemüssigt sehen, sie für untergeschoben zu halten.

eines Zehnten verglichen habe. „Zeugen dieser Sache," heisst es weiter, „sind die Nachbenannten, welche unserer Curia zu Hannover beiwohnten: die Bischöfe Evergiz von Paderborn und Wernher von Minden, die Aebte Conrad von Corvey und Conrad von Paderborn (Abdinghof), die Grafen Otto und Heinrich von Ravensberg, Heinrich und Friedrich von Arnsberg, Volkwin und Widekind von Schwalenberg, Adelbert von Everstein und Edle. Durch deren Beihülfe und gerechten Urtheilsspruch wurde der ganze Streit, welcher über besagten Zehnten zwischen uns und unserer Kirche zu Flechdorf lange Zeit schwebte, vollständig entschieden und ausgeglichen. So geschehen in vorbesagtem Convent zu Hannover."

Eben eine solche Curie ist jedenfalls der Conventus zu Paderborn, dessen in einer Urkunde des Bischofs Evergiz von Paderborn vom Jahre 1173 gedacht wird und auf welchem als anwesend aufgezeichnet sind, ausser dem Herzoge und dem Bischofe, der Abt von Corvey, Volkwin und Widekind von Schwalenberg, Adelbert Graf von Everstein, Bernhard von Lippe, Craph und Isseith von Groven. Der Convent wird in der Urkunde auch als allgemeine Landesversammlung bezeichnet. [1])

Aus den aufgeführten Zeugen zweier Urkunden Heinrichs möchte ich gleichfalls auf herzogliche Hoftage schliessen, obwol in den Urkunden selbst ihrer keine

---

1) Urk. bei Erhard II, CCCLXII. Schaten I, 838. Evergiz bezeugt die Schenkung Wernos an das Kloster Gerden in nostra praesentia in communi conventu populi sub banno regio. 1173, Ind. VI. in solemni conventu principum et multorum nobilium. 19. Kal Sept. apud Patherburne. — Böttiger p. 303 vermuthet, dass der Convent von Heinrich abgehalten sei, um den Landfrieden zu befestigen und den Zug nach Italien anzusagen. Ersteres möchte wohl gelten, letzteres aber durch das oben Erörterte erledigt sein.

Erwähnung geschieht. Es werden 1156 mit dem Herzoge zu Braunschweig anwesend genannt:[1]) die Bischöfe Bernhard von Paderborn und Bruno von Hildesheim, Conrad Abt von Riddagshausen, Bruno Domprobst von Bremen und andere nichtfürstliche Prälaten, Adelbert Graf von Everstein, Adolph Graf von Schauenburg, Volkwin und Widekind von Schwalenberg, Ludolf von Dassel, Ludolf von Waltingerod und andere edle Herren. Die zweite Urkunde ist ausgestellt im Jahre 1171 zu Verden in Gegenwart Bischof Annos von Minden, verschiedener Prälaten, der Grafen Heinrich von Ravensberg, Gunzelin von Schwerin, Conrads von Rode und anderer Edlen und Ministerialen, wie es am Schlusse heisst, unzähliger von verschiedenen Provinzen.[2]) — Hiermit kämen wir nun freilich über das Gebiet Westfalens, ja Engerns hinaus, und es muss dahingestellt bleiben beim Mangel an anderen Zeugnissen, ob der Bischof von Hildesheim die Hoftage des Herzogs besuchte. Möglich wäre es immerhin, dass es diesem zeitweise gelungen, den ostfälischen Bischof in dasselbe Verhältniss zu setzen wie die westfälischen.

Vergleichen wir nach dem Dargelegten im Allgemeinen die Heinrich dem Löwen im westlichen und östlichen Sachsen zustehende herzogliche Gewalt, so ist dieselbe dort unverkennbar höherer Natur, nähert sich mehr dem Charakter des ursprünglichen Stammesherzogthums, während sie im Osten, wie schon angedeutet, kaum über die gräflichen Befugnisse hinausgriff, aber doch was die materiellen Vortheile betrifft, in ungleich bedeutenderem

---

1) Falke Trad. Corb. 223 (Verbesserungen bei Spilcker, Beiträge II, n. XIII.).

2) cum innumerabilibus nobilibus et ministerialibus diversarum provinciarum. Erhard II, CCCXLVIII.

Maasse Ausbeute gewährte. Man kann wol sagen, im östlichen Theile Sachsens (Bremen, Hildesheim) war sie mehr territorialer, in Westfalen mehr idealer Natur. Dass die letztere Art zu dieser Zeit überhaupt noch aufkommen konnte, zumal in einem Landestheile, der seither, wie keiner, unberührt von herzoglicher Hoheit dagestanden hatte, ist sehr bemerkensmerth. Ohne Beihülfe oder wenigstens stillschweigende Sanktion der Reichsgewalt konnte sie gewiss nicht erlangt werden. Sehen wir nun überhaupt, dass Kaiser Friedrich die Bestrebungen Heinrichs des Löwen auf Ausdehnung seiner Macht, sei es auf dem Wege des Ländererwerbs, sei es auf dem der Erhöhung der ihm zustehenden Gerechtsame, nicht nur nicht aufhält, sondern sogar fördert, so dürfen wir versichert sein, dass er auch gerade hier in Westfalen der Concentrirung der Macht in der Hand Heinrichs allen Vorschub geleistet, das bereits von demselben Errungene als zu Recht bestehend anerkannt habe, umsomehr da Heinrichs Machtvergrösserung hier nicht in die Besitzrechte Dritter eingriff, sondern eigentlich nur eine Abgabe ursprünglich dem Kaiser selbst allein diesen gegenüber zustehender Rechte an den Herzog bedeutete. Dass Friedrich I. freilich durch einen einzelnen Akt eine förmliche Uebertragung einer gewissen Gewalt in Westfalen an Heinrich vorgenommen, muss stark in Zweifel gezogen werden. Ganz grundlos, sowie von ganz falschen Voraussetzungen in Betreff des Wesens von Heinrichs Ducat ausgehend, ist jedenfalls die Behauptung:[1]) „dass unter Heinrich

1) So Schaumann, Gesch. des niedersächs. Volkes p. 280. Dieses Buch, voll von Willkürlichkeiten, gewährte bei unserer Untersuchung auch nicht den geringsten Nutzen. — p. 501 heisst es weiter:

dem Löwen noch einmal zu der Herzogswürde (!) ein Amt gelegt worden sei, welches eine Art Oberaufsicht über alle anderen weltlichen Grossen insoweit mit sich führte, als diese auf dem Gesetze des allgemeinen Landfriedens von Friedrich I. beruhte." Die Constitutio pacis Friedrichs I. vom Jahre 1158 stellt aber eine solche Oberaufsicht eben gar nicht auf, auch sahen wir schon, dass gleich zu Anfang der Regierung Friedrichs in den Jahren 1152 und 1154 dem Herzoge sowohl vom Könige als den westfälischen Fürsten die Rechte anerkannt wurden, welche er auch nach dem Jahre 1158 ausübte.

So scheint jedenfalls Heinrich schon zu Zeiten König Conrads III. als Herzog in Westfalen gewaltet zu haben, obwohl bestimmte Anzeigen einer solchen Thätigkeit zu dieser Zeit nicht erhalten sind. Es möchte ein Brief Conrads an den Herzog vom Jahre 1146 gelegentlich der Wahl Wibalds zum Abte von Corvey nicht undeutlich dafür sprechen, dass schon dieser König eine höhere Gewalt Heinrichs in Westfalen anerkannte.[1]) Er berichtet darin dem Herzoge die Wahl Wibalds, empfiehlt dessen Person seinem Schutze und bittet ihn, demselben seinen Rath und seine Hülfe zur Wiedererlangung und Ordnung der Besitzungen der Corveyer Kirche angedeihen

---

„Friedrich I. erliess mehrere solche Verordnungen, die feud. II, 53 scheint die erste zu sein, denn ein Fall der Anwendung wörtlich diesem Gesetze gemäss kommt schon 1157 bei Widekind von Schwalenberg vor." Die feud. II, 53 (Constitutio pacis, Roncaliae 1158. Mon. Leg. II, 112) stimmt weder in den Worten, noch dem Inhalte mit dem Urtheile, das überdies ein Jahr früher fällt.

1) Mon. Corbei. p. 102. Martene coll. ampl. II, 203: rogamus ut et personam eius honorifice in omnibus custodias et ad recolligendas et ordinandas possessiones Corbeiensis ecclesiae consilium ei et auxilium praebeas.

zu lassen. Es ist somit viel wahrscheinlicher, dass Heinrich der Löwe allmälig zu dieser Machtfülle gelangt, und diese ihm von der Reichsgewalt stillschweigend sanctionirt worden sei, als dass eine formelle Uebertragung derselben stattgefunden. Auch ist gar nicht zu ermessen, wie weit Herzog Liuder hier schon vorgebaut, da die Quellen uns im Stiche lassen; dass dieser aber auch schon sein Augenmerk auf Westfalen richtete, ja hier einen Akt wirklicher herzoglicher Thätigkeit, die Zerstörung einer Burg der Landräuber vornahm, haben wir oben gesehen.

Befestigt und rechtlich anerkannt war Heinrichs Herzogsgewalt in Westfalen mehr wie irgendwo anders, die westfälischen Bischöfe waren die letzten, welche sich gegen ihn auflehnten, erst als der Kaiser seinen Sturz wollte, verliessen sie ihn; sie traten dann ohne Widerspruch nach der Absetzung Heinrichs in ein ähnliches Verhältniss zu dem Erzbischofe von Cöln, während der neue Herzog im östlichen Sachsen Bernhard von Anhalt nie eine solche Stellung gegenüber den Fürsten, wie der Cölner, einnahm. Sein Ducat glich vielmehr dem der Billunger, völlig selbständig standen die Fürsten ihm zur Seite. Der Grund davon ist eben, dass Heinrichs Obmacht in den östlichen Gegenden auf ganz anderer Grundlage beruhte, auf dem Besitze von Land und angemassten Grafenrechten, welcher nach seinem Sturze nicht auf den neuen Herzog überging, sondern einestheils an Heinrichs Erben, anderentheils an die früheren rechtmässigen Besitzer zurückfiel, so dass das neue Herzogthum nun auf das ursprüngliche Amtsterritorium und den Privatbesitz des Inhabers beschränkt war.[1])

1) Mehr davon im § 5.

In Betreff der sächsischen Marken finden wir keine Spur, dass sie sich in irgend einer Abhängigkeit vom Herzogthume Heinrichs des Löwen befanden. Die starke und fast ununterbrochene Opposition, welche die Anhaltiner und Wettiner gegen den Herzog erhoben, lässt es aber als wahrscheinlich erscheinen, dass er auch in den Marken seine Gewalt auszubreiten suchte, wohl auf ähnlichen Grundlagen, wie im übrigen östlichen Sachsen. Bei den Markgrafen der Nordmark mag hier wohl auch in Betracht kommen, dass Heinrich ihnen einen Theil der dieser Mark ursprünglich untergebenen slawischen Lande (jenseits der Peene) entzog.[1])

Welcher Art das Amt gewesen, welches Heinrich vor seiner Reise nach dem heiligen Lande (1172) dem Erzbischofe Wichmann von Magdeburg zutheilte, ist nicht recht klar. Es heisst,[2]) er habe demselben den Schutz über sein Land übertragen; es scheint damit doch wohl kaum etwas weiteres angedeutet werden zu sollen als die Verwaltung der Besitzungen Heinrichs, besonders der Lande um Braunschweig und Lüneburg, und nicht aller Befugnisse und Hoheitsrechte, welche Heinrich im ganzen Umkreise des Sachsenlandes ausübte.

Zum Schlusse dieses Abschnittes sei hier noch der Anstrengungen gedacht, welche Heinrich der Löwe machte, die Sachsen benachbarten Gebiete von Friesland zur Anerkennung seiner Oberherrlichkeit zu bringen. Sahen wir doch schon ähnliche Bestrebungen gegen Friesland von dem Billunger Bernhard II. ausgehen, ohne einen rechten Erklärungsgrund finden zu können.

---

1) s. § 4.

2) Arnold. Lub. I, 2: terrae suae tutelam Wichmanno archiepiscopo Magdeburgensi consignans.

Nicht undeutlich scheint Helmold[1]) von Tribut zu sprechen, den der Herzog verlangte, lässt uns aber über den Rechtstitel, auf welchen derselbe seine Ansprüche gründete, vollständig im Unklaren, ebenso über die Details der Unternehmung. Ein in verschiedenen Annalen[2]) erwähnter Zug Heinrichs nach Friesland im Jahre 1156 kann von Helmold kaum gemeint sein, da derselbe unglücklich auslief. Als Ursache des letzteren Zuges ist wohl eine Niederlage der Sachsen im Jahre 1153 anzusehen, deren bei einigen Quellen gedacht wird.[3]) Nach Helmold (I, 82) waren bei derselben besonders die Rüstringer Friesen betheiligt. Dunkel bleibt aber immer, was die erschlagenen Sachsen in Friesland für eine Rolle spielten und wesshalb sich Heinrich als ihr Rächer aufwarf. Am wahrscheinlichsten dürfte sein, dass es Leute des Herzogs gewesen, die dieser dort als Besatzung zurückgelassen. — Auch Ammerland scheint von Heinrichs Bestrebungen nicht unangefochten geblieben zu sein: den Grafen Christian von Oldenburg fanden wir 1166 in

1) II, 6: Extenditque manum in Fresiam et admovit eis exercitum et dederunt ei pro suimet redemptione, quod postulati fuissent.

2) An. Sanpetr. Erfurt. 1156 (SS. XVI.): Heinricus dux Saxoniae perrexit ad bellandum in Fresiam, sed dux cum periculo quorundam suorum terga vertit. — An. Palid. et Magdeb. 1156: Heinricus dux Fresiam hostiliter ingressus est, sed inacte rediit. Fast ebenso das Chron. Mont. Seren.

3) An. Stederburg. 1153 (SS. XVI.): Magna caedes Saxonum apud Frisiam facta est, in qua Christianus et alii quam plures nobiles occisi sunt. — An. Magdeb. 1153: Wigboldus cum aliis multis in Fresia periit. — Die Rasteder Jahrbücher (hrsg. von Lappenberg) erzählen p. 39, dass die Stedinger an beiden Ufern der Hunte sich gegen ihre Herren empört hätten, setzen dies aber in die Zeit des Abtes Donatian, den der Herausgeber p. 9 erst um 1158 zur Regierung gelangen lässt.

offener Fehde und im Fürstenbunde gegen Heinrich. Des unglücklichen Ausganges seiner Unternehmung haben wir theilweise schon vorher gedacht: die Stadt Oldenburg selbst war für Heinrich der Preis des Sieges. Vielleicht meint Helmold (II, 6) keine andere Unternehmung Heinrichs gegen Friesland, als eben diese Einnahme Oldenburgs. Das Rechtsverhältniss aller dieser Versuche Heinrichs, in diesem Lande seine Hoheit zur Geltung zu bringen, bleibt aber bei alledem unaufgeklärt.

§ 4.

Die slawischen Verhältnisse.

Wenn es auch unsere Absicht nicht sein kann, hier die ganze Wirksamkeit Heinrichs des Löwen in Beziehung auf die slawischen Lande darzulegen, so müssen wir doch die staatsrechtlichen Verhältnisse derselben, wie sie sich in dieser Zeit gestalteten, einer Erörterung unterwerfen, theils weil die Entwickelung derselben in unmittelbarem Connex zu der Fortbildung des sächsischen Ducats selbst steht, welcher ja von Anfang an auf der Markgrafschaft gegen die Slawen beruhend in seinen Fortschritten nach dieser Seite hin eine seiner Hauptaufgaben erblicken musste, theils weil die Stellung, welche Heinrich der Löwe in Slawien erlangte, jedenfalls einen bedeutenden Rückschlag auf seine Macht in Sachsen und im deutschen Reiche überhaupt, somit auch auf die Entwickelung seines Herzogthums im Sachsenlande selbst ausübte.

Sehen wir zunächst, wie sich die Verhältnisse der

slawischen Lande zur Zeit Heinrichs des Löwen äusserlich gestalteten.[1])

Nach dem Tode König Canuts von Slawien (1131) hatten Pribislaus und Niclot, Vettern des ehemaligen Fürsten Heinrich, das slawische Reich unter sich getheilt: Pribislaus waren die Wagiren und Polaben, Niclot die Obodriten zugefallen; Kaiser Lothar hatte dies bald darauf rechtlich anerkannt. Bei den sächsischen Wirren nach dem Tode dieses Kaisers hatte Pribislaus, die Gelegenheit benutzend, versucht, das deutsche Joch überhaupt abzuwerfen, war aber durch die Tapferkeit Heinrichs von Badewide gründlich zurückgewiesen worden und verlor seine Landestheile an diesen, beziehungsweise an den sächsischen Herzog, nach Kriegsrecht. Wagrien und Polabien waren somit der deutschen Colonisation eröffnet, welche denn auch unter der Leitung Adolphs in in Wagrien und Heinrichs in Polabien einen raschen und gedeihlichen Fortgang nahm.[2])

Niclot aber, der Herr über die Obodriten, der seine Herrschaft allmälig auch über die anderen östlichen Stämme der Slawen ausbreitete, schloss mit dem Grafen Adolph Freundschaft und erkannte die deutsche Oberherrschaft an. Der wendische Kreuzzug des Jahres 1147 brachte zum ersten Male Störungen in diesen friedlichen Verhältnissen hervor.[3]) Niclot, dem jetzt Graf Adolph die Bundesgenossenschaft nicht bewahren konnte, kam seinen Feinden zuvor durch die Ueberrumpelung von

1) Ich verweise im Allgemeinen auf Giesebrecht, Wend. Gesch. Band III.

2) Pribislaus lebte von da an „als unterthäniger Grundeigenthümer" in Wagrien (Giesebrecht III, 11).

3) Ueber den Kreuzzug s. besonders auch Jaffé, Conrad p. 145 ff.

Lübeck und Verheerung der deutschen Ansiedelungen in Wagrien. Trotz des gewaltigen Kreuzheeres, welches, durch die Dänen verstärkt, in drei Theilen die Belagerungen von Dobin, Demmin und Stettin begann, hatte der Feldzug gar keinen Erfolg: Herzog Heinrich und Albrecht der Bär beeilten sich, die Fürsten zum Aufgeben desselben zu bringen, indem bei ihnen mit Recht die Anschauung überwog, dass sie ihr eigenes Land, aus welchem ihnen der Tribut zufloss, verheerten. Die Slawen nahmen scheinbar den christlichen Glauben an und die Verhältnisse erlitten somit durch den Kreuzzug keine Aenderung.

Graf Adolph schloss von Neuem Frieden mit Niclot. Dieser aber gab sich gutwillig unter die deutsche Herrschaft, im Jahre 1151 kam er nach Lüneburg an den Hof der Herzogin Clementia, während Heinrich der Löwe in Baiern abwesend war, klagend, dass die Völker der Kyssinen und Circipanen die gesetzlichen Steuern verweigerten. Die Herzogin entbot den Grafen Adolph zu seiner Hülfe und beide brachten vereint die Widerspänstigen zur Unterwerfung.[1]) Fast schien es, als ob Niclot in ein ähnliches freundliches Verhältniss zu dem sächsischen Herzoge treten sollte wie der Wendenkönig Heinrich; er zeigte sich in Allem des Herzogs Befehlen gehorsam, wie er denn auch auf dessen Geheiss dem vertriebenen Sven gegen seine Vettern Canut und Waldemar von Dänemark Hülfe leistete.[2])

Das Verhältniss der Slawen zu Dänemark, mit dessen

---

1) Helm. I, 71. — Giesebrecht III, 53 folgert höchst willkürlich aus einer Stelle bei Helm. II, 2, dass Niclot damals zu Lüneburg gefangen zurückgehalten worden sei und erst durch einen Aufstand seiner Söhne die Befreiung und Erfüllung seiner Bitte erlangt habe.

2) Helm. I, 84.

König Waldemar der Herzog Freundschaft geschlossen, gab zunächst Veranlassung zu weiteren Kämpfen und Veränderungen im Slawenlande selbst.[1]) Vor seinem Zuge nach Italien 1159 berief der Herzog auf Waldemars Ansuchen den Niclot und andere Fürsten der Slawen vor sich und befahl ihnen unter Abnahme eines Eides, bis zu seiner Rückkehr sich aller Raubzüge gegen Dänemark zu enthalten. Dies Versprechen brachen die Slawen von Aldenburg und Meklenburg. Klagend wandte sich nun der Dänenkönig nach der Rückkehr des Herzogs an diesen, der die Ungehorsamen auf einen Landtag der Grenzmarken zu Berenvorde vorlud und, als sie schuldbewusst nicht erschienen, in die Acht that und einen Zug gegen sie ansagte. Dem suchte Niclot wieder zuvorzukommen, sein Unternehmen gegen Lübeck scheiterte aber diesmal; der Herzog brach mit grosser Macht, vereint mit dem Markgrafen Dietrich von der Lausitz[2]) ins Obodritenland ein. Niclot kam selbst im Kampfe um (1160), seine Söhne Pribislaus und Wertislaus flüchteten ins innere Slawenland, das ganze Gebiet der Obodriten und Kyssinen wurde vom Herzoge unterworfen, in Kussin, Malchow, Meklenburg, Schwerin wurden herzogliche Statthalter eingesetzt. Den Söhnen Niclots wurde schliesslich doch das Land der Kyssinen und Circipanen zur Verwaltung überlassen, mit der Hauptfeste Werle. Eine neue Empörung derselben, welche das Land der Obodriten wiedergewinnen sollte, führte 1163 zu einem neuen Zuge Heinrichs, zu der Gefangennahme des Wertislaus.[3]) Auch Pribislaus unterwarf sich jetzt in der Hoffnung, durch des Herzogs

1) Helm. I, 86. 87.

2) Chron. M. Seren. 1160.

3) Helm. I, 92.

Gnade das Verlorene wiederzuerhalten. Wie es scheint, in dieser Erwartung getäuscht und durch des gefangenen Bruders Ermahnungen angespornt, griff Pribislaus im Anfange des folgenden Jahres 1164 abermals zu den Waffen, eroberte Meklenburg und erregte im ganzen Slawenlande einen gewaltigen Aufstand. Hülfe und Rückhalt fand er an den Pommern Casimir und Bogislaus, die zwar längst zum Christenthume bekehrt, doch das Vorschreiten der Herrschaft Heinrichs mit Befürchtung ansehen mussten. Doch auch der Herzog säumte nicht; er liess seinen Ruf ergehen durch ganz Sachsen. Albrecht der Bär, der Bischof von Minden, Christian von Oldenburg und andere Fürsten, [1]) die Grafen Adolph von Holstein und Reinhold von Ditmarschen stiessen zu seinem Heere. Auch König Waldemar wurde zur Hülfe entboten und zog mit einer Flotte gegen die Slawen heran. Das Heer dieser unter Pribislaus und den Pommerfürsten lagerte bei Demmin. Die heisse Schlacht bei Verchen (6. Juli 1164), in welcher die Vorhut des deutschen Heeres unter den Grafen Adolph, Reinhold, Christian und dem Statthalter Gunzelin von Schwerin die Slawen nach hartem Kampfe auf das Haupt schlug, entschied den Feldzug; leider wurde der Sieg mit dem Tode der tapferen Grafen Adolph und Reinhold erkauft. Vereint mit Waldemar durchzog nun der Herzog, nach der Zerstörung von Demmin, das ganze Land der Pommern, ohne irgendwo Widerstand zu finden. [2])

1) An. Palid. 1164: Heinricus dux auxilio episcoporum, abbatum et principum Saxoniae — Sclaviam depopulans etc. — An. Egmund. 1164 (SS XVI): dux Saxoniae Heinricus cum omnibus episcopis et comitibus sui ducatus ad Sclavos devincendos profectus est. Nachher werden der Graf Alolf von Schauenburg, Engelbert von Dalheim und der Bischof von Minden namentlich aufgeführt.

2) Helm. II, 4.

So fasste Heinrich auch zum Ersten in Pommern Fuss, der Weg zur Abhängigkeit dieses Landes war angebahnt. Die Folgen hiervon zeigten sich bald, indem die Pommerfürsten selbst dem Pribislaus, der von Demmin aus fortwährende Einfälle in das Gebiet von Schwerin und Ratzeburg machte, aus Furcht vor dem Herzoge von seinen Unternehmungen abzustehen geboten. Mit König Waldemar schloss Heinrich bald darauf einen Vertrag, nach welchem Beide den Tribut aller Völker, welche sie zu Wasser oder zu Lande überwinden würden, unter einander zu theilen sich gelobten. [1])

Definitive Ordnung erhielten die Verhältnisse im Slawenlande erst im Jahre 1166, wo Heinrich, als er den Sturm der fürstlichen Opposition immer näher und drohender heranrücken sah, in weiser Mässigung sich den früheren Feind zum treuen Freunde machte, indem er dem Pribislaus des Vaters ganzes Erbgut, besonders das Land der Obodriten, jedoch mit Ausnahme des Gebietes von Schwerin, welches Gunzelin zugleich mit den Grafenrechten erhielt, [2]) wiedergab. Von da an bewahrte der Wendenfürst die dem Herzoge gelobte Treue bis an sein Ende. [3])

Im Jahre 1168 war Heinrichs Oberherrlichkeit in Slawien schon soweit anerkannt, dass er Pribislaus und den Fürsten der Pommern befehlen konnte, dem Könige Waldemar bei der Unterwerfung der Ranen Unterstützung zu gewähren. Schon oft waren Versuche gemacht, das wilde Inselvolk zur Unterwerfung zu bringen, so schon

---

1) Helm. II, 6.

2) Giesebrecht III, 161. Vgl. oben p. 108 not. 4.

3) Er starb wahrscheinlich den 30. Dec. 1178, s. Meklenburg. U. B. I, n. 126.

unter Herzog Liuder; eine Zeit lang hatten die Ranen auch des Dänenkönigs Oberhoheit anerkannt, doch benutzten sie jede Gelegenheit zur alten Unabhängigkeit zurückzukehren. Diesmal gelang Waldemar die Unterwerfung der ganzen Insel, sie wurde aber die Quelle langdauernder Zwistigkeiten zwischen ihm und dem Herzoge. Dieser forderte nämlich gemäss dem Vertrage die Hälfte des Tributs und der Geisseln der Ranen, welche Waldemar verweigerte. Da liess Heinrich, den Vertragsbrüchigen zu strafen, die Slawen gegen Dänemark los. Zwei Jahre wüthete der Kampf an den dänischen und slawischen Küsten, da endlich gab der König erschöpft und gedemüthigt nach und bat um eine persönliche Zusammenkunft mit dem Herzoge an der Eider (24. Juni 1171).[1]) Hier zeigte er sich in Allem willfährig, gab des Herzogs Antheil an Tribut und Geisseln heraus und erlangte dafür das Verbot der slawischen Raubzüge und von Neuem die Freundschaft des Herzogs. Das Volk der Ranen aber war von da an in gleicher Weise dem Herzoge wie dem Könige zinspflichtig.

Trotz dieses friedlichen Abkommens konnten weitere Collisionen mit dem Dänenkönige nicht ausbleiben; er sowohl wie der Herzog sahen das Slawenland als das natürliche Feld zur Ausbreitung ihrer Herrschaft an, jeder von ihnen wollte aber hier ausschliesslich Herr sein und betrachteten mit missgünstigen Augen jeden Fortschritt des Anderen. Der Vertrag der Theilung des Tributs war gewiss nur ein schwaches Auskunftsmittel, dessen sich Heinrich bediente, da er des Dänenkönigs noch bedurfte.

---

1) Ueber die Zeitbestimmung s. Giesebrecht III, 204, auf den ich auch wegen der Details verweise.

Hätte er seine ganze Aufmerksamkeit auf die slawischen Lande richten können, wäre nicht durch die italienischen Züge und die Verhältnisse in Sachsen seine Thätigkeit anderswohin gezogen worden, so hätte es jedenfalls zu einem gewaltigen Zusammenstosse zwischen ihm und Waldemar kommen müssen, zu entscheiden, wem die slawischen Lande definitiv zufallen sollten, den Dänen oder den Deutschen. Die Vorboten eines solchen zeigten sich schon 1169, dann wieder in den pommerischen Angelegenheiten vom Jahre 1172 an.[1]) Obgleich Heinrich die Fürsten Pommerns schon 1164 in Abhängigkeit von sich gebracht hatte, suchte doch Waldemar, trotz des Friedens mit dem Herzoge, hier auch festen Fuss zu fassen, liess sich von dem Statthalter Stettins huldigen und brachte schliesslich den Herzog, der ihm wohl nicht alle Früchte seiner Züge allein überlassen wollte, dahin, dass er selbst 1177 die Pommern mit Krieg heimsuchte. Es ist dies die letzte kriegerische Unternehmung Heinrichs gegen die Slawen, an der der Markgraf Otto von Brandenburg Theil nahm und welche mit der Einnahme von Demmin endete.

Von da an blieb Casimir, der zu Demmin seinen Sitz hatte, dem Herzoge getreu und es war einer der grössten Verluste für letzteren, dass derselbe gerade in der Zeit der Noth sein Leben beschloss (1180), in Folge dessen die Slawen abfielen, da sein Bruder Bogislaus zu dem Kaiser überging.[2])

Bei der Betrachtung der staatsrechtlichen Verhält-

---

1) Giesebrecht III, 221 ff.

2) An. Pegav. Chron. M. Seren. 1180. Arnold. Lub. I, 31. Vgl. Cohn in den Forschungen I, 329 ff.

nisse der slawischen Lande ist es zunächst von Wichtigkeit, zu constatiren, dass Heinrich der Löwe es durchsetzte, einen Theil derselben der Oberhoheit der Markgrafen der Nordmark definitiv zu entziehen und seiner eigenen Leitung unterzuordnen. Aehnlicher Bestrebungen des Herzogs Liuder erwähnten, wie wir sahen, die Corveyer Annalen. Es handelt sich hier besonders um den Stamm der Circipanen, welcher noch 1114 dem Markgrafen von der Nordmark untergeben war und noch 1136 vom Kaiser Lothar zu dieser Mark gehörig gerechnet wurde. Schon 1151 sehen wir aber, dass Heinrich, in Folge der Ausdehnung der Herrschaft seines Vasallen Niclot über dieses Volk, sich ebenfalls die Oberhoheit über dasselbe vindicirte: Niclot wandte sich, als die Circipanen sich gegen ihn auflehnten, um Hülfe an den Oberherrn, den Herzog. Später unterliegt es keinem Zweifel, dass Pribislaus, der zuletzt die Gewalt über die Obodriten, Kyssinen und Circipanen wiedererhielt, für diese Niemand anders als dem Herzoge allein unterworfen und die Huldigung schuldig war. Es mag diese Schmälerung des Rechtes der nördlichen Markgrafen wohl mit eine Ursache der Opposition der Anhaltiner gegen den Herzog gewesen sein.

Was das Verhältniss der slawischen Lande zum deutschen Könige betrifft, so kann kein Zweifel darüber sein, dass diesem rechtlich die Oberhoheit über alle von seinen Markgrafen unterworfenen slawischen Gebiete, wie früher auch, zustand, dass der Herzog, als slawischer Markgraf, nur die Vermittelung war, durch welche die slawischen Fürsten, welche ihm den Lehnseid geleistet hatten, mit dem Könige zusammenhingen. Von Rechtswegen standen diesem auch die Einkünfte aus den unterworfenen wendischen Ländern zu, er hatte sie aber schon längst den Markgrafen weiter zu Lehen gegeben,[1]) sodass wir in dieser Zeit nur von Tribut, den die Slawen dem Herzoge und seinem Stellvertreter zahlten, hören. — Heinrichs des Löwen Streben ging aber von Anfang an, allem Anscheine nach, über die Grenzen des herkömmlichen Rechtes hinaus, er wollte sich durch Unterwerfung der Slawen Gebiete schaffen, in welchen er der alleinige Herr wäre, welche von der Oberherrlichkeit des Königs völlig unabhängig wären. Unter Conrad III. traten diese Tendenzen deutlich zu Tage, unter Friedrich I. wird ihnen die Spitze dadurch abgebrochen, dass dieser König von vornherein sich aller Einmischung in die inneren slawischen Angelegenheiten enthielt, dem Herzoge einen wichtigen Theil seiner Ansprüche wirklich zugestand und so den Vortheil genoss, diesen hinwiederum indirect zur Anerkennung seines höheren Rechtes in Bezug auf die slawischen Lande gebracht zu haben.

Die verschiedenen Phasen dieser Entwickelung treten am deutlichsten in der Geschichte der slawischen Bisthümer zu Tage. Der hochstrebende Erzbischof Hartwig von Bremen war es zuerst, der den Plan fasste, die alten, durch die heidnische Invasion von 1066 eingegangenen Bisthümer Aldenburg, Ratzeburg und Meklenburg wieder aufzurichten und so seinem Erzbisthume wieder durch Suffragane neuen Glanz zu verleihen. Er ordinirte im Jahre 1149 für das Bisthum Aldenburg den eifrigen Slawenbekehrer Wizelin, der schon einige Jahrzehnte in Wagrien eine segensreiche Wirksamkeit entfaltet hatte,

1) Vergl die oben p. 64 citirte Urkunde Lothars von 1136.

und den Emmehard für Meklenburg.[1]) Bald zeigte sich aber, dass ohne den Herzog in den ihm untergebenen slawischen Landen factisch kein Bischofsitz aufgerichtet werden konnte. Nicht nur war es die alte Feindschaft, welche den Herzog gegen den von Hartwig Geweihten ungünstig stimmte; er forderte Höheres, als was ihm nach Fug und Recht zukam: die neuen Bischöfe sollten die Investitur ihres Amtes aus seiner Hand annehmen, ihm den Vasalleneid leisten. Diese Beanspruchung eines unzweifelhaft nur dem Könige zustehenden Rechtes zeigt, wohin damals Heinrichs Bestrebungen hinausgingen: auf völlige Unabhängigkeit seiner slawischen Gebiete von der Reichsgewalt. In dem Ausspruche seines Vasallen Heinrichs von Witha hat die ganze Anschauung des Herzogs ihren Ausdruck gefunden. Er sagte zu Wizelin, als dieser sich weigerte, dem Verlangen des Herzogs zu willfahren: „Thut meines Herren Willen, denn anders kommt Ihr nicht zum Ziele, da weder Kaiser noch Erzbischof Euch helfen können, solange mein Herr dagegen ist; denn Gott allein hat ihm dieses ganze Land gegeben."[2]) Nach langen Bedenken, welche besonders durch den Erzbischof und das Bremer Capitel genährt wurden, fügte sich endlich Wizelin, dem sein heiliges Werk der Heidenbekehrung über weltliches Ansehen ging, dem Willen des Herzogs

---

1) Helm. I, 69. Ueber die Zeitbestimmung s. Jaffé, Lothar, Beilage III. Uebereinstimmend setzen diese Angabe Helmolds ins Jahr 1149 die An. Stad. und Hamburg. (SS. XVI)

2) Helm. I, 69: alioquin frustrabitur labor vester, eo quod nec caesar nec archiepiscopus possit iuvare causam vestram, domino meo obnitente: deus enim dedit ei universam terram hanc. — Helmold sagt selbst I, 73: In hac enim terra sola ducis authoritas attenditur.

und nahm (Ende 1150) das Bisthum mit dem Scepter aus dessen Hand entgegen.[1])

So hatte Heinrich der Löwe für jetzt sein Ziel erreicht und wahrhaft königliche Machtvollkommenheit und Unumschränktheit im Lande der Slawen erlangt. Conrad III., der sich des Herzogs in seinen letzten Lebensjahren kaum im Reiche selbst erwehren konnte, war nicht im Stande, auch nur Einsprache gegen diesen Eingriff in die königlichen Gerechtsame zu erheben.

Friedrich I. war gewiss der Mann, den Uebergriffen des Herzogs nach dieser Seite hin ein Ziel zu setzen und die Rechte des Königthums hier zu wahren, er bedurfte aber des Herzogs concentrirter Machtfülle zu sehr zur Durchsetzung anderer, weitgehender Plane, als dass er ihn nicht auch hier, wie in so vielen anderen Stücken, hätte gewähren lassen, ja ihm das Usurpirte ausdrücklich bestätigt hätte. Freilich war officiell von einem auf den factischen Besitz gegründeten Rechte des Herzogs keine Rede, der König verlieh vielmehr dasselbe wie aus eigenem Antriebe dem Herzoge und benutzte die Gelegenheit gerade, um seine Oberherrlichkeit in den slawischen Landen offen vor Aller Augen darzulegen, und erreichte so einestheils, dass diese vom Herzoge anerkannt werden musste, anderentheils, dass die Abgabe des königlichen Rechtes als ein Gnadengeschenk an den Herzog erschien. In dem erlassenen Diplom von 1154[2]) ertheilt der König

1) Helm. I, 70. Dass *virga* hier nicht den Bischofsstab, sondern das Scepter bedeute, bemerkt mit Recht Giesebrecht. cf. Jaffé, Conrad p. 193, not. 10. — Ueber Emmehard von Meklenburg schweigt die Geschichte. Er starb 1155. An. Herbipol. (SS. XVI.)

2) Or. G. IV, praef. 6 und daraus III, 470, ferner Lappenberg n. CCV. Meklenb. U. B. I, n. 56. Noverit etc., qualiter nos dilecto

Friedrich dem Herzoge das Recht, in dem Lande jenseits der Elbe, das er durch seine Gnade zu Lehen habe, Bisthümer und Kirchen nach Belieben zu gründen, dieselben mit den Gütern des Reiches auszustat-

---

nostro Heinrico duci Saxoniae iniunximus, ut in provincia ultra Albim, ***quam a nostra munificentia tenet***, episcopatus et aecclesias ad dilatandum christiani nominis imperium instituat, plantet et aedificet, liberamque ei concessimus potestatem ut aecclesiis illis *de bonis regni* conferat etc. Cui negotio ut studiosius et devotius insistat, ipsi et omnibus sibi in hac provincia successuris concedimus iuvestituram trium episcopatuum Aldenburc, Michelinburc, Racezburc, ut quicunque in locum episcoporum ibidem subrogandi sunt, a manu ipsius, *quod regii iuris est*, tamquam à nostra recipiant. Id etiam adiungimus, quod si in provinciis circumquaque, in quibus necdum christiana religio tenetur, episcopatus sua strenuitate fundare potuerit, in his eadem potestate fungatur. — Die Zeit der des Orts und Datums ermangelnden Urk. bestimmen die Hrsgbr. des Mekl. U. B. I, p. 47 mit Recht zu Anfang des Reichstages zu Goslar, im April 1154. Eigenthümliche Bedenken stellen sich entgegen dadurch, dass die An. Palid. Magdeb. und das Chron M. Seren. erst zum Jahre 1159 (fast wörtlich übereinstimmend) berichten: Heinricus dux propter multiplicandam christianitatem in Slavia episcopatus statuendi et investiendi potestatem a caesare accepit. Helmold berichtet die wichtige Verleihung unmittelbar anschliessend an den Wendenzug des Jahres 1160 (I, 87): Et facta postulatione obtinuit apud caesarem autoritatem episcopatus suscitare, dare et confirmare in omni terra Slavorum, quam vel ipse vel progenitores sui subiugaverint in clypeo suo et iure belli. Hierauf lässt er die drei slawischen Bischöfe dem Herzoge huldigen, wie es zum Jahre 1160 erzählen die An. Palid. Magdeb. (Stad. Chron. M. Seren.) Pegav. (mit irriger Hinzufügung von Lübeck) und Stederb. Könnte man allerdings Helmolds Bericht ohne grossen Zwang auf 1154 zurückbeziehen, so lauten doch dagegen die Angaben zu 1159 zu bestimmt. Die Aechtheit des Diploms ist auch nicht anzufechten, und so weiss ich keinen anderen Ausweg, als zum Jahre 1159 eine nochmalige kaiserliche Bestätigung anzunehmen, wie schon Giesebrecht III, 109 thut. Auch die Errichtung des neuen Bisthums Ratzeburg, sowie die Erhebung Gerolds zum Bischof von Aldenburg durch Heinrich, beide 1154, sprechen für die Urkunde.

ten, wie er wolle und es des Landes Grösse gestatte. Ferner erhält Heinrich das Recht der Investitur über die drei schon bestehenden Bisthümer zu Aldenburg, Meklenburg und Ratzeburg, sowie über alle von ihm in diesen Gegenden noch zu errichtenden Sitze. — Mit Absicht ist jedenfalls in dieser Urkunde hervorgehoben, dass der Herzog das slawische Land durch des Königs Gnade behersche, dass es des Reiches Gut sei, mit dem er die Bisthümer ausstatten solle, dass die Investitur eigentlich nur dem Könige zukomme. Auch noch später zeigt sich des Kaisers Einfluss in den slawischen Ländern wenigstens in der Theorie. Im Jahre 1170 gab Friedrich dem Bischofe Berno von Schwerin einen Gnadenbrief, worin er demselben verschiedene slawische Lande (der Obodriten, Circipanen, Rugianer) unterwirft und die Fürsten derselben in seine Gnade aufnimmt. Dem Wortlaute der Urkunde nach sollte man meinen, die slawischen Fürsten seien hierdurch in ein unmittelbares Verhältniss zum Reiche getreten, doch spricht sowohl der Verlauf der Geschichte, als die ausdrückliche Bemerkung der Urkunde: dass die Insel Rügen der Gewalt Heinrichs unterliege, gegen eine solche Annahme.[1]) Obwohl nun solchergestalt der Herzog es unter Kaiser Friedrich nicht erreichen konnte, die slawischen Lande von dem Reichsverbande zu lösen, vielmehr der Kaiser der Theorie nach immer der höchste Oberherr blieb, so hatte er doch seine Absichten, was die materiellen Vortheile derselben betraf, vollkom-

1) Dies bemerkt mit Recht Giesebrecht III, 189. Die Stellen der Urk. (Meklenb. U. B. I, n. 91.) lauten: in honorem principum terrae nostrae recepti sunt und terram etiam Ruyanorum de dicione ducis Saxoniae.

men erreicht: er war in den inneren Angelegenheiten der Slawenlande der alleinige Herr. Die slawischen Bischöfe liessen sich fortan ohne Widerrede von ihm investiren und leisteten ihm den Vasalleneid. So 1160 die Bischöfe Gerold von Aldenburg, Evermod von Ratzeburg und Berno von Meklenburg. Nach der Aechtung und Absetzung Heinrichs trat dann aber die kaiserliche Oberherrlichkeit wieder factisch in Kraft: die Bischöfe wurden reichsunmittelbar; Bogislaus von Pommern, der des Herzogs Partei verlassen hatte, eilte nach Lübeck zum Kaiser und nahm sein Land von ihm zu Lehen.[1]) Die von Heinrich im Slawenlande eingesetzten Grafen von Ratzeburg und Schwerin aber blieben dem neuen Herzoge untergeordnet.

In dem Herzoge erkannten die unterworfenen Slawen ihren nächsten Oberherren, unter dessen Botmässigkeit, die, welche die unmittelbare Regierung über sie führten, standen. Die letzteren waren theils von dem Herzoge eingesetzte Grafen, theils die einheimischen Fürsten wie Niclot, später Pribislaus, in Pommern Casimir und Bogislaus, welche ohne Zweifel, wie früher auch, dem Herzoge die Lehnshulde zu leisten verpflichtet waren, obschon wir aus dieser Zeit keine bestimmte Nachricht eines solchen Vorganges auffinden können. Die Abhängigkeit der slawischen Lande zeigte sich dann besonders darin, dass ihre Bewohner Steuern an den Herzog zahlen mussten, welche sehr bedeutend waren und ein Haupteinkommen des letzteren bildeten. In den Gebieten, welche unter den Grafen standen, ging ein Theil des Tributes an diese,

1) Arnold I, 31. Saxo Grammat. lib. XV, p. 948 (ed. Müller et Velschow), wo aber fälschlich noch Casimir genannt wird, der 1180 gestorben war. Vgl. p. 155 not. 2.

wie sie dann auch in anderen Dingen ziemlich unabhängig vom Herzoge gestellt waren, so dass dieser z. B. erst mit ihrer Einwilligung den Bisthümern Güter in ihrem Amtsgebiete zuweisen konnte.[1]) Wir erfahren aus Helmold (I, 83), dass die slawischen Bewohner Wagriens in einem Jahre an den Herzog 1000 Mark und an den Grafen mehrere hundert zu zahlen hatten, eine ungeheure Summe, wenn man bedenkt, dass die Slawen auf den kleinen Winkel um Aldenburg zurückgedrängt waren. Bestimmt hören wir noch von Steuern der Kyssinen und Circipanen, welche Niclot beherschte. Er hatte wahrscheinlich für die Aufbringung des Tributes der ihm untergebenen Gebiete zu sorgen und nahm, als die beiden Volksstämme ihren Antheil schuldig blieben, die Hülfe seines Lehnsherrn in Anspruch. Auch der Zinspflichtigkeit der Ranen, nach ihrer Unterwerfung durch König Waldemar und der Aussöhnung desselben mit dem Herzoge, wird gedacht.[2])

Die militärischen Verpflichtungen der Slawen angehend, so finden wir zunächst keine Spur davon, dass der Herzog dieselben zum Reichskriege aufgeboten habe. Auch ihre Verwendung in anderen Kriegen ist nachweislich eine sehr geringe und keineswegs geregelte. Im Jahre 1157 werden die Obodriten und Wagrier von dem Herzoge dem vertriebenen Könige Sven von Dänemark zur Wiedereroberung seines Reiches beigegeben;[3]) 1168

1) Helm. I, 70. 77. Die Grundsätze des Lehnrechtes kamen eben hier stricte zur Geltung.

2) Helm. II, 14: Et misit dux nuncios suos cum nunciis regis in terram Ranorum et servierunt ei sub tributo Rani.

3) Helm. I, 84.

stiessen auf sein Geheiss Pribislaus und die Pommerfürsten mit ihren Schaaren zum Könige Waldemar, um die Insel Rügen zu unterwerfen.[1]) Ferner bediente sich Heinrich der Küstenslawen dazu, den König Waldemar zu züchtigen (1169—71),[2]) und endlich in den Jahren 1179 und 1180 der Pommern und Liutizen (Kyssinen und Circipanen) seinen Gegner den Markgrafen Dietrich von der Lausitz in seinem eigenen Lande zu beschäftigen.[3]) Freilich beruhten diese beiden letzten Züge mehr auf einer Verstattung einer lang entbehrten Freiheit, als auf einer Verpflichtung zum Kriegsdienste. — Wenn also zwar die Slawen dem Kriegsrufe des Herzogs gehorchten, so war dies doch gewiss der geringste Nutzen, welchen er von seiner Herrschaft über dieselben hatte; der Hauptvortheil bestand jedenfalls in den Geldern, welche durch die Steuern der Unterworfenen dem herzoglichen Schatze zuflossen.

Im Uebrigen lebten die Slawen nach ihren alten einheimischen Institutionen; so war ihnen besonders das Gerichtswesen selbst überlassen. Der Herzog bekümmerte sich um ihre inneren Angelegenheiten gewiss wenig. Nur waren ihre Fürsten angehalten, auf den Provinziallandtagen, welche der Herzog von Zeit zu Zeit für die Grenzmarken und die slawischen Lande ausschrieb, zu erscheinen. Solche Landtage finden wir öfters bei Helmold erwähnt, und sie sind wohl von den allgemeinen herzoglichen Land-

1) Helm. II, 12.
2) ibid. II, 13.
3) Chr. M. Seren. 1179: Sclavi Lithewizen et Pomerani vocatione ducis Heinrici provinciam Iuterbock invaserunt. — An. Pegav. 1180: Item Heinrici ducis instinctu Sclavi Liwitici et Pomerani regionem Lusiz trans Albim depopulantur.

tagen in Sachsen zu unterscheiden. Auf jenen wurden allein die Angelegenheiten der Marken und der unterworfenen Slawenländer geordnet, Frieden anbefohlen, zum Kriege aufgerufen u. s. w. Auch die Grafen von Holstein, Ratzeburg und Schwerin, sowie die slawischen Bischöfe waren hier zu erscheinen verpflichtet. Einen solchen Landtag [1]) finden wir ausdrücklich genannt zu Erteneburg im Jahre 1156, wo Bischof Gerold von Aldenburg und die slawischen Fürsten als anwesend aufgeführt werden. Im Jahre 1160 berief ferner Heinrich, wie es heisst, [2]) alle Markmannen, sowohl Deutsche als Slawen zu einem Landtage nach Berenvorde, um über die dem Könige Waldemar zu leistende Genugthuung zu berathen und die Slawen über den diesem Könige gebrochenen Frieden zur Verantwortung zu ziehen. Zu Erteneburg scheinen 1163 und 1169 ähnliche Versammlungen stattgefunden zu haben, in welchen Jahren wir Heinrich den Löwen auf dieser Burg mit vielen angesehenen Personen antreffen. Im ersten Jahre am 18. October sind hier versammelt die Bischöfe Gerold von Lübeck, Evermod von Ratzeburg und Berno von Meklenburg, die Grafen Adolph von Holstein, Heinrich von Ratzeburg, Gunzelin der Statthalter von Schwerin, der Graf Reinhold von Lübeck. [3]) Im Jahre 1169 erschienen zu Erteneburg beim Herzoge die Bischöfe: von Ratzeburg, Lübeck und Schwerin, die Grafen Gunzelin

1) Helm. I, 83. Der Ausdruck ist colloquium provinciale, placitum. (cf. I, 86.)

2) ibid. I, 86. Berenvorde ist Barförde im Kirchspiele Hittbergen nahe der Elbe im Hannöverschen

3) Urk. Heinrichs für die Gothländischen Kaufleute. U. B. der St. Lübeck I, n. 3. Ausser diesen sind noch Zeugen: der Markgraf von Vohburg, die Grafen von Arnsberg, Ravensberg, Dannenberg und Blankenburg und einige sächsische Edle.

von Schwerin, Bernhard von Ratzeburg und Adolph von Holstein.[1])

So waltete Heinrich der Löwe mit starker Hand im Slawenlande, und wenn er es auch nicht erreichte, hier eine unabhängige Herrschaft zu gründen, sondern die Oberhoheit des Kaisers als zu Recht bestehend anerkennen musste, so war er doch factisch hier der alleinige Herr: hier gehorchte Alles seinem Befehle, von hier flossen ihm reiche Einkünfte zu. So musste seine Macht in den slawischen Landen einen nicht unbedeutenden Einfluss auf seine Stellung als Reichsfürst und als sächsischer Herzog ausüben.

§ 5.

Die Absetzung Heinrichs des Löwen und die Theilung seines Herzogthums.

Auf dem Reichstage zu Wirzburg nach dem Feste Epiphania des Jahres 1180 wurde Heinrich der Löwe, nachdem er sich auf viermalige Vorladung vor des Kaisers Gericht nicht gestellt hatte, abwesend verurtheilt und ihm nach Lehnrecht alle seine Reichslehen abgesprochen. Die Vergehen, welche ihm zur Last gelegt wurden, thut uns am sichersten die kaiserliche Urkunde, ausgestellt zu Gelnhausen am 13. April 1180, welche die Vorgänge zu Wirzburg recapitulirt, kund.[2]) Sie waren danach: die

---

1) Urk. im Meklenb. U. B. I, n. 90. Von sächsischen Magnaten sind noch anwesend: die Grafen von Reinstein, Hartbeche, Buzeburg, Conrad der Vicedom von Hildesheim und andere Edle.

2) Lacomblet, Niederrhein. U. B. I, n. 472 nach dem Original, daraus Erhard II, n. CDVII. — Mon. Leg. II, 163. Or. G. III, 101. und öfters nach Gelenius nach einer anderen Ausfertigung. — Es

Unterdrückung der geistlichen und weltlichen Fürsten und Grossen, die vielfache Verachtung der kaiserlichen Majestät und besonders der reatus maiestatis.[1]) Was den letzten Punkt betrifft, so bin ich der festen Ansicht, dass darunter nichts Anderes zu verstehen ist als der Hochverrath, dessen sich Heinrich der Löwe im Jahre 1176 durch Nichtleisten der Reichshülfe auf dem lombardischen Zuge Kaiser Friedrichs, zu der er an und für sich verpflichtet war, und die er wahrscheinlich auch eidlich gelobt, schuldig gemacht hatte.[2]) — Die vielfache Verachtung kaiserlicher Majestät ist untergeordneter Natur: man kann sich darunter entweder gewisse Vorfälle auf einer Zusammenkunft Heinrichs mit dem Kaiser

---

würde hier zu weit führen, die ganze interessante Procedur, die noch lange nicht genügend aufgeklärt ist, darzustellen. Sowohl die verschiedenen Rechtstage, als der Grund der Verurtheilung, ferner die Theilung des Herzogthums unterliegen noch den widersprechendsten Auslegungen. Der letzte Punkt wird Gegenstand der Untersuchung sein, über den zweiten wollte ich kurz meine auf eingehendere Forschung gegründete Ansicht andeuten.

1) Die Urkunde hat manche stylistische Schwierigkeiten und Härten. Die Anklagepunkte finden sich aber schliesslich zusammen in dem Satze: Deinde quoniam in ecclesiis dei et principum et nobilium iura et libertatem grassari non destiterit, tam pro illorum iniuria (nach dem ml. Sprachgebrauch nicht ungewöhnlich: Beschädigung, Unterdrückung), quam pro multiplici contemtu nobis exhibito, ac praecipue pro evidenti reatu maiestatis, sub feodali iure legitimo — contumax iudicatus est.

2) Schon nach einem Gesetze Carls des Grossen für Italien soll der, welcher sich des Herisliz schuldig macht, reus maiestatis sein. Waitz, Verfassungsgesch. III, 266. — Entscheidend scheint mir die Stelle Helmolds I, 82: eo quod archiepiscopus (Hartwig von Bremen im Jahre 1155) omisisset Italicam expeditionem (so ist nach den besten Handschriften für profectionem zu lesen), transgressor iuramenti, essetque *reus maiestatis*.

im Jahre 1176 denken, oder auch das Versäumniss der mehrmaligen Vorladung. — Zu diesen Vergehen gegen den Kaiser kommen nun aber, als zweites höchst wichtiges und für die Verurtheilung für den Kaiser nothwendiges Moment, die Klagen der sächsischen Fürsten und des Erzbischofs von Cöln gegen den Herzog.

Der Kaiser, welcher seither des Herzogs Bestrebungen gegenüber den Fürsten kein Hinderniss in den Weg gelegt, ja dieselben, um die Macht jenes sich zu seinen Zwecken dienstbar zu erhalten, in jeder Weise gefördert, noch 1168 die Opposition der Fürsten gegen den Herzog zurückgewiesen und einen für diesen günstigen Frieden zu Stande gebracht hatte, schlug sich nun mit Eifer auf die andere Seite, da es ihm durch die Unterstüzzung der Fürsten allein möglich war, den Reichsverräther zur Strafe zu ziehen. So beruht die Verurtheilung Heinrichs wesentlich auf einem Compromisse des Kaisers mit den gegen jenen in Opposition stehenden Fürsten. Und unter diesen waren es, charakteristisch genug, ausser dem Cölner Erzbischofe, hauptsächlich die Fürsten Ostsachsens, der Erzbischof von Magdeburg, der Bischof von Halberstadt, die Anhaltiner und Wettiner, welche 1168 zur Ruhe gebracht, nun abermals und mit Erfolg ihre Stimme erhoben. Hier im östlichen Sachsen hatte, wie wir sahen, Heinrich der Löwe seine Herzogsgewalt auf wesentlich anderer Grundlage aufgebaut, wie in Westfalen: durch widerrechtliche Usurpation der den Fürsten zustehenden Besitzungen und Rechte, unter den letzteren besonders gräflicher; während er in Westfalen, diese unangetastet lassend, wirklich höhere, qualitativ verschiedene Befugnisse über die Fürsten selbst in Anspruch nahm und zur rechtlichen Anerkennung brachte. Nicht diese letzteren, sondern die angemassten Rechte in den Gebieten der ostsächsischen Fürsten erklärte der Kaiser jetzt für ungesetzlich und verhalf so durch seine jetzt mit der der Fürsten übereinstimmende Rechtsüberzeugung diesen zur endlichen Wiedererwerbung des Verlorenen. Dafür machten es ihm die Fürsten möglich, die Strafe an dem Herzoge wegen des versäumten Reichsheerdienstes ergehen zu lassen.

Zu Gelnhausen in der Kaiserpfalz wurde am 13. April 1180 zur Wiederverleihung des Heinrich dem Löwen entzogenen Herzogthums in Sachsen geschritten. Kein Zweifel, dass es hier, vielleicht zum ersten Male, zu einer Erörterung zwischen Kaiser und Fürsten kam, welchen Wesens eigentlich das von Heinrich bisher in Sachsen innegehabte Herzogthum sei, wie weit die Befugnisse seiner Herzogsgewalt reichten. Entscheidend musste dies für die Verhältnisse in Ostsachsen sein. Indem nämlich Kaiser Friedrich die von Heinrich dem Löwen in den Landen der ostsächsischen Fürsten occupirte Macht als unrechtmässig anerkannte, gab er zu, dass hier eine Herzogsgewalt eigentlich gar nicht existire, oder doch nur in den Territorien, welche der Herzog auf andere Rechtstitel gestützt selbst in Besitz hatte. So erscheint es wesentlich als eine Concession an die östlichen Fürsten, wenn in der Gelnhäuser Urkunde eines Herzogthums Sachsen keine Erwähnung geschieht, Heinrich der Löwe nur Herzog von Baiern und Westfalen genannt, das Herzogthum, zu dessen Vertheilung geschritten wurde, als ducatus Westfaliae et Angariae bezeichnet wird. Der schon sehr lange schwankende Sprachgebrauch in Betreff der drei

Theile des grossen Sachsenlandes,[1]) fixirte sich allmälig dahin, dass das östlich der Weser gelegene Land, Ostengern und Ostfalen, vorzugsweise als Sachsen, der westliche Theil als Westfalen bezeichnet wurde. Der Name Ostfalen als Landschaftsbezeichnung war schon lange verschwunden, nur das Recht wurde noch vor Kurzem das ostsächsische genannt.[2]) Aehnlich war es mit Engern, dessen östlich von der Weser gelegenen Theile allmälig, doch erst später, in dem Gesammtnamen Sachsen aufgingen, während die westlichen zu Westfalen geschlagen wurden.[3]) Das engerische Recht freilich finden wir noch nach der Zeit Heinrichs des Löwen häufig erwähnt.[4]) — Unter Friedrich I. waren diese Veränderungen der Landschaftsnamen noch nicht so stabil geworden, dass Engerns nicht mehr hätte Erwähnung geschehen können, Ostfalen wurde aber schon damals *κατἐξοχην* Sachsen genannt. So glaubten die ostsächsischen Fürsten dadurch, dass officiell des ducatus Saxoniae nicht gedacht wurde, eine Gewähr dafür zu haben, dass der Kaiser anerkannte, dass sie rechtlich niemals der Herzogsgewalt Heinrichs des Löwen unterworfen gewesen. In diesem Sinne hat die Ansicht derer[5]) Berechtigung, welche annehmen, dass zu Gelnhausen das Herzogthum in Ostfalen gar nicht

1) Schon 1068 war er schwankend, s. Urk. Annos von Cöln (Kindlinger M. B. II, n. 8): in Westfalia seu Ostphalia quod alio nomine vocatun Engarica. Das Schloss Arnsberg, im eigentlichen Westfalen gelegen, wird 1114 als in der Landschaft Engern liegend genannt (in pago Hengeren in castro Arnsberg). Erhard I, 1399.

2) So 1113 (Erhard I, CLXXXII) secundum ritum Ostersahson herescaph.

3) Engern noch 1214 in Urk. bei Niesert M. U. S. IV, 224.

4) Würdtwein s. d. VI, 359 (1185—1206). ibid. 340 (1153—70).

5) So Koch, pragm. Gesch. des H. Braunschweig-Lüneburg p. 52 ff.

mehr verliehen worden. Irrig ist es aber zu glauben, dass der Meinung des Kaisers und der Fürsten nach, nur ein Theil des Herzogthums Heinrichs wieder verliehen worden, dass in dem anderen Theile die Herzogsgewalt den einzelnen Fürsten angewachsen sei. Es sollte vielmehr die ganze Gewalt in dem Umfange, wie sie nach der Ansicht des Reichstags Heinrich dem Löwen rechtlich zugestanden hatte, an Philipp von Cöln und Bernhard von Anhalt verliehen werden; nur wurde eben anerkannt, dass sie sich niemals rechtlich über Ostfalen erstreckt habe. Und was Heinrich nicht rechtmässig besessen hatte, konnte nach dem Urtheile des Kaisers und der Fürsten ihm auch nicht abgesprochen und an Andere verliehen werden. Die minder unterrichteten Zeitgenossen fassten die Sache allerdings wohl noch anders auf: nach ihrer Ansicht hatte Heinrich der Löwe, der sich immer dux Saxoniae schrieb, das sächsische Herzogthum besessen, dieses wurde ihm zu Gelnhausen abgesprochen und unter Philipp und Bernhard getheilt; über das Wesen und den Umfang desselben machte man sich keine Gedanken. — Herzog Bernhard selbst bediente sich sehr bald des Titels dux Saxoniae, wie ihn die Billunger, Lothar und Heinrich der Löwe geführt hatten.

Untersuchen wir, in welcher Weise die Theilung des Herzogthums Westfalen und Engern in Gelnhausen vorgenommen wurde, welche Theile desselben und welche Gewalt überhaupt Philipp und Bernhard erhielten. Die Urkunde besagt, Philipp von Cöln erhalte den Theil des Herzogthums, welcher sich über das Bisthum Cöln und das ganze Bisthum Paderborn erstrecke,[1]) den anderen

1) unam partem, eam videlicet quae in episcopatum Coloniensem

Theil habe Bernhard erhalten. Die Frage ist hier, ob unter dem episcopatus Coloniensis der Urkunde die Erzdiöcese Cöln (mit den Suffraganen Münster, Osnabrück und Minden) oder nur der dem cölnischen Bisthum als solchem kirchlich untergebene Theil Westfalens verstanden werden müsse. Nach ersterer Auslegung wäre somit das gesammte später sog. Westfalen der Herzogsgewalt der Cölner Erzbischöfe untergeordnet worden. Nach Prüfung aller dahin einschlagenden Zeugnisse, besonders auch im Hinblick auf die von den Erzbischöfen wirklich ausgeübten Befugnisse, glaube ich mich denn auch für diese Auslegung der Stelle der Urkunde entscheiden zu müssen.

Zunächst sprechen dafür die zeitgenössischen und späteren Quellen, welche überhaupt die Theilung des Herzogthums erwähnen.[1]) Die Pegauer gleichzeitigen Annalen, bei welchen schon der Sprachgebrauch überwiegt, das östlich der Weser gelegene Land mit dem Namen Sachsen, das westliche mit Westfalen zu bezeichnen, berichten, dass dem Grafen Bernhard das Herzogthum Sachsen auf der Ostseite der Weser, das Herzogthum auf dem westlichen Ufer derselben in Westfalen dem Erzbischofe von Cöln zuerkannt worden sei.[2]) — Die grossen Cölner Annalen, deren Abfassung dieser

---

et per totum Patheburnensem episcopatum protendebatur etc. — accedente quoque publico consensu dilecti consanguinei nostri ducis Bernhardi, cui reliquam partem ducatus concessimus.

1) Es sind nur An. Pegav. Colon. max. Stad. — Chron. Sanpetr. Erfurt. (Mencken III) und Caesarii catalogus arch. Colon. (Böhmer Fontes II.)

2) Bernhardo comiti — ducatus Saxoniae ex omnium principum sententia adiudicatur circa orientalem partem fluminis Wisera, ducatum vero ad occidentalem plagam eiusdem fluminis in Westfalia Coloniensis episcopus obtinuit.

Partie freilich erst 1218 geschehen ist,[1]) besagen fast noch deutlicher, dass der Erzbischof von Cöln in seiner Diöcese, sowie durch ganz Westfalen und Engern das Herzogthum erhalten habe, der übrige Theil durch ganz Sachsen sei dem Grafen Bernhard zugefallen.[2]) Hier ist unter Engern Westengern, unter Sachsen aber alles östlich der Weser gelegene Land zu verstehen. — Die Erfurter S. Peterschronik sagt, dass Bernhard das Herzogthum Sachsen, den Theil desselben jenseits der Weser aber der Erzbischof von Cöln zu Lehn erhalten habe.[3]) — Die beiden anderen Quellen, die Stader Annalen und Caesarius sprechen zwar nicht so deutlich, unterscheiden aber doch bestimmt genug ein Herzogthum Sachsen und ein Herzogthum Westfalen, welches letztere Philipp erhalten habe.[4])

Wir gehen nun gleich auf das Wesen der dem Erzbischofe von Cöln verliehenen Herzogsgewalt über Westfalen ein, wobei sich weitere Zeugnisse für die Ausdeh-

---

1) s. Cohn in den Forschungen I, 330.

2) Ibi (Gelinhusen) sententia ipsius caesaris et iudicio cunctorum principum dux Saxoniae ducatu suo privatur et assensu cunctorum episcopus Coloniensis in sua dioecesi et per omnem Westfaliam et Angariam eidem ducatui praeficitur, reliqua autem pars per omnem Saxoniam comiti Bernhardo de Hanehalt obvenit.

3) Mencken III, ad a. 1181: Ducatum namque Saxoniae imperator Bernhardo comiti de Anhaldt — partem vero eiusdem ducatus trans Wiseram Philippo Coloniensi episcopo inbeneficiaverat.

4) An. Stad. 1180: Bernardus comes de Anehalt suscepit ducatum Saxoniae et Philippus Coloniensis ducatum Westfaliae. — Caes. catal. (Böhmer Fontes II, 278) sagt, dass dem Herzoge Heinrich drei Herzogthümer abgesprochen seien, Sachsen, Baiern und Westfalen. Ducatum vero Westfaliae dominus Philippus suae ecclesiae obtinuit. Vgl. die ältere Niederschrift (p. 277 not. 2): ducatum inter omnem diocesim suam per Westfaliam et Angriam ei ablatum episcopatui Coloniensi addidit (Philippus).

nung derselben auch über die Sprengel von Münster, Osnabrück und Minden ergeben werden.

Wir stellen die Behauptung voran, dass die Gewalt, welche Heinrich der Löwe in Westfalen besessen, auch auf seine Nachfolger, die Erzbischöfe von Cöln überging. Sie hatte, wie wir sahen, ihre wesentliche Grundlage in höheren gerichtlichen Befugnissen, theils als zweite Instanz der Grafengerichte, theils als Richteramt über die Fürsten und Grossen des Landes; umfasste aber auch die Sorge für den Landfrieden und das Recht, die Fürsten zur Landesversammlung zusammenzuberufen. Alle diese Gerechtsame nun sehen wir die Erzbischöfe von Cöln in der Folge ausüben und zwar, wie sich dies aus allerdings vereinzelten Beispielen erweisen lässt, auch gegenüber den Bischöfen von Osnabrück, Münster und Minden, sowie den Klöstern und Grafen der betreffenden Sprengel.

Der herzoglichen Gewalt Erzbischof Philipps in Function finden wir zwar nirgend gedacht, ebensowenig der seines Nachfolgers Bruno, dagegen der Adolphs (1193 bis 1205) öfters. So von Seiten des Grafen Adelbert von Everstein,[1]) welcher in seinem Freigerichte im Gau Hessi-Saxonicus (also Paderbornischen Sprengels) einen Kauf zwischen dem Kloster Hardehausen und den Edlen von Widenbruck bekräftigt in Gegenwart des Cölnischen Erzbischofs Adolph, der in diesen Gegenden das Herzogthum verwaltet. — Im Jahre 1194 berief Erzbischof Adolph die Fürsten und Edlen Westfalens zu einer Landesversamm-

1) Urk. bei Schaten I, 881 und Kindlinger M. B. III, 1, n. 27. (verbessert bei Spilcker, Beitr. II, n. 19): ipso tempore Coloniensi archiepiscopo domino Adolfo praesente in hisdem partibus ducatum tenente. Das Datum im Anfange der Urkunde, 1187, bezieht sich nicht auf diesen Vorfall, der mit *postmodum* eingeleitet wird.

lung nach Paderborn, wo er dem Cisterzienserkloster Marienfeld zu den ihm entrissenen Gütern verhalf, indem er den unrechtmässigen Besitzer Heinrich von Schwalenberg dieselben zu resigniren nöthigte. Als Zeugen in der betreffenden Urkunde werden genannt: der Abt von Corvey, die Grafen von Teklenburg, Altena, Everstein, Berg, die Herren von Lippe, Waldeck, Pirmont, Dassel, Rutenberg.[1]) Sie giebt zugleich Zeugniss für die Ausdehnung des cölnischen Herzogthums im münsterischen und osnabrückischen Sprengel, da das Kloster Marienfeld im ersteren lag,[2]) und der Graf von Teklenburg mit dem grössten Theile seiner Besitzungen dem osnabrückischen angehörte.

In ausgedehntem Maasse übte Erzbischof Engelbert (1216—25) herzegliche Befugnisse über die westfälischen Bischöfe und Grafen. So stiftet er 1217 zu Rüthen in einer Gerichtssitzung als Herzog Frieden zwischen der Stadt Paderborn und den Verwandten eines gewissen Tymmo, und nimmt die Stadt in seinen Schutz, wie ihn

---

1) Urk. bei Kindlinger M. B. II, n. 35. Niesert M. U. S. IV, n. 40. Erhard II, DXXXVI. Adolph sagt darin, nachdem er die Güterentziehung berichtet: At ubi dei omnipotentis gratia in cathedrae pontificalis culmine nos constituit et nostrae potestatis provincias Westfaliam scilicet et Angariam pro liberatione oppressorum intrare nos contigit, *principes, nobiles, omnesque terrae populos pro iudicio et iustitia facienda convocavimus.* In quorum omnium auribus dum saepe dictus Heinricus — a fratribus campi beatae Mariae instanter accusaretur, quoniam male sibi conscius in iudicium venire non audebat, sciens tamen quod manus nostras nequaquam posset evadere — nostrae ditionis se dedidit benignitati — und resignirt das Gut. Statim ergo iudiciario procedente ordine pristinam ipsius praedii proprietatem — regii banni auctoritate confirmantes, campo b. Mariae assignavimus.

2) s. d. Stiftungsbrief bei Erhard II, CCCCLI.

Cöln und seine übrigen Städte genössen. Anwesend sind hier der Bischof von Paderborn, die Grafen von Mark, Altena und Edle.[1]) — Im Jahre 1220 hielt Engelbert zu Lünen in dem münsterischen Sprengel einen Landtag, auf welchem die Bischöfe von Münster und Osnabrück nebst den Magnaten des Landes anwesend genannt werden.[2]) Im folgenden Jahre fand eine gleiche Versammlung zu Soest statt, auf welcher der Bischof von Osnabrück, der Abt von Werden, die Grafen von Arnsberg, Teklenburg und verschiedene westfälische Edelherren erschienen.[3]) — Im selben Jahre 1221 hielt der Erzbischof wahrscheinlich zu Osnabrück Landtag, auf welchem er einen Kaufcontrakt zwischen dem Kloster Marienfeld und den Grafen von Ravensberg gerichtlich bekräftigte. Hier werden die Bischöfe von Osnabrück und Minden, die Grafen von Arnsberg, Mark und Oldenburg genannt.[4]) — Auch im paderbornischen Sprengel scheint Engelbert in diesem Jahre Gericht gehalten zu haben: er bezeugt, dass vor seinem Gerichte der Graf

1) Urk. bei Ficker, Engelbert p. 318. Er bekundet: quod cum occasione inimiciciarum, quae inter Paderbrunnenses et cognatos Tymmonis vertebantur, in *ducatu* et iurisdictione nostra multa mala contigissent etc.

2) Urk. bei Kindlinger M. B III, 1. n. 55. Westfäl. U. B. III, 1. n. 151. Adolph von Altena und Friedrich von Isenburg bekunden einen Lehnsgütertausch: cum essemus Lunen. Aderant ibi dominus Coloniensis archiepiscopus, dominus Monasteriensis, dominus Osnabruggensis cum magnatibus terrae et copiosa tam nobilium quam ministerialium multitudine.

3) Urk. Engelberts bei Wigand, Arch. VI, p. 205: Praesentibus *coram nobis* Adolfo Osnabrugensi episcopo etc.

4) Urk. im Westf. U. B. III, 1. n. 165: Ut ea quae *coram nobis* rationabiliter geruntur, debitum robur obtineant — notum facimus etc. Der Kaufbrief (n. 164) ist datirt zu Osnabrück, woraus ich schliesse, dass das Placitum ebenda stattfand.

Volkwin von Schwalenberg auf seine unrechtmässigen Ansprüche auf ein Gut zu Gunsten des Klosters Marienfeld verzichtet habe, welches Gut er in einer zweiten Urkunde dem Kloster zuweist.[1]) Zeugen beider Urkunden sind der Bischof von Paderborn, die Grafen von Arnsberg, Dassel, Mark, Everstein und Edle. Im Jahre 1225, kurz vor seiner Ermordung, hielt der Erzbischof einen Tag zu Soest, auf dem die Bischöfe von Osnabrück, Münster und Minden zugegen waren und auf welchem über die Ansprüche Friedrichs von Isenburg auf die Vogtei über das Stift Essen entschieden werden sollte.[2]) — Dass Engelbert in Streitsachen westfälischer Grafen, der von Ravensberg und Teklenburg, zn Gericht gesessen, wird durch eine Urkunde derselben vom Jahre 1231 nachträglich bezeugt.[3])

Erzbischof Heinrich von Molenarken (1225—37) tritt uns in herzoglicher Function nur im paderbornischen Sprengel entgegen. Zunächst als Beschützer des Landfriedens und Inhaber sogar einer gewissen Militärgewalt über das Kloster Corvey. Die Leute des Klosters sollen von allen Lasten frei sein, nur wenn der Landruf ergehe, um Justiz an den Landfriedensbrechern zu nehmen, sollen

---

1) Urk. bei Ficker, Engelbert p. 333 und 334.

2) Caesarii Vita Engelb. (Böhmer Fontes II, 308). cf. Ficker, Engelbert, Regesten n. 196.

3) Niesert, Münst. U. B. II, 245. Westf. U. B. III, 1. n. 293. Es ist ein Sühnevertrag der Grafen von Ravensberg mit denen von Teklenburg wegen des Todtschlags Simons von Teklenburg. E converso autem comites de Ravensberg comitem de Tekeneburg absolverunt a tribus milibus marcarum, quae eis coram duce domino Engelberto quondam Coloniensi archiepiscopo aliquando super damnis ipsis ab eodem illatis querenlatibus per sententiam sunt adiudicatae.

sie zu Diensten verpflichtet sein.[1]) — Im Jahre 1231 hielt Erzbischof Heinrich herzogliches Gericht zu Rheda, welches Botding genannt wird und in welchem Bischof Bernhard von Paderborn, Prälaten und Edle anwesend waren.[2])

Des folgenden Erzbischofs Conrad von Hochstaden (1238—61) Herzogsgewalt, als höchste richterliche Instanz, wurde von den Bischöfen von Münster und Osnabrück, sowie von mehreren Grafen anerkannt, wie eine Urkunde des Jahres 1246 zeigt,[3]) in welcher die beiden Bischöfe nebst den Grafen von Teklenburg, Bentheim, Ravensberg, Dassel und mehrere Edle bezeugen, dass Ludolf von Steinfurt (münsterischen Sprengels) sich mit seinem Vetter auseinandergesetzt habe, und worin es heisst, dass Ludolf aller Ansprüche auf vorbenannte Güter entsagt habe in ihrer Gegenwart. Diese Verzichtleistung solle er im Freiding und vor dem Herzoge, oder wo sonst es verlangt würde, wiederholen. — Dass der Name Botding für das herzogliche Gericht gebräuchlich wurde, bezeugt unter diesem Erzbischofe eine Urkunde, durch welche Bischof Simon von Paderborn im Jahre 1247 sich auf Verlangen des Erzbischofs Conrad und unter Vermittelung

---

1) Urk. von 1230 bei Schaten II, 11: nisi forte ad proclamationem terrae ad iusta iudicia contra malefactores exercenda iidem homines Corbeienses debent subvenire. Actum Soest.

2) Urk. Bernhards von Paderborn im Westf. U. B. III, 1. n. 287. Huius rei testes sunt etc., qui omnes astiterunt, ubi videlicet dominus noster Coloniensis archyepiscopus praesedit iudicio quod vulgo dicitur botthinc.

3) Urk. bei Jung, Gesch. der Gr. v. Bentheim n. 22: Ludolfus renuntiabit omni actioni et impetitioni, quae ansprake dicitur, quae possent ei competere in bonis supra memoratis et haec in praesentia nostra et aliorum — renuntiatio facta est. Ipsam renuntiationem faciet in Vnidringe et *coram duce* et alias ubi fuerit impetitus.

des Bischofs von Münster und des Abtes von Corvey verpflichtet, zwei in seinem Bisthume angelegte Befestigungen einzureissen, sowie überhaupt keine Feste in dem Herzogthume des cölnischen Erzbischofs zu erbauen, wenn es ihm nicht vorher in dem Gerichte, welches Botding genannt werde, durch Urtheilsspruch des Abtes von Corvey und der anderen Magnaten des Herzogthums gestattet wäre.[1]) — Die Erzbischöfe von Cöln nahmen nämlich allmälig als herzogliches Prärogativ das Recht in Anspruch, dass keine Befestigung innerhalb ihres Amtssprengels ohne ihre Erlaubniss angelegt werden dürfe; von schon bestehenden liessen sie sich die Hälfte abtreten.

Diese Beispiele mögen genügen, um darzuthun, dass die Herzogsgewalt der Erzbischöfe von Cöln von Philipp an sich über das ganze später sog. Westfalen ausgedehnt habe, dass sie somit zu Gelnhausen in diesem Umfange verliehen worden sei, sowie auch ihr Wesen, als im Allgemeinen mit dem der Herzogsgewalt Heinrichs des Löwen in diesem Lande übereinstimmend nachzuweisen.

Weitere Belege aus der folgenden Zeit für unsere Behauptung, dass sich das cölnische Herzogthum auch über Münster, Osnabrück und Minden erstreckt habe, sind wir nicht im Stande beizubringen. Es ist, seit der Mitte des 13. Jahrhunderts etwa, wirklich eingetreten, was Viele schon als in Gelnhausen geschaffen annehmen, nämlich dass das cölnische Herzogthum auf den Sprengel

1) Urk. bei Schaten II, 56: Item nullam munitionem in ducatu Coloniensis archiepiscopi sine sua licentia faciemus, nisi non in iudicio, quod Botding appellatur, cum abbate Corbeiensi et aliis nobilibus in ducatu constitutis aliud per sententiam obtinere possimus.

von Paderborn beschränkt wurde. Die Ursachen dieser Veränderung sind durchaus unbekannt. Wir finden weiter keine Spur, dass die drei anderen westfälischen Bisthümer Cölns herzoglicher Gewalt unterlegen hätten. Sie sind vielmehr seit der zweiten Hälfte des Jahrhunderts völlig selbständig; Münster vindicirt sich sogar bald darauf selbst das Herzogthum in seinem Bisthume,[1]) ohne allerdings damit höhere Rechte in Anspruch zu nehmen oder zu erlangen, als sie die beiden anderen auch hatten. Wie es scheint, wurde das Herzogthum jetzt hier auf den Besitz der Stuhlherrschaft über alle Freigerichte innerhalb des bischöflichen Territoriums gegründet geglaubt. Der münsterische Ducat wurde später von der Reichsgewalt entschieden anerkannt.[2]) — Dem Grafen von Arnsberg ward sogar 1338 ausdrücklich das Herzogthum innerhalb seines Territoriums vom Kaiser Ludwig verliehen.[3]) —

1) Zuerst B. Gerhard 1271: G. dei gratia ecclesiae Monasteriensis episcopus idemque dux per terminos nostrae dyocesis. (Westf. U. B. III, 2, n. 907.) 1272: coram nobis summo comite libero utpote dyocesis nostrae duce. (ibid. n. 922.) Dann B. Eberhard 1280 (Niesert, M. U. B. II, 18. Westf. U. B. III, 2, n. 1103): coram nobis utpote nostrae civitatis et dyocesis duce et supremo nihilominus libero comite a quo principaliter omnia dictorum locorum tam publica quam occulta dependent iudicia. — 1284 (Niesert M. U. B. II, 20): coram nobis — tamquam dux et terrae dominus.

2) Die Regalienertheilung K. Wenzels an den B. Otto, 1400 (Niesert M. U. B. II, 42): singula iura ad ducatum tuae Monasteriensis ecclesiae spectantia. — 1416 (ibid. 42) nennt K. Sigismund den Bischof sacri imperii dux.

3) Kindlinger M. B. II, n. 56. Graf Godfrid erhält ducatum infra terminos dominii sui, nec non ius primam pugnam habendi, quando regem vel imperatorem Romanorum vel summum ducem Westfaliae infra terminos Reni et Wyserae pugnare vel bellare continget, quae vulgo dicitur Forstreit. Der *summus dux* ist jedenfalls der Erzbischof, dessen höherer Charakter doch noch gewissermassen

Sind nun dies allerdings Ausschreitungen einer späteren Zeit, welche von dem ursprünglichen Wesen des westfälischen Ducats keinen Begriff mehr hatte, so steht doch fest, dass dieser selbst seit der Mitte des 13. Jahrhunderts an Umfang eingebüsst, sowie auch allmälig selbst seinen Charakter verändert hat.[1]) Anzeichen von der Schmälerung möchte man fast schon in der oben angezogenen Urkunde des Jahres 1247 erblicken, in welcher nur der Abt von Corvey (ausser dem Bischofe von Paderborn) und die Edlen innerhalb des Herzogthums als zum herzoglichen Botding gehörig, nicht undeutlich bezeichnet werden. In einer Urkunde von 1260 wird ferner ausdrücklich zwischen dem ducatus Westfaliae und der Mindener und Osnabrücker Diöcese unterschieden.[2]) In ähnlicher Weise hält König Albrecht 1299 den ducatus Westfaliae und die terra Westfaliae auseinander.[3]) Nur der Sprengel von Paderborn blieb, nachweisbar bis ins 15. Jahrhundert, dem cölnischen Herzogthume untergeordnet.

Trotz dieser Veränderungen einer späteren Zeit kann nach obiger Ausführung kein Zweifel darüber sein, dass

---

anerkannt wird. Der arnsbergische Ducat beruhte wahrscheinlich auch nur auf dem unabhängigen Besitze aller Gerichtsgewalt in dem Territorium. — Ficker, Engelbert p. 231—33 macht die meisten der voraufgehenden Beobachtungen.

1) Ueber diesen in der späteren Zeit s. den Aufsatz von Rosenkranz in der Ztschr. f. Gesch. und Alterth. Westfalens, Band XII.

2) Wigand Arch. VI, 231. Spilcker Beitr. II, n. 121. Der Herzog von Braunschweig verpflichtet sich, keine Befestigung anzulegen trans aquam praedictam (Weser) infra duo miliaria proxima extra ducatum Westfaliae versus Hassiam, nec infra ducatum eiusdem Westfaliae, nec infra Mindensem et Osnabrugensem diocesin.

3) Kindlinger M. B. III, 2, n. 101.

dem cölnischen Herzogthume, nach der Intention der Gelnhäuser Urkunde und factisch in der nächstfolgenden Zeit bis etwa zum Interregnum hin, das ganze Westfalen unterworfen war, dass also unter dem episcopatus Coloniensis die Erzdiöcese Cöln zu verstehen ist.

Wir kehren zur Urkunde zurück, um zu sehen, was mit dem Herzogthume in Westfalen an Philipp verliehen wurde. Dieselbe zählt eine Reihe von Besitz- und Hoheitsrechten, als zum Herzogthume gehörig, auf, welche theils gerade sein Wesen ausmachten.[1]) Lange nicht alle der erwähnten Besitzstücke sind aber als Pertinenzen des Herzogthums Heinrichs des Löwen zu betrachten; er besass den grössten Theil derselben nicht in seiner Eigenschaft als Herzog von Sachsen oder Westfalen, sondern aus anderen Rechtstiteln. Die herzogliche Jurisdiction und das Geleitrecht (wenn die Urkunde ein solches nicht erst neu statuirt, da Heinrich dasselbe nie nachweisbar ausgeübt hat) gehörten zum Herzogthume, ja die erstere machte hauptsächlich dessen Wesen aus. Ob aber dem Herzogthume Heinrichs in Westfalen gewisse Lehnstücke vom Reiche, gleichsam als Amtsbesoldung des Inhabers zugehörten, wie dies wohl in den alten Stammesherzogthümern der Fall war, ist sehr zu bezweifeln, da Heinrichs des Löwen Herzogsgewalt in Westfalen nicht durch einen einmaligen Akt, sondern durch die Macht der Gewohnheit Rechtsbestand bekommen hatte. Vermuthlich wurden im Jahre 1180 Reichslehen, welche Heinrich wohl in Westfalen allmälig erworben hatte, als herzogliche

---

1) unam partem (ducatus) — cum omni iure et iurisdictione, videlicet cum comitatibus cum advocatii cum conductibus cum mansis cum curtibus cumbeneficiis cum ministerialibus cum mancipiis etcum omnibus ad eundem ducatum pertinentibus.

Amtsbeneficien behandelt.[1]) Dieselbe Bewandtniss hat es wohl auch mit den Vogteien, unter welchen doch wohl Vogteien über Reichsdomänen zu verstehen sind, wie sie anderwärts im Besitze Heinrichs des Löwen vorkommen.[2]) Was die Grafschaftsrechte betrifft, welche nie von dem Herzogthume dependirten, so möchte ich vermuthen, dass auf die kaiserliche Urkunde gestützt, die cölnischen Erzbischöfe Veranlassung nahmen, Ansprüche auf die oberste Stuhlherrschaft aller freien Stühle Westfalens zu erheben, in deren Besitz wir sie theoretisch wenigstens anerkannt finden.[3])

---

1) Auch Otto IV. sieht die Sache so an, ja geht von entschieden territorialer Anschauung des Herzogthums aus, wenn er 1201 bekundet, quod nos — fratres nostros Heinricum et Wilhelmum ad hoc induximus, quod universa illa bona, quae Philippus quondam Coloniensis archiepiscopus *de ducatu* quondam patris nostri illustrissimi ducis Saxoniae, sive *in allodiis* sive in feodis seu in ministerialibus aut in servis obtinuerat de bona voluntate Coloniensi ecclesiae remiserunt. Böhmer n. 14. Or. G. III, 762.

2) Urk. Friedrichs I. von 1169, Bamberg (Leuckfeld. Ant. Poel. 284): dedimus in concambium mansos in Windehusen etc. ad villicationem Nortehusen pertinentes cum universis appendiciis — per manum domini Heinrici ducis Bavariae et Saxoniae eorundem bonorum advocatum.

3) Es würde zu weit führen, hier auf die verschiedenartigen Auslegungen der Gelnhäuser Theilung besonders in Betreff Westfalens einzugehen, welche die obige Ausführung selbst widerlegt. Ficker, Engelbert 228—33 giebt zuerst eine Kritik derselben. Man sehe besonders: Möser, Osnab. G. II, 81. not. a. 160 ff. 186—87. (Stüve, Herausgeber des 3. Bandes von Möser, daselbst p. 70.) — Koch, pragmat. Gesch. p. 52. ff. — Kindlinger M. B. I, 22 ff. und III, 1, 116. — Niesert M. U. B. II, 17. — Walter d. R. G. I, § 200. — Schaumann G. des niedersächs. Volkes p. 277 not. 89 nimmt bei der Gelnhäuser Urkunde Veranlassung zu ganz absonderlichen Expectorationen. — Seibertz L. und R. G. des Herzogthums Westfalen Band I, 3. Abth. 2. Theil p. 291—96 stimmt im Ganzen mit der im Text dargelegten Ansicht überein.

Was blieb nun für das Herzogthum Bernhards von Anhalt übrig? Nirgends sehen wir, dass er oder seine Nachfolger wirkliche herzogliche Rechte in einem Theile Sachsens ausüben. Westfalen war der cölnischen Herzogsgewalt untergeben, später zum Theile selbständig, die ostsächsischen Territorien waren dies von Anfang an;[1]) und auch die beiden engerischen Bisthümer Verden und Bremen finden wir durchaus in keiner Abhängigkeit von dem neuen Herzoge. Sein Herzogthum war vielmehr rein territorialer Art und beschränkte sich auf das Amt und Gebiet, auf welchen der sächsische Ducat ursprünglich begründet war, auf die Mark gegen die Slawen und die angrenzenden Gaue. Hier allein war Bernhard Herr, hier leisteten ihm die nobiliores terrae, die Grafen von Dannenberg, Lüchow, Ratzeburg, Schwerin die Lehnshulde.[2]) Aber selbst hier erhielt er nicht Alles, was Heinrich der Löwe besessen: Lübeck wurde Reichsstadt, die Investitur der slawischen Bischöfe wurde ihm entzogen, ebenso die Hoheit über die slawischen Gebiete, deren Fürsten ihr Land unmittelbar vom Kaiser zu Lehen nahmen.

Uebrigens nahm trotz alledem Bernhard sehr bald den Titel eines Herzogs von Sachsen an,[3]) schrieb sich aber abwechselnd wohl noch dux Westfaliae et Angariae,

---

1) Walter d. R. G. § 200 not. 4 bemerkt, dass der Erzbischof von Magdeburg schon 1196 dux loci genannt wird. (Raumer reg. n. 1623.)

2) Arnold II, 1. Gänzlich irrig ist die Meinung Wedekinds Not. I, XXVIII, dass auch die sächsische Pfalzgrafschaft von dem neuen Herzogthume zu Lehen gegangen sei.

3) Schon 1181 und in Urk K. Friedrichs, Or. G. III, 552. 1195 in Urk. K. Heinrichs, ibid. 602. K. Philipps 622, 633. K. Ottos 639, 784; in eigenen Urk. 540, 542, 543 und mehr.

gemäss der kaiserlichen Verleihung, obgleich er jedenfalls in Westfalen gar nichts zu sagen hatte.[1])

Wie weit aber die Anhaltiner davon entfernt waren, von dem sächsischen Volke, ja selbst von den Fürsten und dem Kaiser für die Nachfolger im Herzogthume Heinrichs des Löwen angesehen zu werden, bezeugt die Thatsache, dass es dem Sohne des letzteren, dem rheinischen Pfalzgrafen Heinrich gelang, den Anhaltinern in Betreff der Führung des Titels Herzog von Sachsen Concurrenz zu machen. — Die Söhne Heinrichs des Löwen hatten aus dem Schiffbruche ihrer Besitzungen doch schliesslich den grössten Theil der Allode in Ostfalen gerettet, der grösste Theil der Kirchenlehen des Vaters war ihnen auch wieder gereicht worden,[2]) und so traten sie dem neuen Herzoge mit einem Gütercomplexe entgegen, der weit eher den Namen eines Herzogthums Sachsen zu verdienen schien, als dessen geringe Besitzungen. Den herzoglichen Titel hatten sowohl Heinrich der Löwe, als seine Söhne nie aufgegeben, ebensowenig die Ansprüche auf das Herzogthum Sachsen. Nach des Vaters Tode (1195) gingen die Ansprüche auf dieses auf den Erstgeborenen über; der Pfalzgraf nahm sofort keinen Anstand, denselben auch in seinem Titel Ausdruck zu verleihen. Schon 1196 schreibt er sich dux Saxoniae.[3]) Das bald darauf eintretende Königthum seines Bruders Otto konnte nur dazu beitragen, diesen Prätensionen Vorschub zu

1) Ausser als Zeuge in der Gelnhäuser Urkunde: Or. G. III, 547. Spilcker Beitr. I, 185.

2) Der Pfalzgraf Heinrich besass Lehen von Bremen, Verden, Minden, Magdeburg, Halberstadt, Hildesheim, Werden, Quedlinburg, Gandersheim, Corvey. Urk. in Or. G. IV, 98.

3) Or. G. III, 607. 615 und später sehr oft.

leisten, zumal da Herzog Bernhard auf der Seite des Gegenkönigs Philipp stand. So wird der Pfalzgraf von seinem Bruder bis 1204, wo er in dessen Urkunden auftritt, dux Saxoniae genannt.[1]) Als er in diesem Jahre zu Philipp übergegangen war, konnte er sogar bei seiner ersten Hoffahrt eine Urkunde dieses Königs mit diesem Titel unterschreiben.[2]) Der Machtstellung Bernhards wurde damit auch factisch nichts vergeben; beider Herzogthum war territorial verschieden, nur ein Titel war streitig. Doch erscheint Heinrich in einer Urkunde König Philipps vom folgenden Jahre einfach als Pfalzgraf, neben Bernhard, der als Herzog von Sachsen unterzeichnet.[3]) Und auch später tritt eine solche Bevorzugung von Seiten Philipps nicht mehr ein; zu bemerken dürfte nur sein, dass sich ein Schwanken des officiellen Canzleistils darin noch zeigt, dass Bernhard im Jahre 1207 Herzog von Anhalt genannt wird.[4]) Nach der Ermordung des edlen Staufers hatte König Otto auf Bernhard um so mehr Rücksicht zu nehmen, als dieser einer der ersten Fürsten war, welche sich nunmehr für ihn erklärten. So erhält sein Bruder nach 1208 auch von ihm nur den pfalzgräflichen Titel, bis nach dem Tode Bernhards (Februar 1212), bei der vielleicht noch zweifelhaften Stellung, welche sein Nachfolger Albert in dem heraufziehenden Thronstreite einnahm, Heinrich noch einmal am 10. Mai 1212 als Herzog von Sachsen in einer Urkunde seines Bruders auftritt.[5])

---

1) Viermal: 1199. 1200. 1202 und 1204. Böhmer, Reg. n. 10. 12. 17. 25.

2) Böhmer n. 50.

3) ibid. n. 53.

4) ibid. n. 106.

5) ibid. n. 169.

Später geschieht dies nicht mehr, da Herzog Albert Ottos Partei hielt.[1]) Friedrich II., unter dem Heinrich in hohem Ansehen stand und sogar zum Amte eines Reichslegaten gelangte, lässt denselben nicht nur eine seiner Urkunden von 1219 als Herzog von Sachsen unterzeichnen, sondern schreibt sogar 1226 dem Heinrich, illustri duci Saxoniae.[2]) Oefter noch erscheint der Welfe in Urkunden König Heinrichs mit dem angemassten Titel, selbst in einem Schreiben dieses Königs an die beiden Prätendenten des sächsischen Herzogthums, wo dann für Albert der Auskunftstitel Herzog von Engern gewählt ist.[3]) Nach dem Tode des Pfalzgrafen nennt derselbe König diesen vorsichtiger dux Saxoniae dictus.[4]) Otto das Kind scheint aber die Ansprüche auf diesen Titel aufgegeben zu haben, und dem ganzen Streite über das Herzogthum Sachsen wurde von Kaiser Friedrich im Jahre 1235 durch Creirung des Herzogthums Braunschweig-Lüneburg überhaupt ein Ende gemacht.

---

1) Böhmer p. 64.

2) Die Urkunde bei Böhmer n. 280. Das Schreiben d. d. Parme fehlt daselbst und ist in Or. G. III, 688. Sonst finde ich Heinrich nur noch zweimal in Urk. Friedrichs von 1219 als Pfalzgraf, Böhmer n. 284. 286.

3) Die Urk. sind Böhmer n. 9 (Or. G. III, 680) von 1221. Ferner in zweifelhaften Jahren, gleichwie das Schreiben, ibid. p. LXXXVI. (Or. G. III, 682. 701. 686.)

4) Böhmer p. LXXXVII. (Or. G. III, 658.)

Druck von G. Bernstein in Berlin.

CPSIA information can be obtained
at www.ICGtesting.com
Printed in the USA
LVHW020218011221
704874LV00006BA/208

9 783752 548846